新潮文庫

幼き日のこと・青春放浪

井上靖著

新潮社版

2346

目次

幼き日のこと・青春放浪

幼き日のこと

旭《あさひ》川《かわ》

私は明治四十年（一九〇七年）に北海道の旭川で生れた。父は当時第七師団軍医部勤務の二等軍医であった。父は二十七歳で、母は二十二歳であった。

父は金沢医専を出ると、軍医を志願し、最初の任地として旭川の師団に配された。まだ軍医学校にもはいっていなかったので、一人前の軍医とは言えず、軍医の卵みたいなものであったのだろうと思う。旭川への赴任を機に、父と母は長い婚約時代にピリオドを打って、最初の任地に於《お》いて新婚時代を過したのである。

私が生れた翌年、朝鮮の動乱によって、第七師団に出動命令が降《くだ》り、父も従軍することになった。そのために年が明けると早々、母親と私は郷里である静岡県の伊豆の山村に帰った。従って、私が旭川に居た期間は一年足らずである。満一歳になっていないので、旭川については何の記憶も持っていないし、思い出も持っていない。道産《どさん》子《こ》には違いないのであるが、旭川で生れたというだけのことである。

旭川では官舎に住んでいた。当時の郵便物の宛名《あてな》は、〝北海道上川《かみかわ》郡旭川町第二区三条通十六ノ二〟となっている。聯隊《れんたい》の近くの陸軍官舎地区の一隅に小さい家を貰《もら》っていたのであろう。それはともかく、私は旭川のその官舎で母のお腹《なか》にはいり、そのお腹から出、そして一年足らずの短い期間、旭川という土地の空気を吸い、そして慌《あわただ》しくそこを引揚げたのである。

幼時、多少の物心がついて、自分が母親の腹部に仕舞われていたことを知るようになった頃、私は自分が母親の腹部の中にはいっていた状態を、何となく蛹《さなぎ》が繭《まゆ》の中にはいっているような、そのような状態として受け取っていた。郷里の山村では、どこの家に行っても蚕棚があり、私たちは幼い頃から繭や蛹には馴《な》れっこであった。自分は繭の中で身を縮め、息をこらして、外へ出して貰う時の来るのを、おとなしく待っていたのだ、そんな風に解釈していたのである。

閉じ籠《こ》められている世界はほの明るい平安なものであった。繭の白い表面のほんのりとした光沢、それを手にした時のやわらかい手触り、そうしたことから、そこがほの明るい微光が一面に立ち籠めている、少しぐらいどこかにぶつかろうと痛くはない世界に思われたのである。とにかく私は母親の腹部をそのようなものとして理解していた。今思っても、そういう受取り方は間違っていない。確かにお蚕さんが繭から出るように、私は母親の腹部から出たのであり、それまでそこに暖く、大切に仕舞われていたのである。

いつのことか、母は旭川時代に、大きいお腹をして、雪の落ちている中を、近くの市場まで買いものに行ったというようなことを語ったことがある。私の五、六歳の時のことではなかったかと思う。その時の私がこの母の語った旭川の生活の一断片に、いかなる反応をしたか覚えていない。しかし、このことをついにこの年齢まで忘れないで憶《おぼ》えているのであるから、それが幼い心に強く刻み込まれたことだけは確かである。

それなら、どうしてそのように強く心に刻みつけられたのであろうか。今にして思うと、私は母の腹部に仕舞われたまま、母といっしょに雪が舞っている中を、市場まで買いものに行ったという一種の感動ではなかったかと思う。自分は決して旭川という町に無縁ではない。母の腹部の繭のようなものの中に仕舞い込まれてはあったが、とにかく旭川という町で、雪の降る日、そこの市場まで買いものに出掛けたのである。自分はたくさんのものに包み込まれている。繭に包まれ、その上を母のお腹で包まれ、更にその上を母親の着物で、マントで包まれている。そして雪の舞っている中を、母親といっしょに市場に向って移動して行ったのである。そして雪の舞っている中を、八百屋の前に立ったりする。そしてまた母といっしょに雪の舞う中を三条通りの小さい官舎に戻って来たのである。

もちろん、これは今の私が、何も喋《しゃべ》れなかった五、六歳の自分に代って代弁してやっているのであるが、大体このようなことになるのではないかと思う。でなくて、ただこれだけのことを、終生忘れないでいる筈《はず》はない。今の私には、大きなお腹を抱えて、雪の日に市場まで出掛けて行ったという話の中には、母の悲しみが籠められているように思われる。或《ある》いは母は旭川で過した新婚時代の辛《つら》かった思い出の一つとして、――辛くはなかったとしても、多少どこかに悲しさの感じられる思い出の一つとして、それを語ったのであったかも知れない。そして幼児の私にも、何となくそれが感じられたかも知れない。母は辛かったであろう。辛かったかも知れないが、それはそれとして、自分は幾重にも、繭や、母のお腹や、着物や、マントに大切に包み込まれて、母といっしょに旭川の一画を歩いたのである。

私は母に関する思い出の中で、この話が好きである。嬰児《えいじ》の私もその話の中に一つの役割を持っているからである。

旭川について、私はもう一つ思い出を持っている。正確には思い出と言えるかどうか判《わか》らないが、それがかなり鮮明な視覚的イメージを伴って思い出されて来るので、やはり私にとっては、思い出と呼ぶ以外仕方ないようなものである。

広い練兵場の端しのようなところに市が立っている。地面は一面にぬかるんでいる。もうどこにも雪はないが、雪解けのためのぬかるみが、まだ乾くところにはいってないのである。そこにいろいろな物を売る小屋掛けの店が立ち並び、その辺りに人が群がっている。店も、人も、半ば泥にまみれている。そうした一画に明るい五月の陽光が降り注いでいるが、陽の光も、空気も、まだ冷たい。

そこを母は歩いている。母は私を産んで身軽になっている。産後の最初の外出である。私が生れたのは五月六日であるから、母のこの外出は五月の終り頃ではないかと思われる。

母は同じ官舎地区に住んでいる上司の細君といっしょである。母はその年長の女性に見立てて貰っては、こまごましたものを買っている。初めて子供を産んだので、子供を育ててゆく上に必要なものを、年長の経験者の意見を入れては買い調えているのである。湯婆《ゆたんぽ》を買ったり、おしめカバーの便利なのを買ったり、毛糸の帽子を買ったりする。湯上りの嬰児の体に振りかけるパウダーを買ったり、哺乳壜《ほにゅうびん》を買ったりする。

——それはやめて、これになさい。

とか、

——これも一つ買っておおきなさい、便利だから。

とか、そんな言葉が年長の女性の口から出ている。二十二歳の若い母親は素直にその言葉に従っている。

この一枚の絵には私は登場していないが、全く無関係とは言えない。母と年長の女性の二人を動かしているのは、私自身にほかならないからである。私はその時官舎の一室で蒲団《ふとん》の中に仰向《あおむ》けに寝させられていたか、手伝いの老婆《ろうば》の腕の中にでも居たのであろう。

この産後最初の外出のことも、母からいついかなる言葉で語られたか知らないが、私の心の中には、いつか、このような絵として仕舞われているのである。私はこの絵の中の若い母も好きだが、母に親切であった年長の女性も好きである。私はこの一枚の絵を、その女性への感謝の気持なしには思い出せない。感謝と言うと強くなり過ぎるが、幼い時から今日まで、いつも一種独特の好感で、その女性に対しているのである。六十何年か前の五月のある日、嬰児の私のために、一人の女性は母といっしょに旭川の市のぬかるみの中を歩いてくれたのである。

明治四十一年の初めに、母は私を連れて、旭川から郷里伊豆に移ることになった。第七師団に朝鮮出動の命が降り、父も従軍することになったからである。

その時、母の父親、つまり私にとっては祖父に当る人物が、郷里から旭川まで迎えに出向いて来てくれた。若い母親が嬰児を連れて、長途の旅行をするのを、祖父として見ていられなかったのであろう。

その後、私は少年時代をずっと郷里で過したが、この母方の祖父とはいっしょには暮さなかった。その上祖父は子供嫌いだったので、私も祖父には懐《なつ》かなかった。私は祖父にはついに縁の薄い孫でしかなかったが、しかし、この旭川から郷里伊豆までの旅に於て、私は祖父の世話になった。旭川から函館《はこだて》までの汽車の中でも、函館・青森間の連絡船の中でも、そしてまた青森から郷里までの乗物の中でも、私は母に抱かれているより、祖父の腕の中に居る時の方が多かったようである。祖父はよくこの時のことを話した。いかにその旅が難渋を極めたものであったかということを、繰返し繰返し話した。

海が荒れたため、函館・青森間の連絡船の中で、母は半病人のようになってしまい、祖父は私の世話や母の世話でたいへんだったらしい。

——海を見るのが初めてだったので、海を見ると泣き、北海道には青いものがなかったので、青森に着いて樹木の葉の青いのを見ては泣いた。よく泣いた。泣き詰めに泣いた。旭川から郷里まで泣きっぱなしだった。

祖父は私について、このような言い方をした。私に言ったのではなくて、ほかの人に語るのを傍《そば》で聞いていたのである。

私はそんな時いつも祖父に抗議したいものがあるのを感じたが、それが何であるか判らなかった。私は自分が泣き詰めに泣いていたかも知れないが、海が怖くて泣いたのでも、青い葉が怖くて泣いたのでもないということを言いたかった。それなら何のために泣いたのかと問いつめられると返答に困ったが、とにかく自分が泣いたのはほかのことのためであろうという気がした。

この場合も、幼少時代の自分について、今の私が代弁するなら、自分が泣いたのは、自分が生れた旭川を離れるのが厭《いや》だったので、それで泣き詰めに泣いたのだ、こういうことになるだろうと思う。旭川というところがいかなる町か、いかなる記憶も、思い出も持っていなかったが、子供心にもそこへ義理立てする気持があったのではないかと思う。自分の生誕の地を一物の青いものもない、真白なのっぺらぼうな町のような言い方をされると、幼い私も釈然とはしなかったのである。

――いつ、どこで生れた？

幼少の頃、こういう質問を受けると、私はいつも、

――五月に、北海道の旭川で生れた。

こう答えて、多少の誇りに似た思いを持った。私は物心がついてからずっと、自分

が生れた旭川という町にも、自分が生れた五月という月にも、理由のさだかでない誇りを感じていた。旭川についても、その五月についても、いかなる記憶も、思い出も持っていないということは、そういう誇りを持つことに対して、いささかの妨げにもならなかった。寧《むし》ろそうしたものがないから、自分の生誕の町、生誕の月に対して誇りを持てたのである。

明治四十年の旭川は、旭川屯田兵村《とんでんへい》が開設されてから十八年、旭川村となってから十四年、第七師団が置かれてから七年、現在の繁華な都市旭川とはまるで異っていた町であった筈だ。全くの軍隊の町であったのである。周囲の平原も、今日の大米作地帯、工業地帯とは似ても似つかぬものであったろう。

現在、私は六十数年前の旭川に軍靴《ぐんか》の臭《にお》いのする荒いざらざらしたものと、厳しい自然とが入り混じった特殊な町のたたずまいを感ずる。四季を問わず、夜などはしんとした淋《さび》しい町であったろうと思う。そしてそうした師団の町の、陸軍官舎の一つで自分が生れたということは、これはこれで、なかなかいいと思っている。父は一生陸軍の軍医として過しているので、父の子らしくていいではないかと思うのである。しかし、これは父が他界してからあとの、子としての私の思いであるかも知れない。

だが、幼少時代の私にとっては、旭川というところは、自分が生れた町以外の何ものでもなかった。そこは自分が生れたということで、美しいところであり、素晴らしい町でなければならなかったのである。

自分が五月に生れたということも、幼少時代の私には素晴らしいことのように思われた。母が時に五月の旭川の、百花が一時に開く美しさを語るのを聞いたりすると、私は誰よりも恵まれた出生を持っていると思った。寒い間、母の腹中にぬくぬくと仕舞われてあり、雪がとけ、春の明るい陽光が降り始めると、私は母の腹中から飛び出したのである。

この幼い頃の、自分の生れ月である五月への信仰は、ずっと私の心の中に生き、現在それは少し異った形のものになっている。五月晴《さつきばれ》、五月闇《やみ》、五月山、五月雨《さみだれ》。――晴れ方でも、闇の深さでも、山の茂りでも、雨の降り方でも、五月のそれにはむんむんするエネルギーを感ずる。自分の生れ月であるということを別にしても、私は五月という月に立ち籠めるエネルギーが好きである。

私は四歳までの記憶は全く持っていない。母といっしょに郷里伊豆へ帰った私は、その後、父が朝鮮から帰るに及んで、東京と静岡に、それぞれ短い期間ずつ住んでいるが、そのいずれについても、何も憶えていない。東京の生活は、父の軍医学校時代で、一年足らずの期間であり、静岡の方は、軍医学校を出た父の、一人前の軍医としての最初の赴任地である。

そして静岡時代に妹が生れたが、妹が生れて、半年か一年経《た》った頃、私は郷里伊豆の祖母の許《もと》に預けられた。母は二人の幼児を抱えた一番手がかかる時期に、私の方を郷里の祖母に託したのである。下っ端《したっぱ》の軍医の生活では人手もなかったことであろうし、母としてはほんの一時期、急場を凌《しの》ぐようなつもりで、私を祖母に託そうという気持になったのであろう。しかし、母が一時期と思っていたことが、ついに一時期ですまないことになってしまった。私は、それ以来、奇妙なことだが、ずっと郷里伊豆で、祖母といっしょに生活し、小学校も祖母の許から通うようになってしまったのである。

――お産がすんでからすぐ引取りに行けばよかったが、私も若かったし、つい一日延ばしにして、半年ほど経ってしまった。それが失敗だった。そのうちに自分が病んだり、赤子（妹）が病んだりして、また延び延びになってしまった。丁度一年経った時迎えに行ったが、その時はもうだめだった。

母は、よくその頃のことを回想して言った。いかに〝だめ〟であったかは判らないが、とにかく〝だめだった〟ことは事実である。

祖母は私を手離すまいとするし、私は祖母の許から引離されまいとする。母の〝だめだった〟という言い方には決定的な響きがあるが、それほど祖母と幼い私の間に締結された同盟には強いものがあったのである。そんなことで母は私を連れ戻すことを諦《あきら》めなければならなかった。お蔭《かげ》で、私は両親から離れて、幼年期から少年期にかけて、伊豆の山村の小さい土蔵の中で祖母と二人で暮すことになったのである。

私にとって、両親の許で生い育った方がよかったか、祖母の許で生い育った方がよかったか——このことは判らない。私は弟一人、妹二人を持っているが、私以外の弟妹たちはもちろんみな両親の許で幼少時代を送っている。どういうものか長男の私だけが、家庭から離れ、祖母の盲愛の中に生い育つ運命を持ったのである。

私の幼少時代の思い出は、みな伊豆の小さい土蔵に関連を持っている。五歳から十三歳まで土蔵の中で暮したからである。

私は両親の許を離れて、祖母と二人で郷里伊豆の山村の小さい土蔵の中で、幼少時代を送ったが、祖母と言っても血の繋《つな》がった祖母ではなかった。戸籍の上では祖母であったが、血縁関係にはなかった。同じ村の同じ字《あざ》に母の実家があり、そこに私と母とを北海道まで迎えに来てくれた祖父も居れば、祖母も居た。この方は血の繋がった歴《れっき》とした祖父母であった。また隣りの集落に父の出た家があり、ここにも血の繋がった祖父が居た。祖母の方はすでに他界していたが、祖父の方は健在であった。

この点、家庭の事情は多少複雑であった。私といっしょに住んだ祖母は、母方の曽《そう》祖父・潔《きよし》という人物の妾《めかけ》であった女性で、その頃曽祖父はとうに亡《な》くなっていたが、とにかく曽《かつ》て曽祖父の二号さんだったひとである。

曽祖父は医者で、当時医学界の大御所的存在であった松本順《じゅん》の門から出、年少にして静岡藩掛川《かけがわ》病院長、静岡県韮山《にらやま》医局長、三島の私立養和医院の創設、その初代院長といった肩書を持ったりしているので、当時としては一応新知識を身に着けた医者だったと思われる。この曽祖父はどういうものか、三十代の半ばで郷里伊豆に引込み、田舎の開業医として後半生を終っている。伊豆一帯の地に駕籠《かご》で往診して開業医としては派手にやっていたらしいが、厄介なことに、伊豆に引込む時、二号さんを一人伴って来た。そして郷里の村に新たに診療室を具《そな》えた家を建てると、自分もそこに移り、彼女をもそこに住まわせた。すぐ眼と鼻のさきの間に本妻の住む本宅があったが、その方には余り寄りつかなかった。そういうところは傍若無人《ぼうじゃくぶじん》で、わがままで、自分本位の生き方をした人物のようである。

曽祖父は、私の生れる六年前に中風で倒れ、二、三年病床生活をしたあと、五十九歳で他界したが、病床にある時、彼が頭を悩ましたのは、当然のことながら、自分が亡くなったあとの愛人の措置であった。そしてこのわがままな人物が考えたことは、自分の孫である私の母を分家させ、その戸籍に自分の愛人を養母として入れることであった。母は、その時十五、六歳ぐらいであった。ずいぶん勝手な話ではあり、強引な工作と言うほかはないが、すべてはそのように為《な》されたのである。母は自分にとっては祖父に当る人物の二号さんを義母として迎え、その面倒をみる義務を課せられ、その代り、開業していた家と、屋敷と、土蔵とを与えられたのである。

　私の家の戸籍を見ると、最初のぺえじに曽祖父の愛人の名前があり、そして二代目が私の両親、三代目が私ということになっている。

　従って、私が祖母と呼んでいる女性は、戸籍の上では祖母に違いなかったが、血縁的には私と他人であった。私は血縁関係の祖父や祖母や、伯父、伯母たちが大勢固まっている郷里の村で、血の通っていない、謂《い》ってみれば他人である女性と、小さい土蔵の中で二人だけの生活を持ったのである。診察室や調合所のある母屋《おもや》の方は、よそから来た医者の一家に貸してあった。

　幼い頃、私は母の実家の人たちや、村の人たちから、

――とうとう、あんたはおかのお婆《ばあ》さんの人質になってしまったなあ。

と、そんなことを言われることがあった。〝かの〟というのが、曽祖父の愛人であ

った女性の、つまり私の祖母の名前であった。村人たちは彼女のことを、おかのさんとか、おかのお婆さんとか呼んだ。私は彼女を単にお婆さんと呼び、その頃健在であった本家の本当の曽祖母の方は〝おひろお婆さん〟と、呼んだ。そして私の母の母である血の繋がった祖母の方も、これまた〝おたつお婆さん〟と名前を付けて呼んだ。私にはお婆さんと呼ぶ人がたくさんあった。

人質になったと言われれば、多少そういうところがあったかも知れない。おかのお婆さんは、私の両親からの仕送りで生活しており、立場が立場だけに経済的にも不安であったろうし、村の中ではただ一人の他国者であり、しかも、本妻の住んでいる同じ村に乗り込んで来た家庭の秩序の破壊者であった。おひろお婆さんからすれば自分から夫を奪った不倶戴天《ふぐたいてん》の仇敵《きゅうてき》であり、親戚《しんせき》の者からすれば、とうとう自分たちの家の戸籍の中に割り込んで居坐《いすわ》ってしまった怪《け》しからぬ女性であった。私の両親もまた曽祖父の愛人の老後を、どうして自分たちが見なければならぬかということで、不満があったに違いない。

そうしたおかのお婆さんと私との共同生活は、今考えると、多少異常であるが、私は五歳にして、天涯孤独な彼女と同盟を結んでしまったようなものである。私は一年間彼女と生活しているうちに、彼女に懐いて、彼女から離れられなくなり、両親より彼女の方を選んでしまったのだ。村人は人質になったと言ったが、私の方は人質が何であるか知る筈《はず》はないし、人質であろうと、なかろうと、祖母との生活は充分満足すべきものだったのである。私がそのような気持になったくらいだから、おかのお婆さんの私に注ぐ愛情は、意識的であれ、無意識的であれ、並みひと通りのものではなかったようである。

よく解釈すれば、おかのお婆さんは若い日曽祖父に注いだ愛情を、老いてからその曽孫《ひまご》である私に注いだことになる。私は曽祖父の代用品みたいなもので、手厚く奉仕され、限りない愛情を注がれたのである。意地悪い見方をすれば、彼女は折角自分の懐《ふとこ》ろに飛び込んで来た幼い私が、もうどんなことがあっても、自分の手許から抜け出さないように、あらゆる手段を講じて、奉仕と愛情を惜しまなかったということになる。そのいずれにしても、幼い私にとっては同じことであった。

おかのお婆さんは、その頃、五十代の半ばぐらいの年齢ではなかったかと思う。

私がいま持っている最も幼かった頃の思い出と言えるような思い出は、すべて土蔵の生活から始っている。私は両親との生活における思い出は何も持たず、おかのお婆さんとの共同生活において、初めて幼い心は、昆虫の触角のようなものを働かせ出したのである。

村には土蔵を持っている家はたくさんあったが、そこを住居としているのは私とおかのお婆さんだけだった。そういうところから、私は村の人たちから〝おくらの坊〟と呼ばれた。土蔵に住んでいる坊ちゃんという意味である。代々医者の家ではあり、父が軍医になっているところから、天城《あまぎ》山麓《さんろく》の農村においては、私は多少村人から坊ちゃん扱いを受けていた。

物心がついてからずっと土蔵に住んでいたので、今でも土蔵は好きである。入口の重い土の引戸を開けて、その内部に立ち籠《こ》めているひんやりした古い空気に触れると、何とも言えぬ一種独特の心の安らぎを覚える。そうしたひんやりした古い空気の中で、私はおかのお婆さんと二人で、いや、もっと正確に言うと、たくさんの鼠《ねずみ》たちといっしょに住んでいたのである。

あまり自慢にはならないが、私の最も幼い頃の記憶と言ったら、毎晩のように枕許《まくらもと》を駈《か》け回っていた鼠たちのことのようである。夜半眼覚めると、必ず何匹かの鼠が掛蒲団《かけぶとん》の上を駈け回ったり、枕許を運動場にしていたりした。しかし、私は少しも怖くはなかった。毎晩のように寝る時、おかのお婆さんは部屋の隅に鼠の分として少量の食糧を置き、こうしておけば決して鼠は人に危害を加えることはないと言った。私はそのおかのお婆さんの言葉を信じていた。が、おかのお婆さんもまた自分の言葉を信じていたのではないかと思う。私が怖がらなかったように、おかのお婆さんもまた怖がらなかった。毎晩のように、鼠たちは支給される食糧を受取りにやって来た。そういう意味では、鼠たちは運動会を開いているのでも、立ち回りをしているわけでもなく、勤勉に食糧運搬の作業に従事していたと言った方がいい。

現在、私は時に家の者たちにこの話をすることがあるが、誰も本当にはしていないようである。夢でも見ていたのではないかと言う者もあれば、夢と現実がいっしょになって、幼い頃の思い出を作りあげているのだと解釈する者もある。しかし、実際に私は毎晩鼠の騒ぎで眼を覚まし、いささかも怖さは感じないで、寧《むし》ろ一種安心に似た思いさえ持って、再び鼠の騒ぎの中で睡《ねむ》りにはいって行ったのである。

朝になってみると、いつも鼠の食糧はなくなっていた。鼠の方も、自分たちに食糧を給してくれる人間には手出しをしてはいけない、そんな申し合せを仲間同士でしていたかも知れない。一度も鼠に咬《か》まれたこともないし、齧《かじ》られたこともないので、おかのお婆さんと鼠たちの間には不可侵条約が結ばれ、それがついに破られなかったと見るほかはない。それはとにかく、鼠の騒ぎさえ親しく、賑《にぎ》やかに感じられるほど、おかのお婆さんと二人の土蔵の中の睡りは淋《さび》しかったのであろうか。

私は自分と祖母の土蔵の生活が、よその普通の家に住む人の生活と、多少異っているのを感じていた。

それが一番はっきりと判《わか》るのは夕方であった。私は戸外で遊んでいて、いつも土蔵の窓の方に眼を遣《や》った。土蔵の内部にランプの灯がともされると、小さい窓にはほんのりと明りがさした。ランプが点火されるまでは、窓は眼窩《がんか》の暗さを持っていた。当然のこととして、土蔵の内部は暗かった。昼間でさえ薄暗いのであるから、夕闇の迫ってくる時刻になると、土で造った四角な箱の中は真暗だった。私は祖母がランプに点火するまで戸外で遊んでいた。そして窓に明りがさしてから、土蔵へはいって行った。

よその家は縁側もあれば、台所もあり、台所を突き抜けると、その向うには背戸があった。家の内部にはどこからでもはいることができた。土蔵はそういうわけにはいかなかった。入口は一つしかない。しかも、その入口には重い土の引戸がついていた。階下は板の間で、二階の畳の敷いてある部屋に行くには、暗い板の間の端しに設けられている急な階段を上らなければならなかった。よその家のように簡単にはいかなかった。家にはいると言うよりは、頑丈な箱の中にはいって行く感じであった。

よその家には、夕食近い時刻特有の賑わいが感じられた。一家の団欒《だんらん》の場所である囲炉裡《いろり》端の明るい雰囲気は、戸外からも覗《のぞ》くことができた。夏は半裸体の男たちの姿も見られたし、冬は囲炉裡を囲んでいる一家全員の姿も見ることができた。

私はそうした他家の夕近い気配から、急に空腹が感じられてくるが、すぐ自分の家の内部に駈け込むわけにはいかなかった。さあ、はいりなさいと言うように窓に明りがさすまでは、戸外で待機していなければならなかった。この時刻には、私は祖母に纏《まと》いついていた。調理場は土蔵の外に作られてあり、祖母はその小屋掛けのような調理場で忙しそうに立ち働いている。竈《かまど》に薪《まき》を突込んだり、バケツを持ってすぐ横を流れている小川の水汲《みずく》み場まで行ったり、時には畑に葱《ねぎ》をぬきに行ったりした。そうした祖母の行くところに、私はついて廻っていた。

祖母は夕食の支度がすっかりでき上がってしまってから、土蔵の二階に上がって行ってランプに灯をともした。今思うと、もっと早くランプに灯を入れればよさそうに思うが、おかのお婆さんにはそれがむだなことに思われていたのである。ランプに灯をともすことにさえ、むだを省こうという気持は、おかのお婆さんだけのものではなかった。村の人全部のものでもあり、都会に住む父や母のものでもあった。

土蔵の二階には六畳ぐらいの部屋が二つ並んでいた。部屋の間には仕切りはなかったが、何となく二部屋になっている感じであった。そして北側と南側に鉄の棒のはまった小さい窓があり、そこから光線がはいった。この二つの窓以外光線のはいるところはなかったので、当然土蔵の中は昼でも薄暗かった。南側の窓のあるところは畳一畳分ぐらいが板敷きになっていて、そこに小さい食卓が置かれてあった。食事をするのも南側の窓のところであり、祖母が縫いものをするのも、訪問者を迎えるのも、この南側の窓のところであった。階下から階段を上ってくると、この窓のところに出たので、訪問者たちの訪問の仕方はひどく簡単だった。

——今日は。

と言って、階段を上って来、上りきったところで、そこへ坐ればよかった。なかには階段を上りきらないで、階段の最上段に腰を降ろす者もいた。しかし、それがいっこうに不自然には見えなかった。この家の主人であるおかのお婆さんは、いつもその窓際《まどぎわ》の板敷きのところに坐っていたので、訪問者を奥へ招じ入れるといったことは要らなかった。その窓際だけが明るい場所であった。

もう一つ、その南側の窓と向かい合って、北側にも窓があるが、この方はあまり使わなかった。北向きではあったし、階段から遠くなるので、単なる光線と空気の取入口でしかなかった。小学校へ通うようになってから、この北側の窓のところに小さい机を置いたので、何となくこの北側の窓際が勉強する場所といった感じを持ったが、それまではせいぜい小さく四角に仕切られた風景の見える窓でしかなかった。私と祖母とは奥の間を寝室にしていた。従って、朝眼覚めると、私はいつも北側の窓から入ってくる光線で、その時刻も、その日の天気具合も知ることができた。二つの窓には雨戸と障子がはまっていた。夜になると雨戸を閉めたが、私が眼を覚ます頃は、すでに祖母の手によって、雨戸は障子に変っていた。

朝の眼覚めはひどく静かで安穏であった。やわらかい光線が小さい窓の障子を通して流れ込んでいる。決して明るくはなかったが、と言って暗いわけではなかった。いつまでも床の中にはいったまま、ほの白い光線のはいってくる窓の方に顔を向けている。私は、幼時のこの土蔵の眼覚めの安穏さを今でも忘れることはできない。なかなか贅沢《ぜいたく》な静かな眼覚めであったと思うのである。

土蔵に於《お》いての朝の眼覚めは素晴らしかったが、それに反して、夜半の眼覚めには、一種悽愴《せいそう》なものがあった。

——おしっこ。

私が飛び起きると、祖母も床から離れないわけには行かなかった。祖母は枕許に置いてある手燭《てしょく》に火をつけ、何か口の中でもそもそ言いながら、私を階段の降り口のある南側の窓のところまで導き、階段を踏み外さないように注意しながら、階下に連れて行く。そして、祖母は私を戸外の厠《かわや》に導くために、ひどく重い入口の大きな戸を開けなければならない。祖母が戸を開ける作業が終るまで、代って私が手燭を持っている。

戸を開けて、一歩踏み出すと、世界は全く異ったものになる。冬は寒い風が吹き荒れていたり、夏は辺り一面に虫がすだいていたりする。月夜の時もあれば、雨の降っている時もある。夜の自然は千差万別だ。立木が生き生きと騒いでいることもあれば、真暗い闇《やみ》が押し黙って重く置かれてあることもある。

私は祖母についてきて貰《もら》って、土蔵の入口の右手に造られてある厠の中にはいって行く。私が用を足すまで、祖母は厠の傍に待っていてくれる。私が厠から出てくると、私に代って、祖母が厠の内部にはいって行く。こんどは私が厠の傍で、祖母を待っていてやる。

――早くおうちにはいっていなさい。

おそらく祖母はこうした言葉を口から出したに違いないのであろうが、私の方は祖母を待っている方が有難い。少しぐらい土蔵に早くはいったところで、そこが真暗である以上、その真暗い中に立っているだけのことである。そのくらいなら祖母が厠から出てくるのを、戸外で待っていた方がいい。

祖母と私は再び土蔵の中にはいって行く。重い戸を閉め、かんぬきを降ろし、そして再び手燭の光を頼りに階段を上り、暫《しばら》くからっぽになっていた蒲団の中にもぐり込む。蒲団の中にはいると、何となくひと仕事終えたあとのような、やれやれといった思いがある。そうした私を睡魔がその大きい掌で摑《つか》み取ってくれる。

この厠から戻って、蒲団の中にもぐり込んだ時の一種独特の思いは、幼時だけのものである。現在もその時の思いは覚えているが、それを再現する術《すべ》はなさそうだ。僅《わず》かに戦時中応召して、大陸に渡り、野戦生活をした時、深夜、小用のために眼覚め、これに似た思いを持ったことがあるが、幼時に経験したような清新さはなかった。

しかし、いったん厠に起き出して行っても、寝床に戻るや否《いな》や、すぐまた私は尿意を催すことがあった。

――おしっこ。

――いま、行って来たじゃないの。

――だって、またしたくなったんだもの。

こうなると、祖母は再び手燭に火を点じなければならなかった。寒くない時は、そのまま寝床から起き出して行けたが、寒い時は、私は寝衣《ねまき》の上に着物を纏《まと》わされ、首に襟巻を巻きつけられた。深夜戸外に出て行くので、それだけの支度があった。

祖母はこうした手間を省くために、子供用のまるい御厠《おかわ》を用意してあったが、私は絶対にそれを使わなかった。またブリキ製の湯婆《ゆたんぽ》の古くなったのを持ってきて、それを溲瓶《しびん》代りに使おうとしたこともあった。

——この中におしっこしなさい。

しかし、私は湯婆の方も敬遠した。そんな奇妙な放尿の仕方は納得できなかった。まだ御厠や古湯婆より、鉄の棒のはまっている窓から放尿する方がよかったが、窓からの放尿は、窓枠を濡《ぬ》らすということで祖母が許さなかった。

——ほんとに、この子は癇症《かんしょう》持ちで。

祖母はよく人に言った。しかし、その言い方の中には、いくらか私が癇症持ちであることを自慢にしているようなところがあった。癇症持ちのためかどうかは知らないが、原則としては、私は毎晩のように、祖母について行って貰って、戸外の厠まで出向いた。雨の夜は、厠まで行かないで、土蔵の入口で放尿した。祖母は土蔵の入口の苔《こけ》を、おしっこ苔と称《よ》んだ。私の放尿のために生えた苔だというのである。

深夜の厠行きは、しかし、今になってみると、妙に生き生きした絵となって思い出されてくる。深夜であっても、春は春らしく、秋は秋らしかった。春ののどかさもあれば、秋の淋しさもあった。月光の盛んな夜は、私と祖母の地面に捺《お》す影は黒く、風の強い夜は、落葉が足許に舞った。そうした夜の中で、いまはっきり憶《おぼ》えているのは、二人で蛍を追いかけたことである。

——さあ、いい加減にしておきなさい。

祖母は言ったに違いない。しかし、私の方はすっかり眼を覚ましてしまって、蛍を追いかける作業に熱中し、祖母もまたそんな私に付合ってくれたのである。一体、あの夜の二人は何をしていたのであろうかと思う。夢とも現実とも判らぬような不思議な絵である。

現在、私は幼い孫のとりとめない要求に応じて、とりとめないことをしてやっている時、祖母でさえ幼い私に付合ってくれたのであるから、私も幼い者たちに付合ってやろう、そんな思いがどこかにある。

それはともかく、幼い頃の私には、夜はいつも生き生きしたものに見えた。その生き生きしたものの中に、小さい頑丈な箱が置かれてあり、その箱の中で、私と祖母は眠っていたのである。

あらし

台風の季節は、現在も昔も変らない。夏の終りから秋の初めにかけて、毎年のように、それが約束ででもあるかのように、几帳面《きちょうめん》にあらしはやって来た。九月にやって来ない時は、十月にやって来た。二百十日とか、二百二十日とかいう言い方で、誰もがそのあらしの訪問を肯定していた。

今日のように、南方の珊瑚礁《さんごしょう》のある海域で台風の卵が発生し、それが孵化《ふか》し、次第に大きくなりながら日本列島をめざして北上して来るといった考え方は、誰も持っていなかった。どうやら空模様も怪しくなり、風の吹き方も尋常でなくなった、この分ではひと荒れ来ずにはおくまいな、大人たちもみなそのような受け取り方をしていた。あらしが天の一画からあちこち見廻し、まだこの地方を忘れていた、よし、ではこの地方を見舞ってやろう、そんな来方で来るように解釈していた。狙《ねら》われたらおしまいだ、確実にあらしは襲いかかって来る、そんな、どこか襲われることを前提とした諦《あきら》めに似たものがあった。

村人は、今日の人たちがラジオにかじりつくように、外に出ては、空を見上げた。

雲の動き方、雨の落ち方、風の吹き方で、あらしが狙っているか、いないかを判断した。どうやら、あらしが来そうだとなると、村の人たちは急に忙しく立ち廻った。村全体が表情を変えた。村人たちは田圃《たんぼ》を見廻ったり、小川に堤を築いたり、橋が流れないように補強したりしなければならなかった。そうした共同の作業が終ると、こんどはそれぞれの家に帰って、あらゆるものをあらしを迎える体制に切り替えなければならなかった。植木鉢は縁の下や納屋《なや》にしまい込まれ、立木にはつっかい棒が当てられ、梯子《はしご》は片付けられ、筵《むしろ》は舞い上がらないように束にして軒下に縛りつけられた。そうしたことがすべて終ったあとで、男たちは雨戸を釘《くぎ》付けにする作業に取りかかる。どこの家からも釘を打つ音が聞えた。

私たちは正月以上にあらしを迎える日の村の表情が好きだった。村のどこへ行っても、大人たちのきびきびした動きが感じられた。平生のらくら者で通っている者までが、何となく忙しそうにそこらを動き廻っていた。そうしているうちに薄暮が垂れ込め、村人の期待を裏切らぬために、次第に雨勢は烈《はげ》しくなってくる。

小学校へ上がらない前の幼い私にも、あらしを迎える日の異常な緊張は感じ取られた。祖母はあす一日炊事しなくてもいいように炊出《たきだ》しをし、蠟燭《ろうそく》の太いのを用意し、甕《かめ》に水をみたし、それから雨漏りの水滴を受ける器物を二階に運んだ。盥《たらい》、バケツ、洗面器、手桶《ておけ》、それで足りなくて、どんぶりの器まで南側の窓の板敷きのところに運んだ。土蔵なので、他家のように雨戸が風に持って行かれる心配はなかったが、屋根の方は安心していられなかった。風の当り方によっては瓦《かわら》はどこへでも飛んで行った。

あらしの来る夜はいつもより早く夕食の膳《ぜん》に向った。そして夕食をすますと、私も祖母も、すぐ寝床にはいった。夜半、いかなることで起き出さないとも限らないので、さきに睡眠をとっておこうというわけである。寝床にはいる頃は、戸外では烈しい雨が落ちており、次第に風は強くなりつつある。あらしはもうどこへも行かないで、確実にやって来る、そんな思いを抱いて、私は寝床にはいる。期待と不安の入り混じった奇妙な思いである。

――ほうら、やって来た！

私は寝床の中で聞耳を立てている。そんな私を、祖母は早く眠らせようと思うらしいが、私の方はいつもより昂奮《こうふん》しているので、そうそう言いなりに眠るわけには行かない。異常なものはやって来ようとしており、すでにその前触れは到着して、土蔵を押し包もうとしているのである。

――ほうら、やって来た！

――黙って、早く寝《やす》みなさい。

――だって、眠れないもの。

――眼を瞑《つむ》っていれば、眠れます。

眼を瞑ると、眠れるどころか、戸外の雨風の音は一層強く聞えてくる。

――いま、何か変な音がした。

――大丈夫、柿《かき》の木の枝でも折れたんでしょう。

――柿の木が折れた⁉

私が身を起そうとすると、

――柿の木じゃないの。柿の木の枝よ。心配しなくてもいいの。

おそらく、私と祖母の間にはこんな種類の会話が交されていたことであろうと思う。

そのうちに、私は眠ってしまう。

次に眼覚めると、戸外の雨風の音は、さっきより一層烈しいものになっている。

――おばあちゃん。

私は祖母が傍に居るかどうかを確める。

――さあ、ねむんなさい。今頃眼を覚ましている子は、村中、どこを探してもいません。

そんな祖母の言葉に安心して、私は再び眠りの中にはいって行く。

次に眼を覚ますと、祖母は傍に寝ているが、戸外では雨と風とが依然として荒れ狂っており、雷鳴まで加わっている。家の中にも小さい異変が起っている。屋根から吹込んだ雨が、ぽとん、ぽとんと、一定の間隔で天井板を叩《たた》いている。とうとう小鬼がやって来た！　私は雨漏りの音を聞くと、いつもそんな思いを持った。雨漏りの小鬼がやって来るのはあらしの晩に限らなかった。何日も続いて雨が降ると、必ず小鬼はやって来た。

しかも、あらしの夜は、一匹の小鬼がはいり込むと、間もなく、次から次へと、小鬼はその数を増して行った。向うの天井の隅に小鬼が居るかと思っていると、寝ている真上の天井にも小鬼は居るのである。

天井でいたずらしている小鬼のボトン、ボトンという単調な音を聞いているうちに、私はまた眠りにはいってしまう。天井に小鬼が居ることは、居ないよりよかった。この雨漏りの小鬼は少しも怖くはなかった。どこかに幼い私と遊んでくれているようなところがあって、寝床の中でひとり眼を開けている私の気持を優しく揺すぶってくれる。雨漏りの音というものは大人の耳には陰気に聞えるものであるが、幼い私には暗くも、陰気にも聞えなかった。小鬼はこっそりと、遠いところから水を引いてきて、それを調節しながら、一滴一滴、一定の間隔をおいて落下させているのである。小鬼は忍耐を必要とする秘密作業に、真摯《しんし》に従事していた。

次に眼を覚ます頃は、土蔵の二階の様子はすっかり変ったものになっている。祖母は起出して、バケツを運んで来たり、洗面器を持ち出したりして、あちこちの雨漏りと闘っている。もうこうなると小鬼のいたずらとは言えない。天井からは公然と雨水が落ち出し、小鬼たちは驚いてどこかへ逃げて行ってしまったものとみえる。

――おばあちゃん。

――たいへん、たいへん。

――いまぽつんと、水が顔の上におっこちてきた。

――たいへん、たいへん。

何を言っても、祖母の返事はたいへん、たいへん、である。実際に辺りの情勢はたいへんと言う以外仕方ないものになっている。私は寝床にはいったままで、あちこちに移動させられる。今まで寝床が敷かれてあったところには、盥やバケツや手桶などが並べられて行く。戸棚からは行李《こうり》や風呂敷《ふろしき》包みが引張り出される。戸棚は戸棚で雨が漏り始めているのだ。

――たいへん、たいへん。

祖母は同じ言葉を口から出しながら、階下に降りて行ったり、また上がって来たりしている。そのうちに畳も一枚か二枚、めくらなければならぬことになる。

どこからか吹き込んでくる風で、ランプの灯火は明るくなったり、暗くなったりし、その中で祖母と祖母の影が動き廻っている。こうした土蔵を押し包んで、戸外ではあらしが全エネルギーを放出して荒れ狂っている。何かが飛んできて窓にぶつかる音もすれば、樹木という樹木の悲鳴も聞える。

――おなかがすいた！

私は寝床の上に坐《すわ》って言う。すると、祖母は階下に行って、炊出しの握り飯を持って来、それを寝床の上に置いてくれる。祖母も、ここでひと息入れる。二人はあらしの咆哮《ほうこう》に耳を傾けながら、握り飯を頰張ったり、お茶を飲んだりする。今の子供がハイキングに行って、お弁当を食べるようなものである。が、おそらくそれよりもう少し楽しい。

あらしがいくらか峠を越したと思われる頃、母方の祖父か、遠縁に当る紺屋のおじさんが見舞いにやってくる。祖母はこうしたことを予想して、階下の引戸のかんぬきを外しておく。しかし、紺屋のおじさんの方は大抵北側の窓の下から声をかけてくる。

――おーい、おーい！

天地をのた打ち廻っているあらしの底から、その声は聞えて来る。遠く聞えたり、近く聞えたりする。そんな時、私には土蔵の外は波濤《はとう》が荒れ狂っている真暗い海のように思われ、そしてその声は、難破船から助けを求めている号《さけ》びのように聞える。

——誰か呼んでる！

——どれ。

祖母は耳を澄まし、難破船からの声を確めると、北側の窓の雨戸をほんの少し開ける。外は相変らず雨と風が荒れ狂っている。

——紺屋のおじさんか。

——そや。

窓を挟んで、土蔵の内部と外部との応酬は急に生き生きしたものになる。たとえば、こういった具合である。

——えらいことだな。もう少しで堤は切れるぞ。

——うちの屋根を見てくんなされ。どうかなっておらんかな。

——見ろと言ったたって、見れるかや。——まだちゃんと載っかっているらしいが。

——家の中はひどい雨漏りですわ。

——雨が漏るぐらい、何ということもあるまいが。浅田のところの物置の屋根は空を駈《か》けて、浅井のところの隠居の屋根にかぶさってしまったが。

――あれ、まあ、うちの庭の木はどうもなっていませんか。

――石榴《ざくろ》が倒れている。が、石榴一本ですめば安いもんだ。夜が明けたら、横瀬の背戸へ行ってみなされ。えらいことになっている。見ものだ！

紺屋のおじさんはふんどし一つの裸体姿で、その上に蓑《みの》を纏《まと》っている。時には座蒲《ざぶ》団《とん》を頭に載せていることもある。

窓の下からでなくて、いきなり土蔵の二階に上がって来るのは母方の祖父である。頭からも、顔からも、雨滴が落ちている。雨漏りのため足の踏場もなくなっているところを、じろりとねめ廻して、

――もうこの蔵も年期だな。

いきなりそんなことを言う。

――屋根だけは直しませんとな。

祖母が言うと、

――無駄やなあ、手を入れるくらいなら潰《つぶ》してしまった方が早いわ。

――ここを潰したら、わたしたちの住むところなくなりましょうに。

それには答えないで、

――木が二、三本倒れている。あした来てつっかい棒してやる。

そして祖父はすぐ出てゆく。邪慳《じゃけん》なところもあるが、親切なところもある。ひと言の見舞いの言葉も口から出さないが、この深夜の訪問が、あらしの見舞いであることだけは確かである。

あらしの見舞いは紺屋のおじさんと母方の祖父の二人とは限らない。近所の農家の人が田圃の見廻りに出たついでに、土蔵の窓の下から声をかけてくれることもあれば、階下の入口から何か呶鳴《どな》って行くこともある。いずれにしても、台風見舞いの深夜の訪問者の声はなかなか満足には伝わって来ない。風が持って行ってしまうので、ちぎれちぎれに飛んで来る。どれも荒れている海の難破船からの叫びに似ている。

そんな叫びが聞えて来ると、おかのお婆《ばあ》さんは北の窓を開けたり、南の窓のところで耳を澄ませたり、階下まで降りて行ってみたりする。すっかり眼を覚ましてしまった私も、祖母と行動を共にする。

――さ、お床にはいっていなさい。

祖母は言うが、床の中などにはいっていられたものではない。

――あれ、また誰か呼んでいる！

私が言うと、おかのお婆さんも聞耳を立てる。戸外のごうごうたる風の音が改めて耳にはいって来る。

――何も聞えないじゃないの。

――ううん、いま聞えた。幸ちゃんの声だった。

――何言っているの。今頃幸ちゃんが外などにいたら、風で舞い上がってしまう。

――ほら、また聞えた。おまち姉ちゃんの声だ。

私にはむやみに声が聞えて来る。風と雨の怒号の中から、自分が知っている人の声が聞えて来る。幸ちゃんの声だと思うと幸ちゃんの声に聞え、おまち姉ちゃんの声だと思うと、おまち姉ちゃんの声になる。

――ほら、また聞えた。

――そら耳だよ。

――ううん、本当に聞えた。ほら、聞えている。坂下のおじいさんの声だ。

――じゃ、なんて言っていた？

――柿くれ、って。

――柿なんか食べられますか、あんな歯なしのおじいさんが。

この頃から一晩中土蔵を取り巻いて荒れ狂っていたものは、次第次第にその狂暴な鋒先《ほこさき》を収めて来る。雨は小降りに、風の音は間遠になって来る。そのうちに夜は白み始める。

私と祖母は、雨漏りのため部屋の隅の方に移してある寝床の中にはいる。すべての荒々しいものが次第に遠ざかって行くのを感じながら、不思議に満ち足りた安堵《あんど》の思いの中で眠りにはいって行く。まだ楽しいものは残っている。こんど眼を覚ましたら、あらしが村に残して行ったものを、自分の眼で確めなければならない。そんな楽しみが、眠りに入ろうとする私の前でちらちらする。

あらしの夜のことで、多少はっきりしたイメージに裏打ちされて、記憶に残っていることが一つある。誰かの背に負われて、土蔵から本家へと移動した時のことである。もう夜は白みかけ、あらしは収まりかけている。雨はやみ、風だけが思い出したように、まだその荒々しさを失わないで吹いている。そのような時、私は誰かに背負われて、土蔵から母の実家の方へ移されたのである。雨漏りがひどくて、全部の畳を上げねばならなくなり、そんな理由で引越しすることになったのかも知れない。あるいは私が発熱でもして、人手のある本家の方へ移されたのかも知れない。もしかすると、発熱したのは私でなくて、祖母の方であったかも知れない。そうした祖母が私の世話を、本家の方に託すこともあり得る。

いずれにせよ、あらしの夜が明け始めた頃、私は土蔵から本家へと、その頃の感じ方で言えば、長い長い旅をしたのである。長い長い旅と言ったが、土蔵から本家までの間には数軒の家が道の両側に置かれてあるだけで、大人の足では五分とはかからぬ距離である。

私は誰かの背に乗ったまま、荒々しい風景の中を突切って行った。駱駝《らくだ》にでも乗って異国の旅でもしたような、そんな異様な印象が強く私の心に刻み込まれている。

私は今でも暁闇《ぎょうあん》という言葉で呼ばれている未明の一時刻が好きである。もう夜は終ってしまったが、と言って、すっかり明けきっているわけではない。夜と朝との間に置かれている不分明な時刻である。前生の暗さのようなものが、あたりには生臭く漂っている。

暁闇という未明の時刻が好きなのは、おそらく、幼時、あらしの夜の明け方、暁闇の中を人の背にのって旅したからであろうと思う。道は雨に叩かれて到《いた》るところ裂け目を造ったり、穴をあけたりしている。路面には木の枝や木の葉が乱雑にへばり付いている。そんな道の上を、私は一歩一歩運ばれて行く。顔を上げると、樹木という樹木が大きく揺れ動き、中には女の長い髪があちこちに吹き飛ばされてでもいるように見えるのもある。倒れている樹木もあれば、倒れかかっているのもある。過ぎて行く家々はまだ固く戸を鎖《とざ》している。そうした無人の集落の暁闇の中を、私は土蔵から本家へと移動して行ったのである。五歳か、六歳の頃であろうと思うが、私は初めて未知の風景と時間の中を旅したのである。

この土蔵から本家への移動が、暁闇との最初の付合いである。それから屢々《しばしば》暁闇とは付合っている。未明の時刻との付合いであるから、多少常時とは異った状態に身を置いている時である。

小学校の一泊の修学旅行。夜明け方、私たちは小学校の校庭に集合して、何台かのバスで出発した。旅行そのものの記憶は余り残っていないが、校庭に立ち籠《こ》めていた暁闇の方はいまだにはっきりと憶《おぼ》えている。初めは傍に居る者も誰か判《わか》らないが、そのうちに闇《やみ》は一枚一枚薄紙でもはがすようにめくられて行き、それに従って親しい友達の顔がそこここに立ち現れて来る。どれも寝足りない顔だが、いよいよ修学旅行に出掛けるという昂奮《こうふん》が眼だけをきらきらさせている。

召集を受けて、郷里から出発して行った時も、暁闇を衝《つ》いて家を出、村役場の前に集り、村の人々と慌《あわただ》しく落着かぬ挨拶《あいさつ》を交した。千人針というものを貰《もら》ったのも、暁闇の立ち籠めている中においてである。

まだたくさんある。大陸の野戦においては、部隊の出動は大抵暁闇を衝いて行われた。私は輜重兵《しちょうへい》で馬をひいていたので、馬といっしょに歩いた暁の闇は、今になると懐《なつか》しいものである。兵も、馬も、暁の闇の中を半分眠りながら歩いて行く。河北省の永定河《えいていが》を渡ったのも暁闇の中なら、保定《ほてい》城外を進発して行ったのも暁闇の中である。部隊から一人離れて、後方の病院に移るために石家荘《せっかそう》の駅に向ったのも暁闇の中である。

小説家になってから暁闇との付合いはなくなっている。生活が平凡になっているからである。徹夜の仕事をして、暁方の闇を窓の向うに感ずることはあるが、暁闇の中に身を置くことはない。

私は暁闇の立ち籠めている未明の一時刻が好きだ。人間が何ものかに立ち向っているからである。暁闇を衝いてという言葉があるが、人間の精神は確かに未明の闇に立ち向っており、闇を衝いて何事かを行おうとしているのである。

私は小説の中で度々暁闇を取扱っている。いつも幼時に経験したあらしの夜のことが底に置かれている。夕暮のことはあまり書かないが、暁闇の方は書く。薄暮に立ち籠めているものより、暁闇の持っているものの方がずっと素晴らしいからである。〝未明暁雪〟という言葉があるかどうか知らないが、暁闇の中に白いものがちらついている時を、どこかに使おうと思いながらいまだに果さないでいる。

あらしの翌日は大体晴天に決まっている。ゆうべのあらしのことは忘れたように、空は青く澄みわたり、太陽は明るい。村全体が消毒薬でも振りかけられ、ごしごし洗われたように、汚れというものはすっかりなくなっている。そのかわり、ごしごし洗いすぎて、到るところいたんだり、傷ができたりしている。

幼い者は幼い者で、あらしの翌日は忙しかった。村に刻まれたあらしの爪痕《つめあと》を点検して廻らなければならない。どこの家の柳の木が倒れたと聞けば、それを見に行かねばならないし、どこの家の池の金魚が流れてしまったと聞けば、そのからっぽになった池も見に行かねばならない。

その他にもいろいろな楽しみはある。地面に張りついている木の葉を一枚一枚はがして行くことなどは、あらしの翌日だけの遊びである。

——坊、精が出るな。

あらしの後始末に忙しい大人たちも、時にそんな言葉をかけて行く。畳を干したり、雨戸を戸外に持出したり、洗濯ものを竹棹《たけざお》にならべたり、大人たちは忙しく立ち廻っている。

幼い者たちはそうした大人たちの間で遊んでいる。大人たちが、自分の遊んでいる周囲で立ち働いていることは、何と張合いのあることだろう。大人たちが忙しく立ち働けば立ち働くほど、子供たちも遊びに熱中できる。

——おい、邪魔だな。そこをどきな。

時には遊び場を移動させせられる。遊び場を引越しさせられることなど何でもない。引越しもまた遊びだからである。

こうしたあらしの翌日、私は屋敷内を流れている小川の洗場で、上流から流れて来るものを拾い集めた記憶がある。平生はせいぜい子供の膝《ひざ》までぐらいの深さだが、洗場のところだけ板で水をせいているので、多少深くなっている。が、あらしの翌日は、水嵩《みずかさ》も増し、濁った流れの上を、いろいろな物が流れて来る。下駄《げた》の片方、空罐《あきかん》、キルクの栓、木箱、タワシ、いろいろな物が運ばれて来る。

私はそうしたものが洗場のところに溜《た》まると、何でも構わず拾い上げる。そうした私のたくさんの拾得物の中から、祖母はしゃもじを見付けて、それを土蔵の中に持って行ってしまったことがある。そのしゃもじは次の日から台所用品の一つに加えられた。そのしゃもじについて、祖母が人に語っているのを聞いている時、何となく私は面目を施しているような気持になった。考えてみると、私の生涯において、そのしゃもじは最初の拾得物であり、自分の労力の代償として手に入れることができたものであった。

ふろ

郷里湯ケ島は現在天城湯ケ島町の一部となり、伊豆の温泉町として名を知られているが、私が生い育った頃は天城山麓《さんろく》の無名の一山村に過ぎなかった。村の渓谷に温泉が湧《わ》き出しており、温泉宿二、三軒と、別荘一軒と、共同湯が二つあった。温泉宿は今日見るような大きい構えのものではなく、時折思い出したように馬車で客が運ばれて来、それが二、三軒の旅館にばら撒《ま》かれるといった具合で、団体客などというようなものは見られなかった。旅館の数を二、三軒という不正確な呼び方をするのは、一軒が旅館を営業している時もあれば、やめている時もあったからである。一年に一度、秋の終りに、宮内省《くないしょう》関係の役人たちが天城山に猟にやって来たが、旅館が大勢の泊り客を迎えるのはこの時ぐらいのものであった。村の人たちは、この猟のことを御猟と呼んでいた。

村の人たちは一日の山仕事や野良《のら》仕事から解放され、囲炉裡《いろり》端の夕食を終ると、提《ちょう》灯《ちん》をさげて、渓合《たにあい》の共同湯へ出掛けて行った。共同湯を覗《のぞ》いて、共同湯が混んでいると、旅館や別荘の湯を貰いに行った。旅館は同じ村の人が経営していたし、別荘の方も村の誰かが管理していたので、さして遠慮は要らなかった。なにしろ自然にあとからあとから噴き出している湯だという観念があるので、さしてものを貰うという気持はなかった。玄関から堂々とはいって行く者もあれば、庭伝いに浴室の方に廻り、窓からはいって行く者もあった。

大人がこういう具合だったので、夏季の温泉旅館の浴室は、昼の間は子供たちに占領された。谷川で水を浴び、体が冷え込むと、旅館の浴槽に飛び込み、体が暖まると、また谷川へ降りて行った。子供たちは共同湯も、旅館の湯もいささかも区別していなかった。川を上流から下流へ泳ぎ下りながら、身に一物も帯びない真裸の姿で、場所場所で、旅館の浴槽に飛び込んだり、共同湯にはいったり、別荘の浴室で跳ね廻ったりした。

幼時の記憶の中で、多少でも、ある妖《あや》しさをもって思い出されて来るものがあるとすると、村の男女で混雑している夜の共同湯のことである。一応、浴室は男と女に区別されていたが、混んで来ると、男も女湯にはいって来るし、女も男湯にはいって来た。その点は甚だ融通無碍《むげ》であった。

幼い頃の夜の共同湯の混雑は、視覚的イメージとしてではなく、何とも言えぬ奇妙な妖しい感覚で覚えている。いまの言葉で言うと、官能的とでも言うことになろうか。

あっちに行ってはつるりと滑り、こっちに来ては、つるりと滑る。やたらに柔かくて、つるつる滑るものの中に身を置いていたという、そんな感じである。

後年岸田劉生《りゅうせい》が著した『初期肉筆浮世絵』という書物を開けて、そこに収められている「彦根屏風《びょうぶ》」、「慶長遊女遊戯屏風」、「慶長湯女之図《ゆなのず》」といった風俗画の写真刷りを眼にした時、いきなり思い出したのは郷里の夜の共同湯の情景である。「彦根屏風」や慶長風俗画の身をくねらせている大勢の女たちを裸にして、湯気の立ち籠めている浴槽の中に入れたら、さしずめ郷里の夜の共同湯のむんむんした奇妙な雰囲気が生れて来そうな気がする。立膝している女、髪《かみ》を洗っている女、嬰児《えいじ》を抱いている女、互いに背を洗いっこしている女。娘も居れば、内儀さんも、老婆《ろうば》も居る。互いに体を触れ合うほど、女たちは湯気の中にひしめき合っている。浴槽もいっぱいだし、洗場もいっぱいである。

そうした中で、五歳か六歳の私は、あっちに行ってはつるり、こっちに来てはつるり、浴槽の中につけられたり、洗場に出されたりする。洗場では近所の農家のおばさんの股《もも》の中に挟まれて、

——眼をつむっていなさいよ。頭からお湯をかけるから。

そんな言葉で必死に眼を瞑《つむ》る。

——さ、よし。こんどは背中、向うを向きなさい。

向うを向きなさいと言われても、やたらにつるつるしている。やっとのことで向うを向くと、足のかかとを軽石でこすったり、へちまで体をこすったりしているおかのお婆《ばあ》さんと顔を合せる。おかのお婆さんは、体の皮がむけるのではないかと思うほど、体中をこすっている。

——洗って貰ったら、もう一度、お湯につかりなさい。

つるつるして、半分滑るようにして浴槽にはいると、ここでもまたやたらに柔かいものにぶつかる。どっちを向いても、柔かいものばかりである。乳にぶつかったり、腰にぶつかったり、背中にぶつかったりする。慶長の湯女たちは、私の廻りでひしめき合っているのである。

ただ「彦根屏風」や慶長の風俗画の中の女たちと違うところは、湯気の中の女たちが健康でぴしぴししていることである。農家の娘や内儀さんたちの土の臭《にお》いのする肉の塊りが、湯気の中で上気して、互いにぶつかり合っている。

寒い時は行かなかったが、春や秋は、私は夜になると、祖母や近所の農家の人たちに連れられて共同湯に行き、瘦《や》せた体を裸にされて、身をくねらせたり、立膝をしたりしている肉塊の中に投げ入れられていたのである。

春や秋の、湯ざめのしない時季には、十五分ほどかかる渓合の共同湯に出掛けたが、冬は大抵、土蔵の横に置いてある据風呂《すえぶろ》の厄介になった。簡単な屋根ができているので、雨の日もはいれないことはなかったが、雨の降っている時は、本家の方の風呂を貰いに行った。本家の方も戸外の井戸の傍に据風呂が置いてあったが、この方は屋根が完全にできていた。

私が幼かった頃は、村中どの家も戸外に据風呂を置いてあった。土間の広い農家は、土間の中に風呂桶《おけ》を入れてあって便利ではあったが、家の内部に風呂を焚《た》く煙が充満した。囲炉裡の薪《まき》の煙だけでもたいへんなところに、風呂を焚く煙まではいって来るとなると、家の者は一人残らず眼をしばしばさせなければならなかった。

時々、近所の農家から風呂の誘いがかかった。湯の中に橙《だいだい》や柚子《ゆず》の皮を入れた時とか、塩俵の俵を投げ込んだ時とか、薬草を入れた時とか、そんな特別な風呂の場合だけ声がかかって来た。

戸外の野天風呂の思い出は多少悽愴《せいそう》なもので貫かれている。寒い風が吹いている時は、風呂から出ると、いつも着物を抱えて土蔵まで裸体で駈《か》けた。寒月が中央にかかっている時もある。月を仰ぎながら野天風呂にはいっていると、

――加減はどう？

と、焚口に屈《かが》んでいる祖母が声をかけてくる。

――熱い！

私は言う。すると祖母はそこから三、四間先を流れている小川の洗場まで行って、バケツに水を汲《く》んで来る。

――ぬるくなった！

祖母はこんどは火を焚くことに専心する。すると、足の方から熱い湯が上がって来る。

――熱い！

――掻《か》き廻してごらん。

掻き廻しているうちに上も下も熱くなる。祖母はまた水を汲みに行く。

貰い湯の時は塩俵を入れた塩湯の時が一番楽しかった。足の裏はざらざらした塩俵の荒い感触を味わいながら、私の舌は時々湯がいかに塩辛いかを確める。

――しょっぱい！

――飲んじゃだめよ。あとで嫁っ子に甘酒でも沸かして貰ってあげるから。

塩湯のあとは、土間で塩気のない湯を浴びせられ、その上で大抵囲炉裡端で甘酒のご馳走《ちそう》になった。

貰い風呂に行くのは本家か、近所の二、三軒の農家に限られていたが、そのうちの一軒に奥田という家があった。土蔵の背戸を斜めに突切って行くと、その家の納屋《なや》の前に出ることができた。据風呂は納屋の横手に置かれてあり、風呂を貰いに行った時は母屋《おもや》にはいって、そこで着物を脱ぐか、でなければ据風呂の置いてあるところで着物を脱ぎ、それを傍の立木の枝に掛けた。

今は奥田家の母屋の様子も、その家の人たちのことも、何も憶《おぼ》えていないが、おくらさんと呼んでいた女のひとのことだけが記憶に遺《のこ》っている。その頃、彼女は何歳ぐらいであったろうか。ともかく不幸の象徴のような黒い固まりとして、おくらさんという女のひとは私の心に刻まれている。

小学校へ行くようになってから知った話であるが、おくらさんは少女の頃神かくしに遇って行方不明になり、何日かして天城山中で発見された時は痴呆《ちほう》になっていたという。今の言い方で言うと、おくらさんはノイローゼになり、突然蒸発し、何日か後に精神異常者として発見されたというわけである。私が小学校へ通っている頃、おくらさんはいつも私の家の敷地の東北の隅に造られてあった水車小屋のところに来て、洗濯したり、食器を洗ったりしていた。おくらさんは誰ともいっさい口はきかず、いかなる場合にも笑うことはなかった。喜怒哀楽は受付けず、ただ、いつでも黙って働いていた。そんなおくらさんが子供たちの眼にも不気味に見え、ばかにはしていたが、からかうことはなかった。おくらさんは、私が中学生の頃他界したが、五十歳ぐらいの年齢ではなかったかと思う。

小学校時代の私の眼に映っていたおくらさんよりも、また中学校時代にたまに帰省した折見かけたおくらさんよりも、五、六歳の幼い私の心に影を落しているおくらさんの方が、今になってみると、本当のおくらさんのような気がする。

奥田家に風呂を貰《もら》いに行くと、おくらさんはいつも焚口の前に身を屈め、黙って風呂の火を焚いていた。母屋の方には夕食の膳《ぜん》を囲んでいる賑《にぎ》わいがあるが、そうしたこととは無関係に、おくらさんはいつでも風呂の焚口の前に身を屈めていた。

そうしたある時、私は風呂の中で、突如として大声を出して泣き出したことがあった。母屋の方から祖母や他の人が駈けつけて来たが、私は何のために泣き出したか、自分でも判《わか》らなかったし、問われても答えられなかった。そうした奇妙な気持だけを憶えている。

幼い私には、その時、いつも風呂の火を焚いている異常な黒い不幸な固まりが泣き出すに値するものとして受取られたのではなかったか。幼い頃の心の反響板というものは、もしかすると大人のそれよりも鋭く、繊細ではないかと思う。私はおくらさんの存在が悲しかったから、そのために泣いたに違いなかったのである。

風呂について、もう一つ幼い私の心の反響板に刻みつけられていることがある。

やはり五、六歳の頃のことであろうか。私は一里ほど離れたところにある父の実家に泊りに行ったことがあった。そこには父の兄、つまり私にとっては伯父に当る人物とその家族が住んでおり、そこに私が泊りに行っても別に不思議ではないが、たとい一晩でもよく祖母が手離したことだと思う。おそらく何かの用事で土蔵にやって来た伯父から、いっしょに伯父さんの家に行くかと誘われて、私はうっかりその気になって、馬車に乗せられて、連れて行かれたのではないかという気がする。その前後のことはすっかり消えてなくなっているが、伯父の家の前庭で行水をつかわされていることだけが記憶に遺っている。

私は裸にされ、盥《たらい》の湯の中に坐《すわ》らされ、伯母の手で体を洗って貰っている。何とも言えず奇妙な思いであった。何か言う度に、伯母の口からは真黒い歯が覗いた。おはぐろで染めた歯であるが、幼い私には伯母の顔が鬼のように見えた。

私はとんでもないところに連れて来られたという思いで、真剣な表情をしていたに違いないと思う。行水などという入浴の仕方も初めてだったし、鬼に体を洗って貰うのも初めてだった。

時折、いろいろな人が行水している私の周囲にやって来、そしてまた帰って行った。男の人の場合もあれば、女の人の場合もあった。子供たちがやって来ることもあった。一人残らず見知らぬ人たちであった。みんなもの珍しそうに私が行水をつかっているのを見、何か私について話していた。おそらく伯母との間に、次のような会話が交されていたのではないかと思う。

——ほう、どこの坊かな、これは。

——それが、あんた、さっき、うちのおじさんが湯ケ島から連れて来ましてな。

——すると、土蔵に住んでいるという坊か。

——そうですが。

——よく来たもんだな。諾《き》きわけのいい子だな。それにしても痩せっぽちやな。ひよひよしてる。

——蔵の中に住んでいるんで、そりゃ、あんた、葱《ねぎ》の白身みたいにもなりましょうが。

私は生れて初めて一人の知人もない異国に身を置いていた。知っている人は一人も居ないし、眼に触れるものはことごとくが、馴染《なじ》みない異国の風物であった。この父の実家の前庭で行水をつかっている私は、小さい心を実にたくさんのいろいろなもので充実させている。不安もあれば、後悔もある。伯母さんの黒い歯を見れば生きた気持はしないし、自分を連れて来た伯父さんがどこかへ行ってしまったことも、ただ事でない気がする。時々姿を見せる男や女たちも、何の相談に来たのか判ったものではない。しかし、こうした思いを含めて、その時の私の心に刻まれたものは、そこが異国であり、自分が異邦人であるという思いであった。その後今日までに、私はそれほどの異国へ行ったこともないし、それほどの異邦人になったこともない。

患《わずら》い

患いという言葉は、今日殆《ほとん》ど使わなくなったが、なかなか便利な言葉である。歯が痛ければ歯の患い、耳が痛ければ耳の患い、長く病臥《びょうが》しているとながの患い、心配事があれば心の患いである。

幼い頃、私は腺病質《せんびょうしつ》で、ちょっとしたことで熱を出したり、風邪をひいたりして、床に臥《ふ》せっていることが多かった。現在は人一倍頑健であるが、小学校の三、四年生ぐらいまでは体も小さく、痩せっぽちで、非力であった。小学校に上がるまでは、どこかを患って寝てばかりいた。私が寝ていると、本家から祖母や、小さい叔父、叔母たちが見舞いにやって来た。見舞いに来て貰うほどの病気ではないが、必ず誰かが見舞いにやって来た。おかのお婆さんが本家や近所に大騒ぎして触れ廻るので、棄《す》てておけないというのが実情のようであった。

本家の祖母はやって来ると、私が寝ている枕許《まくらもと》に坐り、私の額の上に手を置いて、いかにも痛ましくて堪《た》まらないといった顔をして、

「なんともなければいいが、何にしても、心配なことじゃ」

と、そういう類《たぐ》いの言葉を口から出した。本家の祖母は心優しい人で、他人の不幸の原因はみな自分にあるといった考え方をする人であった。私は本家の祖母の憂《うれ》い顔をよく憶えているが、本当に憂えていたのか、演技であったのか、その点は見当が付かない。本当に私のことを心配していたかも知れないし、それほど心配はしていないにしても、おかのお婆さんの立場になってやって、彼女が希望するように、彼女のために憂えてやっていたのかも知れない。これに反して、祖父の方は荒っぽかった。土蔵の二階へ上がって来ると、私が寝ている枕許に突立ったまま、

「なんといくじなしだ。また熱を出したんか」

いつも、そんなことを言った。そして、

「なんにも食わず、二、三日寝ていれば癒《なお》る！」

それから、これですんだというように背を向けて、階段を降りて行った。こういう時のおかのお婆さんは悲しそうな顔をして、口の中で何かぶつぶつ言いながら、祖父を階段の下まで送って行き、それから再び二階に戻って来ても、まだ口の中で何か呟《つぶや》き続けていた。祖父に対する呪《のろ》いの言葉であるに違いなかった。近所の農家の人は鶏卵を持って見舞いにやって来た。鶏卵といっても、大抵二個か三個である。私が度々病気になるので、そうたくさん持って来るわけには行かなかった。

北側の窓の傍《そば》に寝床を敷いて、私はそこに身を横たえている。つけ紐《ひも》のついた紺絣《こんがすり》の寝衣《ねまき》を着て、とりとめないことを思いながら寝ているのである。おかのお婆さんはおかのお婆さんで用事があるので、病人の私の傍に付き添ってばかりいるわけには行かない。幼い者には自分が患っているという自覚はない。熱がある時は何となくぼんやりしているだけのことであるし、下痢している時は、ただ体がだるくて、妙に気持に張りがないだけのことである。

幼時患っていた時のことを思うと、その時流れていた時間というものが、かけ替えなく貴重な、贅沢《ぜいたく》なものに思われて来る。もう一度あの退屈さ、とりとめなさの中に身を置いてみたいと思うが、それは望んで果されぬことである。土蔵の二階に立ち籠《こ》めている空気は澱《よど》んでおり、二つの小さい窓からはいって来る光線は僅《わず》かである。床に横たわったまま天井に眼を当てている。雨漏りの跡が天狗《てんぐ》に見えたり、動物に見えたり、木の枝に見えたり、鳥居に見えたりする。顔を横に向けると、畳の海が拡《ひろが》っている。寝返りを打つと、窓枠に仕切られた四角な風景が見える。階段状に拡っている田圃《たんぼ》の一部と、その向うの山の斜面の一部と、青い空の一部、その四角に切り取られた風景は、風が立ち騒いでいると生き生きと見え、雨が降っていると濡《ぬ》れ光って見える。夏の午下《ひる》がりなどは、陽光に照り輝いている風景そのものが、窒息してでもいるかのように静かである。

窓に眼をやったり、天井に顔を向けたり、畳の海を見渡したり、他に何もすることがないので、そんなことを繰り返している。そうしているうちに、眼の働きは停止して、耳の方が忘れていた機能を取り戻す。流れの音、水車の廻っている音が耳にはいって来る。朝と昼とを取り違えた鶏の刻《とき》をつげる声も聞えてくる。外を歩いているおかのお婆《ばあ》さんの下駄《げた》の音、犬の泣き声、雀《すずめ》の声、そうしたものが、ほどほどの間隔を置いて耳にはいって来る。

私は薄暗い土蔵の中で眠ったり、眼を覚ましたりする。眼を覚ましても別に変ったことがあるわけではない。水車の音を聞いたり、窓枠に仕切られた田園の風景に眼を当てたりしているだけである。恐らくもうこの地上にはない完全な休養というものが、あそこにはあったと思う。退屈で、とりとめない時間が流れ、少しも生きることを邪魔しないものが、床に臥していた自分を取り巻いていたのである。そして頃合を見計らって、おかのお婆さんが階下から病人用の食べものを盆に載せ、その上に布巾《ふきん》をかけて運んでくる。おかのお婆さんは私が患うと、寧《むし》ろいそいそと私の世話をしたようである。医者であった私の曽《そう》祖父の愛人だっただけに多少病人の取扱い方は心得ていたのである。

おかのお婆さんは、食事の時、三回三回、体温計を私の腋《わき》の下に入れた。何という長い時間であったろう。私は寝床の上にきちんと坐り、体温計が腋の下から落ちないように、他の一方の手で、体温計を挟んでいる腕を押えている。

——じっとしているんですよ。

言われなくてもじっとしているが、妙に首だけをあちこちに廻したくなる。動いてはいけないと言われると、むしょうに動きたくなる。首を窓の方へ向けたり、天井を仰いだりする。長い時間が過ぎて、

——さ、もういいでしょう。

その声でほっとする。おかのお婆さんは私の腋の下から体温計を抜き取ると、いつも窓のところへ持って行って、目盛りを覗《のぞ》き込み、それを指先で撮《つま》んだまま大きく振った。

私は体温計を二回壊したことがある。一回は土蔵の二階で壊し、一回は父の任地である豊橋へ行って病気になり、その時母の眼の前で壊した。いずれもその時のことをはっきり憶えているが、どちらが先であったろうか。

土蔵の二階で壊した時は、周囲には誰も居なかった。祖母の真似《まね》をして体温計を振ったが、それが手から離れて無惨《むざん》なことになったのかも知れないし、あるいは勝手に腋の下に挟んだりして遊んでいるうちに、取り返しのつかないことになったのかも知れない。

いずれにせよ、水銀の固まりは一つに合わさったり、幾つかに割れたりして、蒲団《ふとん》の上を転っている。手で押えようとすると、向うへ転って行くし、しかも、勝手な方へ逃げて行ってしまう。世の中にこれほど始末に負えないものがあろうとは思われなかった。惨事はそれと判るか判らないかの、ごく小さい原因によって引き起されたのであり、しかもその結果は、幼い私の手に負えるものではなかった。水銀の玉は追いかけると、四方に散り、諦《あきら》めて手を引くと蒲団の上に一つに固まった。

私は、おそらくその時、事件を祖母に告げるために階下に降りて行ったことであろうと思う。叱《しか》られた記憶はないから、祖母は咎《とが》めなかったのであろう。しかし、叱られようと、叱られまいと、この事件から受けた打撃は、幼い私にとっては大きいものであったに違いない。世の中には収拾のつかぬ出来事があるということを、この時初めて私は知ったのであり、同じ壊れるにしても、徹底的に無惨に壊れる物があるということもまた、この時知ったのである。

中学校の一年生の時、魔法壜《びん》を割ったことがあり、その時の小さい、しかし徹底的な破壊音というものはいまも耳に遺《のこ》っているが、体温計の場合は、いつ壊れたか判らないような壊れ方をしたのである。それだけに私の受けた心の打撃は大きかった筈《はず》である。

体温計を腋の下に挟むのが終ると、祖母は盆の上にかけてある布片を取り去ってくれる。盆の上に置かれてある食べものは、いつも決まっている。お粥《かゆ》、梅干、いり卵、鰹節《かつおぶし》の削ったの、鶏《とり》のスープ。その頃の言い方で言うと、お粥さん、すっぱいすっぱい梅干、おいり、おかか、ソップということになる。風邪をひいた時でも、お腹《なか》をこわしている時でも、いつも同じ献立であった。

私は現在、体は頑健の方でめったに病臥することはないが、たまに一日か二日床に臥すことがあると、家人に幼時の献立を要求する。下痢している時は動物性の脂肪の浮いているスープはいけないという意見もないではないが、私はそんなことは受付けない。私にとっては、病気の時の食べものは、五、六歳の時から、動かすべからざるものとして決まっている。食べものの方は幼時の病気の時の食べものを主張できるが、臥床しているところが郷里の土蔵の二階でないことは残念である。雨漏りの天井もないし、鉄の棒のはまった窓もない。あの薄暗い静かな光線の漂いもなく、水車の音も聞えない。寝ている書斎を取り巻いているものは、凡《およ》そその反対のものばかりである。そんなことを言うと、娘は、おかのお婆さんも居ないしと言う。確かにその通りである。どうも、病人が臥床すべき場所は、この東京からは日一日なくなりつつある。病院にはいっても、自動車の騒音は聞えている。

食事が終ると、おかのお婆さんは薬を飲ませてくれる。風邪をひいた時はアスピリン、胃の悪い時はクミチンキ。他に二、三種類の薬品を使っていたようであるが、覚えていない。傷をした時はヨードチンキ一点張りであった。

喉《のど》が痛い時は、日に一回か二回、吸入器の前に坐《すわ》らせられた。眼と口だけを出して、あとは大きな布ですっぽりと包んでしまい、首から下も、着物が濡れないように、同様に布で覆《おお》ってしまう。

こういうでたちで、ひどく塩辛い蒸気を噴き出す小さい機械の前に坐って口を開ける。

——そんなに大きな口を開けなくてもいい。

とか、

——それじゃ小さすぎる。もうちょっと大きく開けて。

時には、

——ばかね、それじゃ、口が裂けてしまう。

いろいろ注意されても、適当に口を開けるということは、なかなか難しい。

——しょっぱい！

——あとで、お砂糖湯あげます。

——いつもより、しょっぱい！

——じゃ、いつもよりもっと甘いお砂糖湯をあげます。

取引しながら口を開けているが、どこかに難行苦行といった感じがある。口の中も、口の周囲も、頬も、みんな塩の蒸気を浴びて塩辛くなる。瞼《まぶた》までがぱしぱししてそのうちに顔全体がむず痒《がゆ》くなる。

私は五、六歳の頃からむし歯に悩まされた。本家でも、他の親戚《しんせき》でも、私のむし歯はみなおかのお婆さんのせいにしていた。

——夜、寝る時も飴玉《あめだま》をしゃぶり、朝、眼が覚めると、また飴玉をしゃぶる。歯も悪くなるだろうよ。悪くならなかったら不思議だ。

私が歯が痛いと言うと、本家の祖父は言った。確かに、朝眼覚めると、枕許には菓子が紙に包んで置かれてあった。私は毎朝、眼を覚ますと、まず腹這《はらば》って、その〝おめざ〟なるものを食べて、それから床を離れた。胃にも悪かったろうし、歯にも悪かったに違いない。こういうところは、おかのお婆さんの医者の囲い者らしくないところであった。村の農家のお内儀《かみ》さんたちより多少余分に医療の知識は持合せていたが、幼い私の要求には無抵抗であったようである。少しぐらい体によかろうが、悪かろうが、私を悦《よろこ》ばす方が大切だったのである。

一度、私は本家の誰かに痛い歯のある頬の上に梅干の皮を貼《は》られたことがあった。私が梅干の皮が落ちないように首を曲げて土蔵へ帰って来ると、おかのお婆さんは、二階の窓際《まどぎわ》で私の頬から梅干の皮をはがしてしまい、顔を濡手拭《ぬれてぬぐい》でふいてから、私に口を開けさせた。おかのお婆さんは脱脂綿を小さくまるめ、それをヨードチンキに浸して、私のむし歯の穴の中に入れてくれた。こういうところは梅干よりヨードチンキの方を信用していたのである。しかし、おかのお婆さんは自分の頭痛の場合は、いつもこめかみに梅干の皮を貼った。こういうところから推すと、梅干の持つ力を信用していなかったわけではなさそうである。親戚一門の〝おめざ〟の非難に対して、曽祖父潔の愛人としての精いっぱいの抵抗を、ヨードチンキを通して示していたのかも知れない。

今考えると不思議なことであるが、私は時折おしっこの出るところが脹《は》れることがあった。私ばかりでなく、同年配の子供はみな、時に脹れることがあった。そんな時、おかのお婆さんは私を連れて裏の畑に行き、そこらを鍬《くわ》で掘って、蚯蚓《みみず》を探し出して、それに水を掛けた。

「さ、蚯蚓を洗ってやった。これでいい」

祖母は言ったが、確かにそれでよかった。翌日になると脹れて酸漿《ほおずき》のようになっていたのが、もとの正常の形に戻った。祖母は私のためばかりでなく、近所の子供たちのためにも、同様なことをしてやった。このような治療法は祖母が医者の愛人として得たものではなかった。彼女の生れ故郷で行われていたものを、彼女は自分といっしょに天城山麓《さんろく》の自分の愛人の村に持ち込んだのである。

冬になって、北風が吹き始めると、頬や手に皹《ひび》がきれた。頬や手の表皮は脂肪分を失って、ざらざらしたものになり、村の子供たちの頰は一面に白い地図でも描いたようになった。子供たちはやたらに舌で唇を嘗《な》めた。いくら嘗めても、すぐ唇は乾いた。皸がきれる頃になると、祖母は毎夜のように、私の頰や手に橙《だいだい》の汁をこすりつけたり、リスリンをつけてくれたりした。私の皸の手入れが終ると、自分の方の手入れにかかった。皸がひどくなると、赤切れになるが、私は祖母の手入れのお蔭《かげ》で赤切れはできなかった。

正月が過ぎる頃から、祖母の夜の仕事は多くなった。私の手足に霜焼《しもやけ》ができるからである。祖母は私の手足を赤切れから守ることを自慢していたが、霜焼の方は防ぎきれなかったようである。

夜になると、私は塩湯のはいった金盥《かなだらい》の前に坐らせられて、両手をその中につけた。

——もう、いい？

——まだ。

——もう、いい？

——まだ。

そんな短い応酬を何回も繰り返した果に、手の治療が終ると、祖母は金盥を持って階下に降りて行き、熱い湯に取り替えてくる。こんどは、私は小さい木箱に腰掛けさせられ、足を片方ずつ金盥の塩湯の中につける。この場合は両手が自由になっているので、さして、〝もう、いい？〟を繰り返す必要はない。足を塩湯につけたまま、蜜《み》柑《かん》の皮をむいたり、餡玉《あんだま》をしゃぶったりしていることができる。

こういう冬の夜、私と祖母は一体いかなる会話を交していたのであろうか。私がとりとめないことを言うと、それに対して、その都度、祖母はとりとめない言い方で答えてくれていたのであろう。いま思うと、霜焼の手入れをしている冬の夜は、なかなかいい。幼い人質と、その庇護者《ひごしゃ》は、誰にも邪《さまた》げられることなく、二人だけの生活を持っていたのである。

おかのお婆さんはあらゆる患《わずら》いから私を守ってくれたが、むし歯だけはどうすることもできなかったようである。私の乳歯はすっかりむし歯になってしまい、そのお蔭で生え変った歯もあまりいい歯ではなかった。中学校一年の時、私は前歯に全部金を冠《かぶ》せていた。

曽《そう》祖母

本家、つまり母の実家に行くと、おひろお婆さんという老婆《ろうば》が居た。曽祖父潔《きよし》の本妻であり、本家の祖父や祖母の親に当る女性であった。潔とおひろお婆さんの間には子供がなかったので、潔は姉の子供を貰《もら》って、それを自分の後継者とした。私を北海道まで迎えに来てくれた祖父である。

おひろお婆さんはひどくおっとりした老婆であった。自分の夫がおかのお婆さんという二号さんと同じ村の同じ字《あざ》に住んでいるのを黙って許していたくらいであるから、おっとりしていない筈はなかった。従って、このおひろお婆さんは、血は通っていないが、私にとっては正式の曽祖母であった。私が小学校へ上がって間もなく六十七歳で他界したが、本家でも、親戚でも、それから村の人たちも、何となくこのおひろお婆さんという女性を特別な眼で見ていた。沼津藩の家老であった五十川《いかがわ》という家の娘に生れ、十何歳かの時潔のもとに嫁いで来たが、嫁入支度の中に朱塗りの風呂桶《ふろおけ》と薙刀《なぎなた》がはいっていたことが、最初に村人を驚かせた。風呂桶は納屋《なや》に仕舞われ、薙刀は本家の二階の座敷の長押《なげし》に掛けられ、そしてそのまま、おひろお婆さんの長い生涯を通じて、この二つの物はその位置を移動することはなかった。

おひろお婆さんが二番目に村人を驚かせたことは、嫁には来たが、何の料理もつくれないことであった。そして彼女は、それを少しも改めることなく一生を過した。台所では湯を沸かす以外、何もしなかった。

そして三度目に村人を驚かせたのは、おそらく、夫の潔と、その頃まだ若かったおかのお婆《ばあ》さんとの同棲《どうせい》を許したことであったに違いない。

こうした賞讃《しょうさん》すべきか否《いな》か判定に苦しむ経歴を持った曽祖母であったが、幼い私には、本家の居間の長火鉢の傍に坐っているおひろお婆さんは、一個の上等な置物のように見えた。髪は真白で、体は肥《ふと》っており、いつも背を少し折り曲げるようにして、火鉢の傍に坐っていた。

祖父、祖母を初めとして、本家の人たちはみなおひろお婆さんを大切にしていた。幼い私もまた、村人がそうであるように、この本家の曽祖母を何となく特別に見ていた。私がおかのお婆さんと土蔵の二階にいっしょに住むようになった頃、年老いてはいたが、おひろお婆さんはまだ健在だったのである。幼い私は、曽祖父の愛人の許《もと》で寝起きし、時々本家へ遊びに行っては、本妻からお菓子を貰っていた。大体に於《お》いて、曽祖父潔と同じようなことをやっていたということになる。

私はおかのお婆さんのほかに、本家の方に曽祖母ひろ、祖母たつの二人のおばあさんを持っていたわけであるが、おひろお婆さんはおっとりし、本家の祖母はただただ心優しく、この二人に較《くら》べると、おかのお婆さんの方が確《しっか》り者であったに違いない。おたつお婆さんはその頃四十五、六歳であったろうか。

しかし、おっとりしたおひろお婆さんに対して、私は子供心に釈然としない思いを持ったことが何回かある。私は本家に行くと、いつも、おひろお婆さんが坐っている長火鉢の傍に坐った。長火鉢の引出しの中に、おひろお婆さん用の菓子がはいっているのを知っていたからである。そうした私の気持を見抜いてでもいるように、おひろお婆さんはいつでも引出しを開けて、煎餅《せんべい》とか餡玉とかいったものを一つ二つ摑《つか》み出して、それを私の掌《てのひら》の上に載せてくれた。これが私にとっては本家を訪ねる最大の楽しみであった。

私はおひろお婆さんをいつも長火鉢の傍に坐っていて、自分がその傍に行くと、必ず何か食べるものをくれる奇妙な老婆であるという以外、何ものとも思っていなかった。優しい言葉をかけられたこともないし、叱《しか》られたこともない。

長火鉢の傍に行って、おひろお婆さんに向い合って坐ると、必ず相手は引出しを開けて、何か駄菓子の類《たぐい》を撮《つま》み出した。私はそれを貰って、そこを離れた。おひろお婆さんの私への菓子のくれ方も機械的であったし、私の貰い方も機械的であった。

私が一人の場合は、何の問題もなかった。ただ私と同年のまさちゃんという本家の末娘が加わると、はっきりと二人の取扱いには差ができた。まさちゃんは優遇され、私は冷遇された。

ある時、私はまさちゃんといっしょに、おひろお婆さんの傍に坐っていたことがある。本家には私の母を長女に、九人の子供があり、まさちゃんはその末の娘で、私と同年ではあったが、私にとっては叔母であった。

おひろお婆さんは銀杏《ぎんなん》を長火鉢の引出しから取り出すと、それを茶を煎《せん》じる網の中に入れて、火の上に持って行った。おひろお婆さんは持前の不愛想さで、黙って銀杏を焙《い》り、それが焙れると、私とまさちゃんの掌の上に載せてくれた。

——はい、一つ。

と言って、まさちゃんの掌の上に載せ、それから、こんどは、

——はい、一つ。

と言って、私の掌の上に載せる。そして次に、

——はい、一つ。

と、またまさちゃんの方に分配し、ここでひと休みする。暫《しばら》く待っていると、こんどもまさちゃんの方から始め、まさちゃん、私、まさちゃんというように、私をまん中に挟んで、まさちゃんで終る。何となく交互に一つずつ分配しているようであったが、まさちゃんの方に続けて二回与えるので、いつもまさちゃんの方は二個、私は一個分配されていることになった。私は何度も、次は自分の番だと思って手を出すが、

その度に失望させられた。三回のうち二回はまさちゃんの方に与えられてしまう。私は腹を立てて、銀杏の分配において公平であることを期待したが、その期待は裏切られ続けた。相手は奪われまいとした。と、まさちゃんの掌の上のものを摑み取ろうとした。当然のことながら、その時、ぽんと私の頭が小さい音を立てた。おひろお婆さんが茶煎じの網で私の頭を叩《たた》いたのである。

銀杏事件以外に、こういうこともあった。おひろお婆さんが二人のために、色紙《いろがみ》で鶴《つる》を折ってくれたことがあった。赤や青の色の着いた鶴はみんなまさちゃんの方に行き、色の着かない白い鶴の方だけが私に与えられた。この場合も、私は造反した。まさちゃんに摑みかかり、その手から、色の着いたきれいな鶴を奪い取った。すると、この時も私の額は小さい音を立てた。おひろお婆さんはそのしなびた指で、私の額を弾《たた》いたのである。

私が本家の方に遊びに行くように、まさちゃんの方も、時に誰かに連れられて土蔵にやって来、そのまま遊んで行くことがあった。おかのお婆さんは菓子でも、果物でも、二人に分配する場合は公平であった。ただ二人の取扱いに多少の差が感じられた。窓際で、私が板の間に坐《すわ》り、まさちゃんが畳の上に坐っていると、二人を立ち上がらせ、その坐る場所を交換させた。私を畳の上に坐らせ、お客さんである本家の娘の方を板の間に坐らせた。葛湯《くずゆ》を作ってくれる時でも、先に貰うのはいつでも私だった。そういう時、おかのお婆さんの口からいかなる言葉が出たか、もちろん憶《おぼ》えていないが、おそらく、祖母は本家の娘の方には、

――さ、あんたも、坊のお相伴《しょうばん》させて戴《いただ》きなさい。

そんなことを言っていたに違いないと思う。決して私とまさちゃんとを同列には置かなかったのである。

おかのお婆さんはめったに本家へ顔を出すことはなかったが、それでも月に一回や二回は何かの用事で本家を訪ねないわけには行かなかった。

私といっしょに本家を訪ねると、おかのお婆さんは私を玄関から上がらせ、自分はいつも台所の方へ廻って行き、台所の板敷のところから上がった。そしておひろお婆さんが坐っている居間にははいらなかった。いつも板敷の間に坐って、本家の祖母と二人でお茶を飲んでいた。私も台所から上がりたいことがあったが、おかのお婆さんは決してそれを許さなかった。今考えると、自分は多少気がひけるから勝手許に廻るが、あんたはこの家の長女の総領息子であり、しかも曽祖父潔が一番可愛《かわい》がった孫娘の子供である。本家だろうが、よその家であろうが、少しも遠慮は要らない。堂々と

玄関から上がりなさい、こういった気持があったかも知れない。或《あ》るいはまた、代々医家としてやって来た家業を継いだのは本家ではなくて、分家であるあんたの家の方である。しかも、あんたは成人した暁は、その家の後継者になる人である。堂々と大威張りで玄関からはいって行きなさい、こういった気持があったかも知れない。

——じゃ、どうして、おばあちゃんは玄関から上がらないの？

もし、私が訊《き》いたら、おかのお婆さんは少し悲しそうに顔を歪《ゆが》めて答えたに違いない。

——わたしは他国から来て、途中からこの家にはいり込んで来た者です。

——いいじゃないの、他国から来たって、いまはこの家の人だろう。

——そう言ってくれるのはあんただけ。なかなか世の中というものは、それでは通りません。私は一生、いつもお勝手からはいるようになっているの。そういう癖がついてしまったの。

——変な癖がついたんだな。どうしてなのかな。

——畳の上はおひろお婆ちゃんの居るところ、板の間は私の居るところ。そう決まっているの。

——そんなこと、決めなくてもいいのに。誰が決めたの。

――さあ、誰が決めたんでしょう。そうね、多分、私が決めたんでしょう、きっと。

もちろん、幼い私とおかのお婆さんがこんな会話を交したわけではない。しかし、何となくこのような会話を成立させるような事情を、幼い私は幼い私なりに理解していたようである。おひろお婆さんが、おかのお婆さんにとって好ましからざる女性であるぐらいのことは、五、六歳の私にも感じられていたに違いないのである。

おひろお婆さん、おかのお婆さん、本家の祖母の三人の女性が坐っている本家の居間の情景は、いま瞼《まぶた》の上に載せてみると、なかなか興味深いものがある。居間のまん中の長火鉢の前に、おひろお婆さんは他の二人の女性の方に少し背を向けるようにして坐っている。別に二人を意識してつんとしているわけではない。朝から晩まで、一日中そのようにして坐っている。一生そのように坐っているように生れ付いているのである。朱塗りの風呂桶と、薙刀を嫁入道具に持って、田舎の医者の家に嫁いで来たが、風呂桶も薙刀も無用であったように、彼女自身も無用であったかも知れない。人を恨むことも知らず、人から恨まれることもなく、おっとりと構えて一生を過して来たのだ。自分が子供を生まなかったので、子供が可愛いという味も知らなかったに違いないが、晩年、私とまさちゃんという女の子とを並べてみると、自分の家で育っている女の子の方が少し可愛いことに気付いたのであろう。おひろお婆さんが他界して何年かしてから、彼女が黄色の菊の花が好きだったということを聞いたことがあったが、その時、私はほっとした思いに打たれた。おひろお婆さんの生涯にその時初めて色彩が射《さ》し込んで来た思いだった。

それはともかく、そのようなおひろお婆さんが居間の長火鉢のところに坐っている。そしてそこから少し離れた勝手の板の間で、本家の祖母とおかのお婆さんの二人は、ひたすらおひろお婆さんの静境を妨げないように、低い声で何か話しながらお茶を飲んでいる。

その頃四十五、六歳の本家の祖母は、おひろお婆さんにも、おかのお婆さんにも気を遣っている。自分が嫁に来た若い日から、自分の舅《しゅうと》に当る人の本妻とお妾《めかけ》さんの間に立って、その二人のいずれをも悲しませないように心を砕いて生きて来たのである。舅が生きている時はもちろんのこと、亡《な》くなったあとも同じである。どちらの肩を持つこともない。どちらもいい人で、もし悪いところがあれば、それはみんな自分が悪いのだ。本家の祖母は本当にそんな考え方をする女性だったのである。

おかのお婆さんは、時に低い声で、

――何か言っていらっしゃるのと違うかな、いま、右手を動かしなさった。

すると、それは大変というように、本家の祖母は立ち上がって、おひろお婆さんのところに行き、お茶を持って来ましょうかとか、お菓子を持って来ましょうかとか訊く。それに対して、おひろお婆さんの方は首を横に振るだけである。それで祖母は再びおかのお婆さんのところに引返して来る。

おひろお婆さん、本家の祖母、それからおかのお婆さん、――この三人の女性を本家の居間に配した一枚の絵が持っているものは、それを思い起す時によって、多少異ったものとして感じられてくる。三人の女性はそれぞれ生れ故郷を異にして、お互いに何の血の繫《つな》がりもない。赤の他人である。それがどういうものか天城山麓《さんろく》の小さい山村に引き寄せられて来、同じ井上姓を名乗って生涯を送る運命を持ったのである。

そうした三人の女性が一つの部屋に集っている情景は、これまでに何回か私の瞼に浮かんで来たが、その時々で何とも言えずのびやかな情景に思われたり、反対に凄《すさま》じいものに思われたりした。実際にその一枚の絵の持つ意味が、どのようなものであるかは想像すべくもないが、この文章を綴《つづ》っている現在の私には、そこにあるものは案外のびやかなものではなかったかという気がする。曽祖父潔が他界してから十年以上経《た》っており、正妻とお妾さんとの間の対立といったものはいつとはなく消えてしまい、第三者が見たら〝いい気なものだ〟と思うような、そんな関係になっていたかも知れないと思う。

しかし、いずれにせよ、おかのお婆さんには、本家に行くといつも勝手口に廻るだけの遠慮はあったであろうし、おひろお婆さんの坐っているところに平気で出て行きにくい心のひけめはあったであろうと思われる。

私が、おひろお婆さんを、何となくおかのお婆さんにとって好ましからぬ人物と考えるようになったのはいつ頃からのことであろうか。幼い私にそのような思いを持たせた事件があったとは思われない。ただいつとはなく、ごく自然にそのような思いが、幼い私の心にはいり込んで来たのに違いないのである。少し大袈裟《おおげさ》な言い方をすれば、おひろお婆さんは、私の人生において、最初の敵として現われて来た人物であった。

小学校へ上がるようになってからは、おかのお婆さんにとって好ましからぬ人物、つまり私が敵として考える人物は次第に数を増して来た。おかのお婆さんの悪口を言う者はみな、私にとっては敵であった。本家の祖父も敵であったし、本家の私とさして年齢の開きのない叔父、叔母たちも敵であった。末娘のまさちゃんもまた敵であった。近所の農家の人たちも、次々に敵になった。

実にたくさんの敵ができたが、いつまで経っても、本家の祖母だけは敵にならなかった。いかなる場合でも、本家の祖母はおかのお婆さんの悪口を言うことはなかった。

本家に遊びに行っていても、食事時になると、私は土蔵へ帰って行った。決して本家の食卓の前に坐ることはなかった。しかし、何か特別なご馳走《ちそう》でもある時は、本家の人たちは私に食べて行くように勧めた。

——おすしを作ったから食べて行きなさい。

とか、

——たまにはここで食べて行くものだ。毒もはいっていないし、罰も当らん。

とか、誰かがそういう言い方をしたが、私はいかなる時でも本家でみなといっしょに食事をすることはなかった。お菓子はいくらでも貰《もら》ったが、食事だけは土蔵でおかのお婆《ばあ》さんと二人で食べるものと思い込んでいた。

時には本家の人たちの私に対する食事の勧め方は執拗《しつよう》だった。どうしても食べさせてやろうといった、依怙地《いこじ》になっているところが感じられた。私の方は私の方で頑《かたくな》だった。どんなことがあっても食べるものかといった気持に支配されていた。そんな時、いつも本家の祖母は、

——土蔵でおばあちゃんが、坊と二人で水入らずで食べようと待っているというのに、なあ、坊、こんなところで食べられましょうか。

とか、

――ここでご飯を食べて行ったら、おばあちゃんは、坊を奪《と》られてしまったと思って、悲しみましょう。さあ、お婆ちゃんのところに、これを持って行って、いっしょに食べなさい。

とか、大体こんな言い方で私の窮境を救ってくれた。いつも、本家の祖母は、おかのお婆さんの立場に立つか、私の立場に立ってものを言った。こういうところは、今思うと無限の優しさとでもいうものを、祖母は持っていたようである。

本家の祖母にしてみると、おかのお婆さんは、分家した自分の娘のところに義母としてはいり込んできた女性である。謂《い》ってみれば、母としての自分の立場を奪った女性である。それなのに、決しておかのお婆さんを悪く言うことはなかった。正確な言い方をすれば、本家の祖母は私の居る前では決して、おかのお婆さんを悪く言うことはなかったのである。

幼い者がものを判断する上に絶えず振り動かしている触角の鋭さというものを、本家の祖母は誰よりもよく知っていたに違いなかった。現在自分の周囲を見廻しても、子供の心の取り扱いに於《お》いて、この本家の祖母ぐらいの慎重さを持っている人を探すのは困難のようである。

子供というものは、大人たちの想像もできない鋭い触角を振り廻している。自分の幼時を振り返ってみると、それがよく判《わか》る。子供がその鋭い感覚を持ったまま成長して行ったら凄《すご》いことになるが、よくしたもので、神さまは適当な時期に子供からその素晴らしい武器を取り上げてしまう。

おひろお婆さんが亡くなったのは大正四年の秋で、私が八歳の時である。もう小学校の二年生になっていたので、この日のことは断片的であるが、かなりはっきりと憶えている。教室へ小使のおばさんがやってきて、先生に何か伝えると、先生は私とまさちゃんに、すぐ家に帰るように命じた。私とまさちゃんの二人は授業から解放され、その瞬間から二人の周囲を特別な時間が流れ出したのである。

二人は教室を出ると、本家の方へ、おそらく走らないで、のろのろ歩いて行ったことだろうと思う。そして本家へ行くと、人が立て込んでいたので、土蔵の方へ避難したに違いない。私と、私と同年の幼い叔母は暮方まで土蔵の前で遊んでいた。自分たちの身近に容易ならぬ事件が起っているといった緊張感と、何となく恭順の意を表していなければならぬよそ行きの気持と、そして今までに味わったことのない奇妙な解放感が、二人をいつもとは異った心理状態に置いていた。二人はそれぞれ別々に、本家の賑《にぎ》わいを覗《のぞ》きに行っては、また土蔵に帰って来た。落着いて遊びにも、喧嘩《けんか》にも熱中することはできなかった。暮方になると、平日とは異った淋《さび》しさがやって来た。

この特殊な日の特殊な気持は、漠然とした形ではあるが、いまも記憶の中に遺《のこ》っている。タイム・カプセルにでも入れておいたように、さして変らない形で取り出すことができる。二人はおそらく二人だけのやり方で、おひろお婆さんの喪に服していたのであろうと思う。あるいは、家の人たちよりも、村の誰よりも、もっと純粋に喪に服していたと言えるかも知れない。

もう一つ、この日のことで記憶に遺っているのは、近所の内儀《かみ》さんたちの中に混じって、勝手許《もと》で立ち働いているおかのお婆さんの姿である。何も特別なことをしていたわけではない。ただ大勢の人たちといっしょに、竈《かまど》の火を弄《いじ》ったり、食器や膳《ぜん》を運んだり、煮ものなどをしている、そんなおかのお婆さんの姿である。

そのようなおかのお婆さんの姿が、なぜ幼い私の心に刻まれているのであろうか。親戚《しんせき》の人たちはみな家の内部にはいっており、勝手許や庭先で働いているのは葬式の手伝いに来ている近所の内儀さんたちばかりである。おかのお婆さんが家の内部にはいらないで、下働きの方に廻っていることが、幼い私には異様に見えたのであろうか。あるいは、その日のおかのお婆さんの姿に、幼い私にもそれと判る変化があったのであろうか。おそらく、そのいずれででもあったろうと思う。

おひろお婆さんの他界の日は、おかのお婆さんにとっては、一生のうちで、そうたくさんはない辛《つら》い日であったに違いない。村人の視線も辛く感じたことであろうし、おひろお婆さんの死に対して、彼女だけの持つ悲しみもあったであろう。庇護者《ひごしゃ》潔を亡くしてから十四年目に、おかのお婆さんは対抗者おひろお婆さんを失った。本当にこの日から彼女は一人になったのである。

旅　情

私は小学校へ上がる前に一度と、小学校へ上がってから一度と、併せて二回、当時父の任地であった豊橋へ、祖母に連れられて出向いて行ったことがある。

小学校へ上がってからのことはかなりはっきり憶《おぼ》えているが、最初の時のことは断片的な記憶があるだけだ。断片的ではあるが、最初の時の方が印象は痛烈である。どこかに容易ならぬ旅に出《い》で立って行ったような、そんな思いがある。現在正確にその時期を確めることはできないが、いよいよ小学校へ上がる時が近付いたので、私の身柄がおかのお婆さんの許から豊橋の両親の許へ移されることになり、そんなことから、祖母は私を連れて豊橋へ出掛けて行ったのではないかと思う。

しかし、結局のところ、私は豊橋の小学校へは上がらず、郷里の小学校へ上がるようになったのであるから、豊橋には出向いて行っただけで、再び祖母と共に無事に郷里の村に舞い戻ることができたということになる。豊橋において、いかなることがあったか知らないが、父も、母も、私を自分の手許から小学校へ通わすことは諦《あきら》めなければならなかったのであろう。

私は父からも、母からも、この最初の豊橋行きの事情についても、その成行きについても聞いたことはない。両親にとっても余り気持のいいことではなかったかも知れない。おかのお婆さんは両親の厳命拒み難く、私を連れて豊橋まで出向いて行きはしたが、八方手をつくして陳情し、ついにそれに成功して、私を手離さないですんだといったところであろうと思う。豊橋では、私はおかのお婆さんの膝《ひざ》にぴたりと寄り添って坐《すわ》って、父や母が何を言っても、いつでも首を横に振っていたに違いないのである。そうした私は、両親には自分の子供ながら、さぞ小憎らしく映ったことであろうと思う。

いずれにせよ、この最初の豊橋行きは、おかのお婆さんと私にとっては、容易ならぬ旅であったことだけは確かである。おかのお婆さんにとっては、必死な陳情の旅であり、私にとっては、自分の一生の運命にかかわる不安と焦燥に彩《いろど》られた旅だったのである。謂《い》ってみれば、罪を得て、豊橋まで出向いて行き、陳情これ努め、漸《よう》く許されて自刃《じじん》を免れ、再び踏むことができようとは思わなかった郷里の地に無事に舞い戻ることができたといった恰好《かっこう》である。私と祖母との共同生活に於ては、今考えると、この時が一番の危機であったようである。

しかし、私はこの旅については殆《ほとん》ど憶えていない。何となく慌《あわただ》しく、淋しい旅であったような思いが、幾つかの断片的な思い出の中に仕舞われている。人生というものの持つ哀歓への、幼い私の最初の触れ合いということになろうか。

この小学校へ上がる前の豊橋行きは、もの心がついてからの私の最初の旅であった。集落の入口には日に何回か馬車の発着する駐車場があったが、私は祖母と二人で、そこから馬車に乗って遠い旅に立って行ったのである。その頃、私には遠い、近いは判らなかったが、祖母にとってはやはり遠い旅であったに違いない。野越え、山越えして、遠い他国に旅立って行く思いに揺られていたことであろうと思われる。

駐車場と言えば、駐車場について一つの記憶を持っている。私は誰かに連れられて村の駐車場に行き、そこから発《た》って行く馬車を見送ったことがある。駐車場と言っても特別な建物があるわけではなく、街道に沿って馬車一台がはいるぐらいの小さい広場があり、その広場の奥に馬小屋があるだけである。馬車も普通は六人乗り、むりに詰めるともう二人ぐらいは収容できるといった程度の大きさだった。

とにかく、誰か知人がそうした馬車に乗って集落から出て行くのを、私は見送りに行ったのである。私の記憶の中では、駐車場の広場はコスモスでもいっぱい咲き乱れている秋の感じで、私はそうした広場に立って、馬車を取り巻いている人たちを眺めている。その時私は、自分が見送りに来た人が馬車に乗り込まないことを念願していた。乗らない方がいい、乗らない方がいい、私は口には出さなかったが、そんな思いをひと固まりになっている乗客の方に投げていた。なぜ乗らない方がいいか判らないが、とにかく私はそんな気持に揺られていたのである。しかし、私の気持を無視して、相手は他の乗客たちといっしょに馬車に乗り込み、そして馬車によってどこかに運び去られて行ってしまったのである。

今にして思うと、その時私の心を占めていたものは、駐車場というところの持つ離合集散の淋しさではなかったか。中学生時代に駅に行くと、いつも人々が集り散って行く駅の混雑に感傷的な思いを誘われたが、そうした思いの最初のものが、幼い私の駐車場の記憶の中にあるような気がする。

秋であったか、冬であったか、とにかく、私は祖母と二人で、こんどは自分たちが乗客となって、駐車場から遠い旅に出発して行ったのである。人の世の離合集散の掟《おきて》の中に、自分の方から身を投じたのである。旅の途中のことは何一つ憶えていない。

いきなり豊橋駅から両親の住む家に向う人力車の中のことになる。未知の町の夕暮の中を、私は祖母と相乗りで人力車に揺られていた。青白い街のガス燈《とう》の光が、濡《ぬ》れるような旅情で私と祖母を包んでいる。

私は現在でも、外国旅行の時など、自分の知らない町に、夕暮時にはいって行くと、一種独特の淋しさを感じる。初めての町の夕暮時というものは淋しいものだと思う。今日、日本の場合は、どこも同じような性格の町になってしまって、初めての町であっても、自分の知らない町といった思いはなくなってしまっている。従って、未知の町の夕暮の淋しさというものにも、めったにぶつかることはない。この夕暮の淋しさというのは旅情に他ならないが、今は外国旅行の時ぐらいにしか味わえそうもない。

豊橋の町の夕暮の中を、祖母と相乗りで人力車に揺られて行った思い出は、旅情のエッセンスのようなものとして、今も心のどこかに温存されている。

生計《たつき》のために忙しく立ち働いた一日は終り、人々はおのがじし灯火を灯《とも》した己《おの》が塒《ねぐら》に帰ろうとしている。そうした人の動きが、薄暮に包まれようとしている町を占領している。道路には一定の間隔で青白いガス燈が灯っている。そうした中を、私は初めて乗る不思議な乗物に揺られて通過して行ったのである。

この時味わった旅情は、私の生涯においての最初のものであり、おそらく最も純粋で、最も烈《はげ》しいものであったろうと思う。六歳の私は、体ごとすっぽりと旅情の現像液に投げ込まれている感じである。

私と祖母を乗せた人力車がいかなる家に向ったか、もちろん憶えていない。私と祖母が豊橋の家に何日滞在していたかも知らない。

もう一つ記憶に遺っているのは、やはりガス燈のことである。脚榻《きゃたつ》を持った男の人が街燈に灯を入れてゆくのを、高処《たかみ》から見降ろしていた記憶がある。おそらく家の二階から、そうした情景を眺め、やはり旅情を感じていたのであろうと思う。

この豊橋行きの時のことかどうかはっきりしないが、やはり夕暮時、大きい川の流れを見ていた記憶がある。何となく大川端とでも言いたい感じの場所で、川の岸には灯火の灯った何軒かの家が並んでいる。やはりここにあるものも旅情と言っていいもののようである。豊橋の旅の往《い》きか、帰りかに、沼津に一泊して、御成橋付近で、町中を流れている狩野《かの》川の流れでも眼にしたのではないかと思う。

ともあれ、最初の豊橋行きは、おかのお婆《ばあ》さんにとっては必死な陳情の旅であり、私にとっては専《もっぱ》ら夕暮の中に幼い旅情を拾った旅であったようである。私は「しろばんば」という自伝風の小説を持っているが、その作品では、この小学校へ上がる前の豊橋行きのことは取り上げてない。小説の形で綴《つづ》るには余りにも断片的な印象しか持っていないからである。小学校二年生の時の豊橋行きの方は殆どそのままの形で「しろばんば」に綴っている。

幼い時、はっきりと旅情と言える形で、他国の旅の思い出を持っているのは、最初の豊橋行きの時だけである。伊豆の山村の土蔵の中からどこへも出て行かなかったので、旅情といったものにぶつかる機会には全く恵まれなかった。しかし、旅情と言えるかどうか判らないが、一つだけ、夢とも、現実ともつかぬ、奇妙な情景の中に身を置いた記憶を持っている。

私は小高い丘のようなところに坐っている。正確に言えば坐っているのではなくて、立っていたのかも知れない。丘の裾《すそ》には小さい巾着《きんちゃく》型の入江が置かれてあり、そこに何艘《そう》かの船が浮かんでいる。船はどれも幟《のぼり》を立てたり、旗を立てたりしていて、満艦飾とでも言いたいように飾り立てた漁船が、小さい入江に浮かんでいるのである。人声も聞えなければ、何の物音も聞えない。誰からも忘れられた入江に、誰からも忘れられた漁船が置かれているような、そんなひっそりした感じである。

私は誰か人を待っていた。いっしょに来た人がどこかへ行って、その人が帰ってくるのを待っているような、そんな感じで、私はただぼんやりと、船の浮かんでいる入江を見降ろしている。

ただこれだけの記憶である。どうしてそんなところへ行ったのか、それからどうしたのか、前後のことは一切断ち切られてしまって、絵巻物の中のただ一枚の絵のように、そこだけが遺っているのである。淋しいとか、悲しいとか、そういった気持は少しもない。寧《むし》ろ明るく、静かで、空虚である。そしてはっきりと感じられているのは、そこが他国であるということである。そうした中に幼い私は置かれている。

この一枚の絵は、夢であるか、現実であるか、甚だはっきりしないが、おかのお婆さんが下田付近の出なので、私は彼女に連れられて、彼女の郷里を訪ねたことがあるのかも知れないと思う。下田付近なら海岸線は入りくんでいて、たくさん入江を作っているし、私の記憶の中のような場所があっても少しも不思議ではない。おかのお婆さんは郷里の人たちとは全く関係を断っていたようであるが、彼女が年老いてから望郷の念に駆られ、それを実行に移したとしても、いささかも異とするには当らないだろう。

おかのお婆さんが生き返ってきたら、私は何を措《お》いても、まずこのことを彼女に訊《き》きたいと思う。夢か、現実のことか、確めたいのである。

——そういうこともあったね。

と言うかも知れないし、

——夢でしょうね。あなたは小さい時、よく夢を見て、飛び起きていたから。

そんな答え方をするかも知れない。私はこの夢とも現実ともつかぬ絵を、一、二の小説に使っている。が、私が記憶している朗々とした空虚感の再現には成功していない。「しろばんば」では、これを小学校二年生の時の事件として綴っている。小説の中で、私はおかのお婆さんに連れられて、彼女の郷里の村を訪ね、丘の上から入江を眺めている。「しろばんば」で、この部分はフィクションであるが、私は夢とも現実ともつかぬ幼時の記憶を何らかの形で取り上げずにはいられなかったのである。今となってみれば、それは私の幼時に起った一つの重要な事件と言うほかはない。

季節

幼い頃の季節に対する感覚は非常に鋭かったと思う。幼い頃に感じたような夏らしい夏にも、冬らしい冬にも、今はお目にかかることはできなくなっている。春も、秋も同様である。あの幼い頃の春らしい春は、秋らしい秋はどこへ行ってしまったのか。

私の生い育った伊豆は気候温暖な住みやすいところとされている。雪も毎年二、三回ちらちらする程度で、道路が何日も雪で覆《おお》われているようなことはなかった。従って東北地方や北陸地方のような本格的な冬の生活とは無縁であったが、しかし、やはり冬は、頗《すこぶ》る冷厳なものとして感じられた。

毎朝、庭の隅を流れている小川の洗場に顔を洗いに行くと、その傍に置かれてあるバケツや手桶《ておけ》には氷が張っていた。私は今でも幼い頃の冬のことを考えると、まっ先に眼に浮かんで来るのは、バケツや、手桶や、調理場の隅に置かれてあった甕《かめ》の中の氷片を浮かべた水の色である。氷が張っている時も、張っていない時も、水は少し青黒い色を呈して静まり返っている。あらゆるものを拒否しているかのような不機嫌な静まり方である。現在、あのような水にお目にかかることはない。バケツとか、手桶とか、甕とかに入れられてあった水が、実際に青黒い色を呈していたのか、ただそのように感じられたのか、その点はよくは判《わか》らないが、今思うと、幼い心に、それは冷厳な冬の象徴のようなものとして受取られていたようである。

高等学校時代を金沢で過し、三年間だけではあるが、雪国の生活も知っている。また同じ頃、父は弘前《ひろさき》の師団に勤めていたので、弘前の冬の生活も覗《のぞ》いている。しかし、幼い頃、私が伊豆で知った冬の冷厳さはなかった。冬というものが持っている最も本質的なものを、しかも、夾雑物《きょうざつぶつ》なしに、幼い心が受取っていたとでも言うほかないようである。

この幼い頃毎朝のように付合った青黒い水のことを、何年か前に北極圏の上を飛行機で飛んだ時思い出した。何層にも重なっている雲の間から、時折おそろしいほど下の方に小さい海の欠片《かけら》が見えることがあった。その海の欠片の色が、幼い頃覗いた甕の中の水のそれに見えた。やはり冷厳とでも言う以外仕方ないものが、そこには置かれてある感じで、私の幼い頃の冬が、その奈落《ならく》の底に匿《かく》されてあった。

伊豆では早い時は、一月の終りに梅の花が咲く。普通は二月にはいってから梅はその白い花弁をもたげ始める。私の家の庭にも梅の木が多く、その中の何本かは老梅である。梅の花が好きになったのは少年時代からだが、早春という季節が少年期の感傷をくすぐるものを持っていたからであろう。五十代になる頃から一層この花が好きになり、現在は梅の花も、梅の花の開く季節も、他のもので替えることのできない格別なものと思うようになっている。

幼い頃はなべて花というものには無関心であったようである。梅の花も、桜の花も、美しいなどと思った記憶はないし、大体、眼の前にいかなる花が咲いていようと、眼の方が受付けなかったのではないかと思う。現在、八歳と五歳の孫を持っているが、この二人も花には無関心である。満開の桜樹《おうじゅ》の下に立たせようが、薔薇《ばら》の花壇の前に連れて行こうが、いっこうに心は動かさない。傍に犬でも居れば、すぐ犬の方に関心は行ってしまう。

梅の花に関してはひと欠片の記憶もないが、梅の花の匂《にお》いを嗅《か》がされたことは憶《おぼ》えている。

半島の西海岸に、おかのお婆さんの遠縁に当る人が居て、その人が年に二回か三回、土蔵を訪ねて来た。中年の男の人であるが、その人は来ると、必ず私を抱き上げてくれたり、両手で高く差し上げてくれたりして、幼い私の相手になってくれた。ただそれだけのことで、私はその人物に特別な好感を持っていた。その人が来ると、何か楽しいことが身辺に近寄って来るような思いを持った。

ある時、その人は私を連れて庭を歩き、梅の木のあるところへ行くと、私を抱き上げては、私の顔を梅の花の傍に持って行くようにした。

――いい匂いがするだろう。

――うん。

更に他の梅の木のところへ行って、

――じゃ、この梅の方はどうだ。

——いい匂いがする。

——うまいことを言って！　ほんとか！

おそらくこんなやり取りがあったのであろうと思う。こんなことのためか、いつとはなしに、私は梅の花を見ると、顔を梅の花の方へ持って行くような癖を身に着けてしまった。現在も、庭の梅が花をつけると、時々その匂いを嗅ぐし、幼い者でも傍に居ると、曽《かつ》て自分がされたように、抱き上げて、梅の匂いを嗅がせてやる。自分の場合のように、いま自分が抱き上げてやっている幼い者がこのことを憶えているかも知れないと思うと、ある楽しさがある。甚だ当てにならぬ賭《か》けではあるが、幼い者の心に、梅の花の匂いという時限爆弾でも仕掛けているような気持である。

——いい匂いがするだろう。

——うん。

甚だ不得要領な顔をしているが、案外このことを憶えているかも知れないと思う。

田植が終って、段々畑のすべてに水が張られると、畔道《あぜみち》が急に細くなり、しかもそれが果しなく長いものに感じられて来る。祖母のあとにくっついて、酒を造っている親戚《しんせき》の家へ行く時は、いつもその細く長い道を歩いて行った。そろそろ夏の匂いが感じられてくる頃であるが、季節の感覚は、細く長い畔道を伝って歩いて行く時の多少改まった気持としてしか遺《のこ》っていない。

八月の盛夏の感覚は、土蔵の二階で午睡《ひるね》から覚めた時の妙に物憂《ものう》い不安な気持として遺っている。自分は眼を覚ましたが、祖母の方はまだ午睡を続けている。水車の音以外、何の物音も聞えない暑いだけの昼下がりの時刻である。

夜には草木も眠る丑三つ刻《うしみつどき》というのがあるが、土蔵において午睡から覚める時は、〝真昼の丑三つ刻〟である。村中の人たちが一人残らず死に絶えてしまいでもしたような、独特の静寂が土蔵をも、土蔵の外をも占領している。真夏の太陽が上から村全体を焼き、風は完全に死んで、木々の茂みもさ揺るぎもしない。

そういう状態が、午睡から眼を覚ました私を包んでいる。

——おばあちゃん。

私は声をかける。声をかけずにはいられないのである。村全体に異変でも起きているのではないかと思われるような、そんな不安な思いに幼い私は包まれている。

午睡から眼覚めた午下《ひる》がり独特の静けさが、幼い頃の私の夏である。海水浴も知らないし、よそに避暑に行くということも知らなかったので、夏はこのようなものとして心に刻まれている。

玉蜀黍《とうもろこし》を食べたり、サイダーを飲んだり、蜻蛉《とんぼ》をとりに行ったりしたのは、小学校へ上がってからの夏のことである。その記憶には夏らしい爽《さわや》かな風が吹き通っているが、幼時のそれには〝真昼の丑三つ刻〟の奇妙な静寂感だけが詰まっている。

小学校へ上がって谷川に水泳ぎに行くようになると、この〝真夏の丑三つ刻〟が、反対に生き生きと活力の溢《あふ》れた絵になる。崖《がけ》っぷちの百合《ゆり》の花、蜻蛉、蟬《せみ》の声、そうした中を、裸体になり、着物を抱えて、谷川の淵《ふち》に向って必死に駈《か》けている絵となって遺っている。

幼い頃の土蔵の中の毎夜の眠りは、夏は田圃《たんぼ》の蛙《かわず》の声に包まれ、秋は土蔵を取り巻くあらゆるところですだいている秋虫の大交響楽に包まれて、なかなか素晴らしいものだったろうと思う。北側の窓のすぐ向うには何枚もの田圃が拡《ひろが》っていたので、蛙の声はやかましいほど聞えたに違いないし、秋になると、背戸も、前庭も、田圃も、あらゆるところが、秋虫の鳴声で埋めつくされていたに違いない。

しかし、そのようなことは何も記憶に残っていない。現在の私が、その頃の土蔵の中の眠りを想像して、さぞ素晴らしかったであろうと思うだけのことである。

だが、晩秋から初冬へかけて吹き渡って行く野分《のわき》の夜のことは、多少記憶に残っている。夜半に眼覚めると、烈《はげ》しい風の音が聞えている。あらしの夜の風のような荒れ狂い方ではなくて、何か烈しいものが、整然と通り抜けて行き、次第に遠ざかり、小さくなり、やがて消えてしまう、そんな感じである。私はそうした風の音を、たくさんの生きものの集りのようなものとして受取っていた。その生きものの集団は、一つがどこかへ行ってしまうと、やがてまた新しいのが近寄って来る。ひとしきり庭の樹木を騒がせ、窓の戸をがたぴしさせ、そしてまたそれも遠くに走り抜けて行ってしまう。

幼い私は寝床の中で耳をそばだて、その風の音を聞いている。得体の知れぬ生きものの集団の行方を追っている。寝そびれるのは、こういう夜である。

私は何回でも隣りの寝床の祖母を揺り起す。祖母は寝返りを打つと、その度に私の額に手を持って来る。発熱でもしているのではないかと思うのである。

——さあ、いい子だからねんねしなさい。

——眠れないもん。

——眼をつむっていれば眠れます。

——眼をつむっていても眠れない。

——眼をつむって、十までかぞえてごらん。

眼を瞑《つむ》ると、眠れるどころか、風の音が一層高く聞えて来る。あまり私が眠らないと、祖母は蒲団《ふとん》から起出して、火鉢のところへ行ってお茶を飲んだり、私のために戸棚から菓子を取り出して来たりする。

まあ、大体、このようなことが、野分の吹く夜、小さい土蔵の中では行われていたのである。今でも、地方の旅館などで、夜半眼覚めて、野分の吹き渡っているのを耳にすると、妙に幼い頃の土蔵の生活を思い出す。野分について、特に具体的な思い出というものは持っていないが、野分を聞いた夜の幼い心が蘇《よみがえ》って来、その時の、どうしても眠りにつけない気持が思い出されて来るのである。大人なら晩秋の野分に感ずる落莫《らくばく》たる思いを、幼い私は別のもので受取っていたのだが、しかし、そこに大きな差違はなさそうである。

子供にとって一年で一番楽しいのは正月である。近所の家から餅《もち》を搗《つ》く音が聞えて来始めると、子供たちは寒風が吹く中を、霜柱を踏んで駈け回る。田圃に出て凧《たこ》を揚げたり、辻《つじ》々に集ってメンコをしたりして、少しも落着いていない。楽しい正月がやって来るのが待ち遠しくて堪《た》まらないからである。門松《かどまつ》を立てるのを見物したり、餅を搗くのを見に行ったり、神社や墓地の掃除を手伝わされたり、子供は子供で何かと忙しい。年の瀬の忙しさは大人たちだけのものではない。しかし、こうした歳暮《せいぼ》の思い出は小学校へ上がってからのものである。

小学校へ上がる前の五、六歳の頃は、どのような年の瀬を過していたのであろうか。私には餅搗きの夜の微《かす》かな記憶があるだけだ。正月の餅は、いつも本家で、本家の餅といっしょに搗いて貰《もら》った。おかのお婆《ばあ》さんと二人だけの暮しなので、正月の餅と言っても、ごく僅《わず》かな量で事足りた筈《はず》で、本家で餅を搗く序《つい》でにいっしょに搗いて貰っていたのである。

餅を搗いている間、おかのお婆さんは餅搗きの手伝いをし、私は男たちが忙しく立ち廻っているのを眺めたり、女たちが餅をまるめるのを覗き込んだり、時にはその一つを貰ったりしていた。そしてそのうちに睡《ねむ》くなると、居間の一隅に本家の祖母が敷いてくれた蒲団の中にはいって、餅搗きの杵《きね》の音を耳にしながら、平日とは異った眠りにはいっていたのである。

私の記憶に残っているのは、ひと眠りしたあとの本家から土蔵へ帰って行く時の暗い夜道のことである。おかのお婆さんが提灯《ちょうちん》を持ち、私はそのあとから、半分眠りながら歩いて行く。私たちのほかに男の人か、女の人か、誰かが餅箱を持って、いっしょに歩いている。私と、おかのお婆さんと、餅箱を持った人とが、土蔵へ向って移動して行きつつある。道は暗く、夜気は冷たい。私は半ば眠りながらふらふら歩いているが、いつもと違うのは、正月の餅といっしょに歩いているという思いが私の心のどこかにあることである。

この夜道のことは、一種独特の思いとして記憶に刻まれている。よほど印象深かったのであろう。正月のことも、歳暮のことも何も憶えていないが、この餅搗きの夜、餅といっしょに土蔵に帰る時のことだけが記憶から消えないでいる。今振り返ってみると、この記憶の中に遺っている一枚の絵はなかなか面白いと思う。深々と闇《やみ》に包まれた中を、幼い私と、おかのお婆さんと、餅と、提灯が移動している。正月はもうすぐそこに来ている。その楽しい思いを必死に抱いて、私は半ば眠りながらふらふら歩いている。今から六十年ほど前の伊豆の山村の夜の暗さと、歳暮の寒さと、正月を迎えるつつましい悦《よろこ》びとがその絵の中にははいっている。

正月十四日にしめ飾りを焼くどんどん焼きの行事があるが、これは子供たちの受持ちだった。子供たちは二、三日前に村の家を一軒一軒廻って、お飾りを集めておき、その日それを霜枯れた田圃の一画に積上げて焼く。これで正月は完全に終り、正月というものは子供たちから離れて行ってしまうのである。

村全体のお飾りを集めるとなるとたいへんなので、子供たちは字々《あざ》に分れて、どんどんど焼きをやった。お飾りを集めて廻るのも楽しいし、それを積上げて火をつけるのも楽しい。しかし、一番楽しいのは、そのお飾りを焼く火で、黒文字《くろもじ》の枝にさした団子を焼いて食べることである。

子供がお飾りを田圃の一画に積上げ始める頃から、近所の大人たちも集ってくる。そして大人たちも、子供たちに混じって、団子を焼く作業に取りかかる。別に砂糖をつけるわけでも、醬油《しょうゆ》につけるわけでもないが、子供たちは充分満足する。こんなうまいものは食べたことはないと思う。

が、私はこれを肩身狭い思いで食べたことがある。おかのお婆さんは毎年、お飾り集めの子供たちにお飾りの方は出したが、黒文字にさした団子の方は出さなかった。本家の方で作るので、自分の方はいいと思うのか、おかのお婆さんはいつも団子を作ることはなかった。

私はいつの年か、自分は黒文字の団子を食べる資格はないと思い込んで、大人たちに手渡されても、何となく引けめを感じて、堂々と口に持って行くことのできなかった記憶がある。方々の家から集めた団子をいっしょにして焼き、焼けた順に食べるのであるから、どこの家の団子にぶつかるか判《わか》らない。しかし、自分の家からは団子を出していないのだから、自分の分はないのだという考え方に支配されていたのである。

小学校へ上がるようになってからは、自分の分があろうが、なかろうが、平気で奪い合ったに違いないが、この甚だ律義《りちぎ》で、デリケートな心情は、小学校へ上がる前の幼い私のものである。私はお飾りを焼く火を見守りながら、あまり堂々とは黒文字の枝の方には手が出せなかった。こうした肩身狭い思いを持ったことは、他にもいろいろな場合にあったような気がする。友だちの家へ行ってお菓子を貰っていると、その友だちが家へ来た時は、自分の家でもお菓子を出して貰いたかった。返礼だけはきちんとしたかった。相手の好意に対しては、こちらも好意を以《もっ》て応《こた》えなければならなかった。しかし、往々にして、この幼い者の気持が取り上げられないことがあった。私がおかのお婆さんのために心を痛めたことがあるとすれば、こんな時ぐらいであろうか。

春らしい季節感を持っている二つの記憶の断片がある。

一つは、春の白っぽい夕暮の中で、おかのお婆さんと二人で、馬が野天の浴槽で体を洗って貰っているのをみていた記憶である。西平《にしぴら》という字の共同湯の隣りに、そこから流れ出す湯を集めて、深さ二尺ほどの浅い四角な浴槽が造られてあった。共同湯はもちろん建物の中に収められてあるが、この方は野天風呂《ぶろ》である。近くの農家の人たちが農具を洗うために造ったものであったが、おそらく私の記憶の舞台はそこであろうと思われる。

おかのお婆さんに連れられて西平の共同湯に出掛け、入浴をすませたあとで、隣りの野天の浴槽で馬が体を洗われていたのを見ていたのであろう。馬は浅い浴槽の中に立っている。その体を藁《わら》か何かでごしごしこすっている。それを見物している男の人がバケツで湯をかけては、その記憶を彩《いろど》っている。実際に春の夕暮であったかどうかは判らないが、春の白っぽい夕暮の感じが、この記憶の断片には漂っている。私も、おかのお婆さんも、付近の石にでも腰を降ろし、何のへんてつもない馬の入浴を、案外倦《あ》きずに眺めていたのかも知れない。

もう一つは、これも祖母と二人で、家から歩いて十分足らずのところにある桜地蔵と呼ばれている地蔵さんに、何か供えものをしに行った記憶である。

桜地蔵は長野という集落へ通ずる道の途中にあった。道ばたに一本の大きな桜の木があり、その桜の木の根もとに小さい石の地蔵さんが祀《まつ》られてある。そこへおかのお婆さんに連れられて行ったことが、春の夕暮の中の出来事として記憶されている。この場合も、正確には春の夕暮であったか、夏のそれか、秋のそれか判らない。しかし、私にはいつも春の夕暮のこととして思い出されて来る。やはり春の夕暮らしい白っぽく明るいものが、記憶の中の私とおかのお婆さんの周辺に漂っている。

私が春の夕暮時のこととして感ずるのは、そう感じさせるだけのものが、そこには実際にあったに違いないと思う。馬の入浴の見物も春の夕暮の中に行われそうなことではあるし、地蔵さんに供えものに出掛けて行くのも、春の夕暮時に思い立ちそうなことである。馬の入浴見物には春の夕暮時の底ぬけに明るいのどかさがあり、一方地蔵さんへお詣《まい》りに行ったことの方には、多少春の明るい夕暮の持つ淋《さび》しさがある。

この二つに限らず、夕暮時の記憶は多い。前の〝旅情〟の章でも、豊橋の町の夕暮の中を、祖母と相乗りで人力車に揺られて行った時のことを綴《つづ》ったが、総じて夕暮というものは、幼い者の心に特殊な働きかけ方をするもののようである。

季節のいかんを問わず、田圃の拡りに薄暮が垂れこめて来る頃は、幼い者は幼いなりに、やはり淋しく感じたのではないかと思う。本家の方で遊びに夢中になっていても、夕方になったことに気付くと、大急ぎで土蔵へ駈けて戻ったものである。一刻を争うような、そんなひたむきな駈け方であったに違いない。

小学校へ上がるようになると、夕暮というものは、淋しさと怖《おそ》ろしさの入り混じったものとして感じられて来る。村の辻々で遊んでいた子供たちも、ふいに夕暮が来ていることに気付くと、家に向って駈《か》け出して行く。一人が駈け出すと、他の子供たちも次々に駈け出して行く。駈け出すと同時に、夕暮の淋しさと怖ろしさが四辺から押し寄せて来る。

ぴょんぴょんと、馬にでも乗っているように反動をつけて駈けて行く子供もあれば、ただもう無我夢中で駈けて行く子供もある。どのような駈け方をしようと、それぞれの駈け方で、夕暮の淋しさと怖ろしさの中から脱け出そうとしているのである。

小学校へ通うようになってからのことであるが、私は小学校の校庭とか、田圃とか、そうした広い場所で遊んでいる時、夕方になったことに気付くと、いつも刻一刻濃くなろうとしている薄暮に淋しさを感じた。さして怖さは感じなかった。そうした時、土蔵へ向けてひたむきに駈けて行く気持は、いま思うと、淋しさの海をクロールで泳ぎ渡って行くようなものである。こうしたことは夏の夕暮に多かったように思う。

私の場合、夕暮の淋しさに怖さを伴って感じたのは、晩秋から冬へかけての寒い頃のことではなかったかと思う。暮方になったと思うと、忽《たちま》ちにして夕闇が迫って来る。

——さあ、逃げろ！

そんな気持で土蔵へ向って駈け出して行く。何ものかに追われている気持である。

その頃――と言うのは、大正の初め頃のことであるが、伊豆の天城山麓《さんろく》の私の郷里の村では、冬の夕方になると、〝しろばんば〟という白い小さい虫が薄暮の立ち籠《こ》めている空間を舞った。浮遊しているといった感じの舞い方である。〝しろばんば〟というのは白い老婆《ろうば》という意味であろう。子供たちは檜葉《ひば》の枝を振り廻して、その葉にその綿屑《わたくず》のような小さい虫をひっかけて遊んだ。〝しろばんば〟は白く見えることもあれば、天候の加減で、その白さが多少青味を帯びて見えることもあった。子供たちは地面から飛び上がっては、檜葉の枝を振り廻した。冬の夕暮時の子供たちの遊びであった。〝しろばんば〟の白さが夕闇の中に溶け込み始めると、子供たちは檜葉の枝をそこらに投げ棄《す》てて、それぞれ自分の家に向って駈け去って行く。今までは小さい白い虫を檜葉の枝にひっかける作業に熱中していたが、こんどは自分たちが何ものかの大きな手にひっかけられそうな恐怖感に襲われる。冬の夕暮は私にも怖かった。

寒い時のことで憶《おぼ》えているのは、おかのお婆さんが着物の背に真綿をくっつけてくれたことである。そしてその上に羽織を着たので、真綿は背から落ちることはなかった。

――さ、こうしておけば、もう寒いことはない。

おかのお婆さんは毎朝のように、私の背に真綿をつけては言った。私は真綿を背負うことで、本当に寒くなくなると信じていた。半ばおかのお婆さんの暗示にかかったようなものであるが、実際にまた暖かくもあったろうと思う。冬の間、私はいつも真綿を背負っていた。小学校へ通うようになっても、一、二年の間は、真綿を背負っていたが、そのうちに、この上等な防寒具を拒否するに至った。誰も背負っていないものを、自分だけ背負っているのが厭《いや》だったからである。

しかし、今も微かに真綿を背負った時の、妙に手応えのない柔らかい感じを思い出すことができる。私は現在幼い孫たちの背に真綿をくっつけてみたい欲望を覚えることがあるが、一度も実行に移したことはない。部屋も暖かくなっているし、着ているものも毛糸類で編んであるので、今や真綿が受持つ役割はどこにも見出《みいだ》すことができないからである。

この点は、私は幼い孫たちよりも、自分の幼かった時の方が仕合せであったと思う。祖母の愛情を背中にくっつけていたようなものである。その祖母の愛情は軽くて、柔らかで、そしてぬくぬくと暖かだったのである。

夏は、毎晩のように〝寝冷え知らず〟をさせられ、その上から寝衣《ねまき》を纏《まと》った。〝寝冷え知らず〟は、今では嬰児《えいじ》しかしないが、私は小学校へ上がるまでは毎夜のように、金時さんの腹掛けのようなものを体につけていた。そしてその上に付紐《つけひも》のついた寝衣を着ていたので、夜中にいくら暴れようと、決して胃も腹部も冷やすことはなかった。

夏で思い出すことは、蚊帳《かや》にはいる時のことである。おかのお婆さんが傍に来て団扇《うちわ》で蚊を追っていてくれる。その間に蚊帳の裾《すそ》をめくって、急いで蚊帳の内部に滑り込む。多少訓練と技術を要する作業である。それでも大抵蚊は蚊帳の中にはいった。土蔵だったので、蚊は普通の家よりたくさん居たのではないかと思う。夜半に眼覚めると、祖母が手燭《てしょく》を持って、蚊帳にとまっている蚊を焼いている姿をよく眼にしたものである。

蚊帳の中にはいるのは蚊だけとは限らず、時に蛍もはいった。おかのお婆さんが蛍をとって来て入れてくれたこともあろうし、窓からはいった蛍が自然に蚊帳の中に紛れ込んだこともあったろうと思う。

食べもの

幼い時、一体何を食べて育ったのであろうか。祖母と二人だけの生活であるから、三度三度の食事は至極簡単なものであったに違いないと思う。おかのお婆《ばあ》さんは入歯だったので、何もかも噛《か》まないでも食べられるように料理した。ご飯もお粥《かゆ》のように柔らかく焚《た》いたし、おかずもそのまま呑《の》み込めるものばかりを小さい四角な食卓に載せた。従って、私は老人が食べられる柔らかいものばかりで育てられた。

本家に行って、たまにご飯をよばれると、ひどく固く感じられた。本家の祖父や祖母は、私がおかのお婆さんに柔らかいものばかり食べさせられていることを案じ、時にそのことが話題になった。

――朝眼を覚ますと、すぐ飴玉《あめだま》をしゃぶらされ、寝る時は寝る時で、また飴玉をしゃぶらされる。あとは三度三度お粥では、歯を使いたくても使いようがあるまいが。見ていなさい。いまにこの子の歯はのうなってしまうが。

祖父は言った。祖父の言葉通り中学校に上がると間もなく前歯何本かに金をかぶせるような仕儀になったが、しかし、このお蔭《かげ》か胃腸の病気に罹《かか》ることは少かった。本家の同年のまさちゃんも、農家の子供たちも、やたらに胃痙攣《いけいれん》を起していたが、私はめったに胃痛や腹痛に苦しむことはなかった。現在も人一倍胃腸は丈夫な方であるが、しかし、これは幼時の老人食のためというより、小学校へ上がったとたんから食生活が野生児のそれに変ったそのことのためであるように思われる。

小学校へ上がる前はおかのお婆さんに付合って、柔らかい物ばかりを食べ、小学校へ上がってからは農家の子供たちに付合って、食べられるものは、うまかろうと、まずかろうと、何でも食べた。春先になると、虎杖《いたどり》、かんぼ、つばな、そんなものを食べた。茱萸《ぐみ》も食べ、あけびも食べた。苺《いちご》や桑の実はもちろんのこと、スイッパという酸《す》っぱいだけの雑草も食べた。躑躅《つつじ》の花も食べ、躑躅の葉が変形して脹《ふく》らんだものも食べた。山桃、桜桃《さくらんぼ》、椎《しい》の実、それから山芋の蔓《つる》にくっついている〝むかご〟というのも食べた。ニッキの木の皮をむいて、それも食べた。蜂《はち》の子も食べ、メンザと呼んでいた孵化《ふか》したばかりの魚の子も食べた。

村の子供たちは、やたらに下痢したり、腹痛を起したりしたが、それが癒《なお》ると、すぐまた田圃《たんぼ》に出たり、山に遊びに行ったりして、足許《もと》に食糧が見付かると、それを口に入れた。

おかのお婆さんは絶対に虎杖《いたどり》やかんぼを食べてはいけないと言っていたが、土蔵から一歩出ると、そんな言葉を守っているわけには行かなかった。別に空腹だったわけではない。食べてくれというように、そんなものが山野に生えていたからである。

お茶漬サラサラ、とろろでツルツルなどという言葉は、おかのお婆さんから教わったものである。あまり衛生的ではない言い方だが、歯の悪い祖母自身がそのようにして食物を胃の中に流し込んでいたのであろう。

田舎のこととて肉類は数えるほどしか食膳《しょくぜん》に上がらなかった。冬になって猪《しし》の肉を貰《もら》った時とか、本家で鶏をつぶした時とか、そんな場合しか肉は口に入らなかったようである。

――一体、坊は何を食べてる？

本家で、私の食生活が問題になることがあった。幼いながら、食べもののことを言われると、その度に自尊心を傷つけられた。

――おいしいものを食べてる。ライスカレーも食べてる。

私は言った。何かと言うと、私はすぐライスカレーを持ち出したらしい。後年、本家の祖母はよくこのことを話題に載せた。

ライスカレーも、とろろでツルツルと同じように、ご飯をまる呑みにする食べ方であったに違いないが、私は村のどこの家でも作らない料理を、おかのお婆さん一人が作れることが自慢でもあり、そのことに充分満足でもあった。実際にまた、私にはこれ以上のご馳走《ちそう》はなかった。おいしかった。おかのお婆さん自身どこで初めてライスカレーを食べたか知らないが、曽祖父潔《そう》との愛の生活のかたみであったことだけは間違いない。

おかのお婆さんは二種類のライスカレーを作った。カレーをたくさん入れたのを自分用に、ごく僅《わず》かカレーを入れたのを私用に作った。

——辛いかい？

——ううん。

——じゃ、もう少し辛くしてあげよう。

二つの小さい鍋《なべ》の内容物はあっちに行ったり、こっちに来たりした。

私は、現在でも、幼い日に土蔵の中で食べたカレーライスの味が本当のカレーライスの味であると思い込んでいる。家やレストランで食べるいかなるカレーライスも、見た眼も、味も、どうも本当のカレーライスとは思えない。昨年の秋インドのニューデリーのホテルで何種類かのカレーライスを食べくらべたことがあった。同行者の一人が、

——どうです。どれか、小さい時のに似たのがありますか。

と訊《き》いた。

——全然、別ものだ。こんなものではないですよ、本当のカレーライスというものは。

私は言った。

——大体、肉はいっていたですか。

そう言われると困った。肉などというものははいっていたかどうか判《わか》らない。人参《にんじん》や大根が賽《さい》の目に刻まれてあったことと、人参の赤と、カレーの黄が眼に遺《のこ》っているぐらいのことである。しかし、味の方ははっきり憶えている。口に出して言えないだけである。いかなるカレーライスも、土蔵で食べた本当のライスカレーとは違っているのである。

朝食はやわらかいお粥のようなご飯に、味噌汁《みそしる》と生卵といったところであったろうが、食卓の前に坐《すわ》ると、必ずまず梅干を食べて、お茶を飲まされた。年間を通じて、大体に於《お》て老人好みのものを当てがわれていたようである。うどの和物《あえもの》、葱《ねぎ》のぬた、菠薐草《ほうれんそう》のおしたし、それから芹《せり》、蕨《わらび》、蕗《ふき》の薹《とう》といった類《たぐい》のものが、季節季節で食膳に載ったことだろうと思う。

伊豆の農村では、昔は三度三度、金山寺《きんざんじ》味噌を食卓に出したものである。それを造る家によって、多少金山寺味噌の味が異ったり、その中に入れてある野菜の種類が違っていたりした。

西平《にしびら》という字《あざ》にある親戚《しんせき》の家の金山寺味噌が最上であるということになっていた。

おかのお婆さんにそう言われても、幼い私にはどこがおいしいのか判らなかったが、しかし、その西平の親戚の金山寺味噌に対する信仰は、今日までの私を支配している。西平の親戚の家も、現在はその頃の孫か曽孫の代になっており、その子孫の一人から、毎年のように金山寺味噌が送られて来る。私はそれを珍重している。おかのお婆さんによって注ぎ込まれた金山寺味噌への信仰は、今も私の中で生きているのである。この他にも、まだ、おかのお婆さんの仕付けは私の中で生きている。伊豆は山葵《わさび》の産地であるが、山葵の茎の漬物は、産地だけで味わえるおいしいものとされている。しかし、私は現在も口にしない。胃が悪くなると思い込まされて育ったからである。

ひと夏に二回か三回、氷のぶっかきにありついた。どこからか貰うこともあれば、おかのお婆さんに連れられて、集落のはずれにある氷蔵まで出掛けて行って、氷を買って来ることもあった。

氷蔵と言っても、農家の納屋《なや》を改造したもので、そこを管理している家の人が鍵《かぎ》を持って氷蔵へ案内してくれた。表戸を開けると内部は薄暗く、冷たい空気が立ち籠めている。案内人は床の板をめくって、地下の穴から氷の固まりを取り出すと、鋸《のこぎり》で適当な大きさに切り、残りは再び地下の氷室《ひむろ》に仕舞い込んだ。

氷の固まりを入れたバケツを提げたおかのお婆さんのあとから、私は土蔵に辿《たど》り着くまでに氷が融《と》けてしまいはしないかと心配しながら歩いて行く。が、おかのお婆さんは私のそんな心配にはお構いなく、道で会った人と立ち話をしたり、時には相手に氷を分けてやったり、本家に立ち寄って氷の一部をお裾分けしてやったりする。

土蔵に帰り着く頃は、バケツの中の氷は大分減っている。おかのお婆さんは、その氷を出刃庖丁《ぼうちょう》で二つか三つに割り、その一つを布巾《ふきん》に包んで、上から金槌《かなづち》で叩《たた》く。そして小さくなったのをどんぶりに入れ、白砂糖をかけて、私の前に置く。それからもう一度同じ操作を繰り返して自分の分を作る。

土蔵の入口に並んで腰を降ろし、二人が氷を口の中に入れるまでには大分手間がかかる。氷がおいしかったのか、氷を買いに行くのが楽しかったのか判らないが、土蔵の入口に祖母と並んで腰掛けて、氷のはいったどんぶりを抱えている一枚の絵は、いかにももう再び来ない遠い夏の一日といった感じである。幼い日だけの夏の陽が照り、夏の風が吹いている。

寒くなると、酒を造っている親戚の家では酒の仕込みが始まり、他村から何人かの男たちがやって来て、毎日のように酒蔵で働いた。

この酒の仕込みの時期に、私は睡《ねむ》いのを我慢して、暗いうちに起き出し、祖母に連れられて、田圃の畔道《あぜみち》を通って、親戚の酒蔵にひねり餅《もち》なるものを貰いに行くことがあった。

あたりはまだ暗いのに、酒蔵の中では大勢の男たちが忙しそうに立ち働いており、それが私の眼には異様に感じられた。男たちは長い棒を大きなふかしの中に突込んではふかし加減を見、何回かそんなことをした果てに、男たちの一人が長い棒でふかし立ての米をすくい上げると、それを手でとって器用にひねって、

「ほい、坊！」

と、私の方に差し出してくれる。私はそれを貰うと、また田圃の畔道を通って土蔵に引き返し、もう一度暖かい寝床の中にもぐり込む。さして変った味の餅であろう筈《はず》はないが、早朝に起き出して、酒蔵に貰いに行くのが楽しみであったのである。ずいぶん迷惑なことであったろうが、おかのお婆さんはひと冬に二回か三回、私のひねり餅に付合ってくれた。

小さい集落ではあったが、下田《しもだ》街道に沿って菓子屋は二軒あった。山仕事か田圃仕事をやっている傍ら、子供相手の菓子を作っているといった恰好《かっこう》の店であった。くろだま、水晶だま、ごまねじ、あられ、かきもち、煎餅《せんべい》、生姜糖《しょうがとう》といった類のものが

硝子《ガラス》の蓋《ふた》のついた木製の箱に入れられて、縁台のようなものの上に並べられてあった。その他に餅菓子も二、三種類あったが、子供の口にははいらなかった。

果物屋はなかった。子供たちは果物のなる木の所在に詳しかった。海棠《かいどう》の木は金物屋、金柑《きんかん》の木は酒屋、猿柿《さるがき》は本家といった具合である。実がなる頃になると、子供たちはその木のある家の周囲ばかりで遊んだ。そして実はいつとはなしになくなった。土蔵の裏には夏蜜柑《みかん》、九年母《くねんぼ》、柚柑《ゆこう》などの木があった。子供たちは夏蜜柑や九年母には眼もくれず、柚柑だけを覘《ねら》った。種が多くて酸っぱかったが、光沢のある黄色の皮を持った小さい果物は子供たちには魅力があった。柿はどこの家にもあったので、子供たちも余り欲しがらなかった。

幼い頃、私は葛湯《くずゆ》が好きだったが、病気にならないとありつけなかった。風邪をひくと、寝る前に熱い甘酒を飲ませられた。首に真綿を巻きつけて甘酒をすると、いかにも風邪をひいている気持だった。

おかのお婆さんは月に一回、私の誕生日の六日には汁粉を作ってくれた。何かの都合で汁粉が作れない時は、彼女は汁粉作りを本家の祖母の方に委嘱した。坊のお汁粉、坊のお汁粉と言うので、本家の方でも作らないわけにはゆかなかったのであろう。

また、おかのお婆さんは毎月十一日にちらしずしを作った。十一日は彼女の愛人である曽祖父潔の命日であった。私はいつも仏壇の前に坐らされて、頭を下げてから、ちらしずしを食べた。強飯《こわめし》は作らなかった。本家の方で強飯を作ると、いつも誰かが持って来てくれたが、おかのお婆さんはそれをふかして柔らかくしてから食膳にのせた。

——おこわには骨がある。

これがおかのお婆さんの台詞《せりふ》だった。

こうした種類の食べもので楽しかったのは麦粉である。湯でねらないで、そのまま口に頬張ると、口の中も、口の外も粉だらけになった。そんな時、大抵、祖母は私の傍についていて、私が口に麦粉を頬張ると、すぐ茶のみ茶碗《ぢゃわん》を差し出してくれた。失敗すると、もう一度やり直した。私も遊んでいたのであろうが、祖母の方も遊んでいたのかも知れない。

おかのお婆さんは六日のお汁粉と、十一日のちらしずしの他に、月の中頃におはぎを作った。彼女としては何か心づもりがあってのことだったろうが、いかなる意味を持ったおはぎ作りであったか、それについては何も憶《おぼ》えていない。

若い叔母

本家の祖父母は子だくさんで、四人の息子と三人の娘を持っていた。このほかに息子の一人が幼い時亡《な》くなっており、娘の一人が生れると間もなく伊豆の西海岸の親戚の家に貰われて行っていたので、その二人を入れると、息子は五人、娘は四人になり、併せて九人の子持ちということになる。

しかし、私が土蔵でおかのお婆《ばあ》さんと住み始めた頃は、息子二人、娘一人が家に居るだけで、他の者たちはみな家を出ていた。一番上の私の母の場合は言うまでもないが、長男はアメリカに渡って貿易商になり、次男も満鉄社員として、満洲《まんしゅう》に渡っていた。それから娘の一人は沼津の女学校にはいっていて、休みの時しか家には帰って来なかった。

従って、本家には、まだ小学校へ通っている息子二人、私と同年の娘、この三人の子供だけが、両親の庇護《ひご》のもとに暮していた。いずれも子供ではあったが、私にとっては叔父、叔母に当っていた。

沼津の女学校に通っている叔母のまちは、学校の休みの時しか家に帰って来なかったが、幼い私には特別な女性に見えた。私より十二歳年長なので、私がおかのお婆さんに引取られた時は十七、八歳で、そろそろ女学校を卒業しようという頃ではなかったかと思う。

私が小学校へ通う頃になると、まちは女学校を卒業して、家に帰り、家族の一員になっていたが、それまでは、私はこの若い叔母が本家の家族の一人であるかどうか、よくは判らなかった。正月とか、夏休みとかに、突然姿を現わして来る特別の女性として考えていたようである。実際にまた、その容貌《ようぼう》からしても、立居振舞いからしても、本家の人たちの中に置いてみると、若い叔母は水際《みずぎわ》立って見えた。はき溜《だ》めに鶴《つる》が降りたように、幼い私の眼には映ったものである。

私はまちが帰省している間は、毎日のように本家に遊びに行って、彼女に纏《まつ》わりついていた。そして彼女が再び居なくなることだけを心配していた。毎日のように本家に行って、まちの姿を見ると、いつも、

——いつ帰るの？

という質問を発した。それが挨拶《あいさつ》だった。

いつのことか判らないが、まちが沼津に帰って行く日、みなが駐車場まで馬車に乗る彼女を送って行くというのに、私だけ拗《す》ねて送って行かなかったことがある。まち

は、幼い私の最初の思慕の対象だったのであり、今思うと幼いながらも、相当な血道の上げ方だったと言うほかない。

若い叔母は、女学校卒業後間もなく愛人を作り、子供を生み、結婚し、そして大正八年二月に、胸を病んで他界した。二十四歳だった。私の小学校五年の時のことである。

若くて亡くなるくらいであるから、なかなか美しくて、魅力のある叔母であった。いま私の家の古いアルバムの中に、当時流行の庇髪《ひさしがみ》に、袴《はかま》をつけた女学生時代の写真があるが、しもぶくれの眼許《めもと》の涼しい娘が、少し横向きの姿勢で椅子《いす》に腰掛けている。口許をきりっと緊《し》めているところなどはなかなか確《しっか》りした感じの娘である。私の思い出の中に仕舞われてある彼女の印象も、写真と同じように確りしたところのある若い叔母である。

この叔母に果して私は可愛《かわい》がられていたかどうかははっきりしていないが、母代りに何かと面倒をみてくれていたのではないかと思う。幾つかの彼女とのやりとりが、微《かす》かに心に刻まれている。

おかのお婆さん、おかのお婆さんと私が祖母を呼ぶのに対して、ある時、彼女は私を窘《たしな》めた。

——おかのお婆さんじゃないの。おかのさん。

——おかのお婆さんだ。

——違うの。おかのさんとお言い。あんたのおばあさんは、本家のおばあさんだけ。

おかのお婆さんは、おばあさんじゃないの。あれは、おかのさん。

こんなやりとりがあったことだろうと思う。多分に毒のある言いきかせ方で、私がそれに従う筈はなかったが、それでも彼女は何回もそんなことを主張したに違いなかったと思う。私がおかのお婆さんにすっかり身も心も取り上げられていることに対して憤然たるものを感じて、私の蒙《もう》をひらこうという気になっていたのである。

他の者が同じようなことを口にしたら、私はすぐおかのお婆さんの敵と見做《みな》して、おかのお婆さんを守るために闘ったことであろうと思うが、若い叔母に対しては不思議にそうした気持にはなれなかった。おかのお婆さんの敵であるには違いなかったが、どういうものか、この若くて美しい叔母には戦意が湧《わ》かなかった。敵には敵だが、この敵は普通の敵とは別ものだという気持があったようである。

よくしたもので、おかのお婆さんの方も、若い叔母には好感を持っていなかった。

——ほんとに小憎らしいあまっこだ。

とか、

——道で会っても横を向いている。

とか、

——娘のくせに、家の中で歌を唄《うた》っている。

とか、そんなことを言った。私はいつも黙って聞き流していた。何を言われても、私は若い叔母が好きだったのである。

私は若い叔母のことをおばさんとは呼ばないで、おまち姉ちゃんと呼んだ。いつのことか、おばさんと呼んで、かなり強い言葉で叱《しか》られたことがあった。

——おばさんなんて、そんな呼び方をしてはいやよ。姉ちゃんと呼びなさい。おまち姉ちゃん。いいね、判《わか》ったわね。おまち姉ちゃん。

——変だよ、姉ちゃんなんて。

——変なことがありますか。

——おばさんだもん。

——おばさんでも、姉ちゃんと呼ぶの。

まあ、ざっと、こういうやり取りがあったことだろうと思う。

このおまち姉ちゃんに、私は付き纏っていた。時に渓合《たにあい》の共同風呂《ぶろ》に連れて行って貰《もら》うことがあった。そんな時、私はこの若い叔母といっしょに下田街道を歩くことに誇りを感じていた。また夕暮時など小学校の運動場に散歩に連れて行って貰うことがあった。本家から小学校まではごく短い距離であったが、その往復は楽しく、何となく若い叔母といっしょに歩くことに誇りを感じた。私と同年のまさちゃんもいっしょだったが、私は若い叔母を自分一人のものにしたくて、まさちゃんを押しのけたり、突き飛ばしたりした。こういう場合は、大抵私が叱られた。

——あんたは親許で育っていないから、小意地の悪いところがある。

そんな言い方をされたに違いなかった。私はまさちゃんが彼女の妹であるように、自分もまた彼女の弟として生れていたら、どんなによかったろうと思った。

小学校へ上がってからか、上がる前か、私は戸外で彼女に抱きしめられたことがある。むせっぽくて息苦しかった。手足をばたばたさせて、必死になって逃げ出そうとし、実際にまた逃げ出したが、すぐまた相手の傍に近寄って行った。

——もう一度やって！

——いやよ、もう。

——いまみたいに、もう一度やって！

しかし、再びそのようなことはして貰えなかった。

共同湯では、この若い叔母の手で石鹸《せっけん》を体中になすりつけられ、いつも体をしゃんとさせていないということで、背中を叩《たた》かれた。こうした記憶は、母親に関する記憶と入り混じっている。いつか母親が帰省した時、いっしょに共同湯に行って、同じようにに体に石鹼を塗られて、体を真直《まっす》ぐに立てていないということで、背中を叩かれたことがある。姉妹であるから同じような性格であったらしいが、母より、若い叔母の方が優しかったようである。同じように叩かれても、若い叔母の場合はさほど痛くなかった。

若い叔母の前で、蜂《はち》の巣に詰まっている白い蜂の子を食べたことがある。まだ小学校へ上がる前で、八月の終りか、九月の初め頃のことではないかと思う。

本家の前の道に子供たちは集っていた。小さいのも、大きいのも居たのであろう。その中の年長のが蜂の巣を持って来て、その中から白い蜂の子を取り出して、一個ずつみなに配った。私は自分の掌《たなごころ》の上に載せられているぶよぶよした白い小さいものを、不気味な思いで見守っていた。

——食ってみろ！

分配者はみなにそれを口に入れて呑《の》み込むことを強要して、

——何でもないや。こうして食うんだ。

まず自分で実行してみせた。白い蜂の子を口の中に投げ入れ、種も仕掛もないというようにみなに口を開けてみせてから、ごくりと喉《のど》を鳴らして、唾《つば》でも呑み込むように、白い小さい生きものを嚥下《えんか》してみせた。そしてもう一度口を大きく開けて、みなに口の中を覗《のぞ》かせた。

――な、おれ、食っちゃったろう。さ、お前らも食え！

しかし、誰も蜂の子を口に入れる者はなかった。その時、本家の庭先から若い叔母は姿を現し、子供たちが何をしているかを知ると、自分も蜂の子を掌に載せて、

――驚いたわね、あんた、生のまま、これを食べたの。

と言った。瞬間、

――坊だって、食える！

私は蜂の子を口の中に入れると、いきなり眼を瞑《つむ》って、それを呑み込んだ。そして若い叔母に、確かに蜂の子がどこにもないことを確かめて貰うために、大きく口を開けてみせた。

私は、すぐおまち姉ちゃんに本家の台所に連れて行かれ、喉に手を入れて、嚥下物を吐き出すように命じられた。しかし、そううまくは行かなかった。

――さあ、たいへん！　いまにお腹《なか》の中で蜂が暴れ出すわよ。一体、どうする気な

の？　ばかなことをしたものね。

私はさんざん威《おど》されて、すっかりしょげてしまった。本当に蜂が腹の中を、ぶんぶん言いながら飛び廻りそうな気がした。今の言葉で言うと、私は若い叔母に恰好《かっこう》のいいところを見せようと思ったのであるが、事志と違ってしまったのである。

それから時々、若い叔母は、

――まだ、ぶんぶん言っていない？

と言って、耳を私のお腹のところへ持って来た。私は、その瞬間だけ、真剣な顔をしたことであろうと思う。

蜂ではもう一回事件があった。小学校へ通うようになって間もない頃、学校の裏手で遊んでいる時蜂に刺されて、石垣の上から落ちて怪我《けが》をしたことがある。私はありったけの声をあげて泣きながら、土蔵へ駈《か》け帰った。蜂に刺されたところも痛かったし、怪我をしたところも痛かった。しかし、蜂に刺されたということはよく判らなかったので、突然額を疼痛《とうつう》が走ったことが不気味でもあり、不安でもあった。何か知らないが、とにかくたいへんなことになったという気がして、土蔵めがけて走ったのである。

おかのお婆《ばあ》さんは、蜂に刺されたところにはアンモニアをつけ、膝《ひざ》と顔の擦り傷にはヨードチンキをつけてくれ、私は床の中に寝かされた。

夜になると、本家の祖母が見舞いに来たり、近所の人が見舞いに来たりした。おかのお婆さんが大騒ぎして触れ廻ったので、棄《す》てておけなかったのである。

——坊、災難だったね。

本家の祖母は、いかにも痛々しいといったように、顔を曇らせて言ったことであろうと思う。

それから何日かして、本家へ行くと、その頃沼津の生活を切り上げて家に帰っていた若い叔母は、

——ほおれ、ごらん、いつか蜂の子を食べたでしょう。それで、蜂のお母さんが憤って、仇《かたき》を討ったのよ。それに違いないわ。

と言った。その言葉を、私は半信半疑の思いで聞いた。そういうこともあるかも知れないと思った。

そのことを、おかのお婆さんに話すと、彼女もまたおまち姉ちゃんに調子を合せるように、

——まあ、そういうことはないと思うけど、それにしても、もう蜂の子なんか食べない方がいいね。

そういう言い方をした。おかのお婆さんはめったに私を子供扱いにすることはなかったが、この時は特別であったようである。黙っていると、何を食べるか判らないという気があったのであろう。

しかし、小学校の三年生ぐらいになると、祖母の懸念《けねん》通り、蜂の子など平気で食べるようになった。秋の初めに、土蜂の巣を焼いて、巣を取ると、その中から蜂の子を取り出して食べた。別段うまいわけではなかったが、それを呑み込む時、何とも言えぬスリルがあった。他の子供たちも同じらしく、それを呑み込むと、申し合せたように、一瞬神妙な顔をしたものである。

小学校一、二年生頃、伊豆地方には頰のはれる風邪がはやった。大人も、子供も、風邪をひくと二、三日高熱に悩まされ、熱がひいて、床を離れる頃から頰がはれた。右の頰がはれる者もあれば、左の頰のはれる者もあった。村では、この風邪のことを頰《ほっ》ぱれ風邪と呼んだ。重患もあれば、軽患もあった。中には高熱のために余病を発して、死ぬの生きるのと大騒ぎをする者もあった。この風邪をひいても、枇杷《びわ》の葉を煎《せん》じて飲むと、軽くてすむと言われて、ために村中の枇杷の木という枇杷の木は、葉をみんなむしり取られてまる坊主《ぼうず》になった。

私も、祖母も罹《かか》った。祖母の方が先に罹り、祖母が臥床《がしょう》した日、私は土蔵から本家に移された。本家に移って二、三日すると、私もまた発病した。すでにおかのお婆さんの風邪が伝染していたのである。

まだ風邪がはやり出した初期だったので、私もおかのお婆さんも軽くてすんだが、それでも私は、本家の二階で二、三日は高熱のためにうつらうつらしていた。私は高熱の中で、時々頬に手を持って行っては、頬がはれているかどうかを確かめた。頬がはれていびつになった子供たちの顔を幾つか見ていたので、自分もあんなになるのかと思って心配だったのである。

そうした時のことで記憶に遺《のこ》っているのは、眼を覚ますと、いつも若い叔母のおまち姉ちゃんの手が額に置かれてあったことである。おそらく一番熱の高い時のことであろうと思われるが、若い叔母は私の氷嚢《ひょうのう》を取り替える役でも受持っていて、その度に私の額に手を置いては、発熱の具合をみてくれていたのであろう。

夜半のことか、昼間のことか知らないが、とにかく眼を覚ますと、いつも若い叔母の手は額の上に置かれてあった。四六時中、若い叔母が私の額の上に手を置いていよう筈《はず》はないから、相手が額に手を置くと、その度に、私の方が眼を覚ましていたに違いないのであるが、私には若い叔母が自分の枕許《まくらもと》に坐《すわ》り詰めに坐ってくれているように思われた。そしてその時の、自分が若い叔母によって外敵から守られているといったような安堵《あんど》の思いは、現在でも私の心からは消えていないのである。

この若い叔母の場合は特別であるが、この時に限らず、病床にあって額に手を置かれた時のことは、幾つか記憶に遺っている。おかのお婆さんにも、本家の祖母にも、母にも、それぞれの愛の手の感触と重みを額に捺《お》されているのである。幼い者の額というものは、愛情の感得にかけては、他のいかなる部分よりも、敏感であるかも知れない。

若い叔母は沼津の女学校を卒業し、一年ほど沼津の資産家の親戚《しんせき》で行儀奉公のようなことをし、それから郷里の家に帰ると、間もなく代用教員として、村の小学校で教《きょう》鞭《べん》をとることになった。自分から望んでのことではなかった。小学校で教師が足りなかったので、役場から頼まれて、毎日女学校時代のように袴《はかま》をはいて、家から歩いて五分ほどのところにある小学校に通うことになったのである。私が二年生になった春のことである。調べてみると、その時、私は八歳で、若い叔母は二十歳であった。

それから暫《しばら》く叔母は小学校に勤め、その間に、東京の大学を出て、これまた代用教員として小学校に勤めていた隣村の医者の息子と恋愛した。そして人の噂《うわさ》に立つようになって、小学校を退き、子供を生み、そして結婚し、あわただしく他界してしまったのである。結婚して子供を生んだのではなくて、子供を生んでから結婚したのである。

いずれにしても、若い叔母のおまち姉ちゃんは、二十四歳の春、人生の出発点についたばかりの年齢でみまかってしまったのである。二十四歳という年齢は、いまの私からすると、ひどく若くて、遠い。蕾《つぼみ》のうちに散ってしまうというような言葉にぶつかると、私はいつもこの若い叔母のことを思い出す。周囲に夭折《ようせつ》した人もないわけではないが、紫の袴をちらつかせていると思う間に、恋愛したり、子供を生んだり、結婚したり、女として為《な》すべきことはみんなやってしまって、さっさとこの世から消えてしまった若い叔母が、私にはとりわけいさぎよくも、哀れにも思われるからであろうか。

私は、この若い叔母の恋愛に一番早く気が付いていたのではないかと思う。もっと正確に言うなら、私と、私と同年輩の二、三人の子供たちが、村人の誰よりも先に、小学校の先生同士のただならぬ関係を、敏感な触感で探り当てていたのではないかと思う。

——散歩に連れてってあげる。

若い叔母にそう言われると、子供たちは、やがてどこからか、彼女の愛人が現れて、自分たちの散歩の仲間にはいることを、ちゃんと承知していたのである。別に不思議でも何でもなく、当然のこととして受取っていた。子供たちは、二人の恋愛の理解者であり、肯定者であり、支持者でもあったが、そうしたものがいつ自分たちの心にはいって来たかは知らなかった。いつか自然に、そんなことになっていたのである。

私は若い叔母だけと散歩をするよりも、もう一人、男の先生が加わってくれる方が楽しかった。私といっしょに居る他の子供たちも同じだった。一組の男女の先生が揃《そろ》う方が、何となく心が浮き浮きして、歌を唄《うた》うにも張合があったし、そこらを走り廻るにも張合があった。

若い叔母はいつも、長野という集落へ通ずる人通りの少ない道を好んで散歩した。すると、どこからともなく男の先生が現れて来て、私たちの散歩に加わった。私たちは、何となく、二人の大人たちが予《あらかじ》め打合せしてあることを知っていた。知ってはいたが、そのことを口に出しては言わなかった。言わないでおく方が、二人の大人たちには都合がいいということを弁《わきま》えていた。

しかし、たまに男の先生が現れて来ないことがあった。そうした時は、誰かが、

――先生は来ないな。どうしたんかな。

そんなことを言った。すると他の誰かが、

――いまに来るよ、心配するな。

それから、若い叔母の方に、

――ね、来るね。来るだろう。来るさ、きっと来るよ。

そんな言い方をした。

――誰のことを言っているの、あんたたち。

若い叔母が苦笑して言うと、

――先生だい。

――どうして、先生が来るの？

――知らないや、そんなこと。

子供たちは言った。私たちは叔母の愛人の方は先生扱いしたが、彼女の方は友達としてしか遇さなかった。私はおまち姉ちゃんと呼んでいたし、他の子供たちにとっても、彼女は近所の家のお姉ちゃん以外の何ものでもなかった。

男の先生が現れると、子供たちはいっせいに歓声をあげた。今思うと、若い愛人たちの間に醸《かも》し出される一種独特の雰囲気に、子供たちは子供たちで酔っていたのである。調子にのって、やたらに喋《しゃべ》ったり、駈け廻ったりした。何となく楽しくて、いい気分だった。

村の青年が、

——お前ら、あの二人が手を握っているのを見たことあるだろう。

そんなことを言うことがあった。私たちは口を尖《とが》らして否定した。

——おまち姉ちゃんがそんなことをするか。

——ばかだな。こんど気を付けて見てみろ。

そう言う相手に、私たちは敵を感じた。子供たちは何か判《わか》らないが、自分たちが守ってやらなければならぬ神聖なものが、若い二人の教師の間にあることを感じていたし、二人については何も話さないという暗黙裡《り》の契約が交されているぐらいのことは知っていたのだ。

叔母が愛人と結婚するまでの経路は必ずしも順調ではなかった。小学校の先生同士の恋愛ということで、村人の批判もあったであろうし、田舎のことであるので、親戚の人たちの恋愛というものに対する見方、考え方も決して自由なものではなかったろうと思われる。それに何と言っても結婚前に妊娠し、出産したことは厄介な問題であった。

結局は結婚にゴールインして、めでたし、めでたしの終結になったが、そこに到《いた》るまでの過程においては、若い叔母はその時々で悲しんだり、苦しんだりしたのではないかと思う。

そういうことに対しては、幼い者の心はなかなか敏感である。春か、秋か知らないが、叔母が本家の裏庭の縁台に腰掛けて、編みものをし、その傍で遊んでいた記憶を持っている。私ひとりであったか、ほかの子供たちがいっしょであったか、これも憶《おぼ》えていないが、とにかく、編みものをしている叔母の傍で私は遊んでいたのである。

この記憶の中における叔母はいつもの叔母とは違った特別の叔母である。そんな叔母を何となく遠巻きにしている感じで、私は土弄《いじ》りか何かして遊んでいた。時折、遊びの手を休めて、叔母の方に視線を投げる。すると、その度に俯《うつむ》向いて編み棒を動かしている叔母の姿が眼にはいって来る。私は安心し、再び自分の遊びの中にはいって行く。

実際に叔母にとって、その日は特別な日であったかも知れない。特別な日であったればこそ、そうした叔母の姿が幼い私の心に刻まれたのだという解釈もできる。しかし、また、その日は叔母にとって特別な日でも何でもなくて、ただ彼女が編みものをしていたという、ただそれだけのことで、私の心に刻まれたのだという解釈も成り立つ。いまの私には後者の方が自然のように思われる。その時の若い叔母の編みものをしている姿には、幼い者に傍に纏《まと》わりついたり、話しかけたりすることを遠慮させるようなものがあったのではないか。彼女は秋の陽か、春の陽を浴びて、編み棒を動かしながら、楽しいことを考えていたかも知れないし、あるいはその反対に、悲しいことを考えていたかも知れない。

彼女の心に去来していたものが何であったか知るべくもないが、その時、幼い私は、彼女がその思いにはいっているのを邪《さまた》げないでおこうといったエチケットを持っていたのである。私が若い叔母を遠巻きにして守ってやろうと思っていたものが、彼女の悦《よろこ》びであったか、彼女の悲しみであったか判らないが、しかし、いずれにしてもその時、若い叔母は、一つの彼女にとっては大切な想念の中にすっぽりとはいり込んで、心の灯火を点じたり、消したりしながら、機械的に編み棒を動かしていたに違いないのである。

もう一つ、叔母に関する思い出を持っている。本家の奥の部屋で、叔母は寝床の上に体を横たえている。私は縁側で遊んでいて時々彼女に話しかけている。ただそれだけの記憶である。この一枚の絵の中の叔母は、何となく放恣《ほうし》な感じである。戸外には陽光が降っているが、部屋の中は暗い。そうした薄暗い部屋の中で、叔母は若い体を寝衣《ねまき》に包んで横たわっている。掛蒲団《かけぶとん》は掛けていない。もちろん掛蒲団を掛けていたかどうかというようなことは記憶にはないが、おそらく掛けていなかったことだろうと思う。横たわったまま両膝《ひざ》を立てていたかも知れないし、少しぐらい裾《すそ》を乱して、横向きの姿勢をとっていたかも知れない。いずれにしても、彼女の寝姿から受けるものは、子供の私にも多少眩《まぶ》しいものであったようである。けだるく、もの憂《う》く、幾らかは淫《みだ》らであったかも知れない。

叔母の恋愛中のことか、結婚してからのことか判らない。彼女の妊娠中のことであったかも知れないし、若い彼女の生命を奪うに到った病気中のことであったかも知れない。それからまた、妊娠とも、病気とも無関係で、若い叔母は午睡《ひるね》でもとっていて、丁度私が行った時、眼を覚ましたのであったかも知れない。

しかし、いずれにしても、この時の叔母は、他の記憶にある叔母とは異っている。紫色の袴をつけた叔母とも、庇髪《ひさしがみ》の叔母とも違っている。幾つかの思い出の断片の中で、この時の叔母だけが成熟した肉体を持っているように思われる。

若い叔母のおまち姉ちゃんは、いろいろな面の欠片《かけら》を私に遺して、婚家先か、夫の任地かで二十四歳で他界した。従って私は叔母の死にも立ち合わなかったし、葬儀にも列しなかった。叔母は、私の気持ではいつかこの地上から姿を消してしまったのである。この叔母に対する思慕は、叔母が亡《な》くなってから、そのあとで、少年期の私の心に徐々に形成されて行ったものであるかも知れない。

叔母は婚家先の隣村の墓地に葬《ほうむ》られている。そんな関係で、私は親戚の中で、この叔母の墓だけに詣《まい》っていない。現在、この叔母を知っている人は、郷里でも数えるほどの人しか居ないが、誰に訊《き》いても、彼女は一門の中で、珍しく美貌《びぼう》であったと言う。

若い叔母はおかのお婆《ばあ》さんに対しては批判的であったし、おかのお婆さんの方も彼女に対して親近感を持っていなかったが、幼い私は、そんなことはいっこうに意に介していなかったようである。私はおかのお婆さんに奉仕されたり、奉仕したりしたが、若い叔母にもまた、奉仕されたり、奉仕したりしていたのである。

若い叔母の死の翌年、若い叔母を追いかけるように、おかのお婆さんも他界した。私は十二歳の時、若い愛人を、十三歳の時、老いた無類の奉仕者を失ったのである。自伝風の小説「しろばんば」では、この叔母の死を、彼女が居を本家から婚家先に移した私の九歳の年の秋のことにしている。事実とは多少違うが、彼女を失った悲しみはこの時が一番大きかったからである。本家から去って行ったあとは、私は彼女に会っていず、二年後にその死を知らされた時は、半信半疑の思いで、死は実感として受取られなかった。私は多少事実を変えても、若い叔母の死に対する悲しみを作品の中に深く刻みつけたかったのである。

祭

先年、西トルキスタンのウズベク共和国へ行ったとき、フェルガナ盆地のマルギランという古い町のバザールを覗《のぞ》いたことがある。それぞれに眼の色と、皮膚の色を異にした雑多な民族が町の郊外の一画にひしめき合っていた。そこではありとあらゆる物が売買され、小屋掛けの店の間には、老人も、子供も、男も、女もミキサアにでもかけられたように動き廻り、喚声も、叫声も、怒声も、驢馬《ろば》の嘶《いなな》きも、到るところから湧《わ》き起っていた。

私は、この時、同行者の一人に幼い時行った祭のようだと言って、相手を驚かせた。日本の田舎の祭とは規模が違うと、同行者は言った。その通りであった。伊豆の山村の祭を幾つ集めても、マルギランのバザールの異様な賑《にぎ》わいには及ばないに違いなかった。しかし、私の場合、幼い頃、修善寺の弘法《こうぼう》さんの祭の雑踏の中で、心に刻まれたものは、堂々とマルギランのバザールの賑わいに匹敵するものであったと言うほかはない。

小学校の一年か二年の時、私は村の大人たちに連れられて、修善寺の弘法さんのお祭に出掛けて行った。修善寺のお祭に行ったのは、あとにも先にも、この時一回である。私のほかに、近所の子供たちもいっしょだった。往《い》きには馬車に乗ることができたが、帰りは夜になるので、三里半の道を歩かなければならなかった。それを承知で出掛けたのである。

大仁《おおひと》行きの馬車を、途中で棄《す》てて、私たちは大人たちに遅れないように半ば駈《か》けるようにして歩いた。祭の現場に辿《たど》り着いた時は暮方になっていた。

私たちを連れて行った大人たちは、私たちに白いぶっかき飴《あめ》の小さい袋を一つずつ買ってくれると、それで自分の役は終ったとでもいうように、私たちをこれから郷里の村へ帰ろうとしている他の大人たちに託した。

私たちは祭の雑踏の中を、押し合い、へし合い、一巡させられると、すぐそこから連れ出された。今思うと、折角弘法さんの祭に行ったのに、十分か十五分、祭の賑わいの中に投げ込まれ、すぐ引き出され、そして三里半の道を家へ向って歩かされたのである。子供心にも、この大人たちの仕打は釈然としないものに感じられたに違いないのであるが、しかし、私たちはその言葉に従うほかはなかった。

ただ、この修善寺の祭の賑わいをただならぬものに、この世ならぬものに心に刻みつけられたのは、その賑わいの中に極く短い時間投げ込まれ、すぐ引き出され、あっという間にそこから連れ去られたためではなかったかと思う。幼い私が持ったその祭の印象は、マルギランのバザールで、その賑わいを思い出すほど強烈なものであった。幼い私たちには、初めて見る〝修善寺の弘法さん〟の賑わいは、この世ならぬ異様なものであった。三里半の夜道を歩いて帰るに足るだけのものはあったようである。

と言って、祭というものを知らなかったわけではない。年二回、一月十一日と九月十一日に村の弘道寺《こうどうじ》という寺の祭があり、それを私たちは〝お薬師さん〟と呼んでいた。またすぐ隣りの市山という字《あざ》の明徳寺にも、八月二十九日に〝手水場《ちょうずば》の神さん〟という名で親しまれている祭があった。私の村ばかりでなく、狩野《かの》川の渓谷に散らばっている集落集落にも、それぞれ祭があったが、そうした祭の中で、一番有名で、一番大きいのが〝修善寺の弘法さん〟の名で呼ばれている修善寺温泉町の修禅寺の祭典であった。〝修善寺の弘法さん〟は四月二十一日と八月二十一日、春秋二回あったが、私たちが大人たちに連れて行って貰《もら》ったのは桜の満開の春の祭であった。

幼い私たちは修善寺の温泉町に一歩踏み込んだ時から、眼に映るものすべてがもの珍しかった。大きな旅館や店舗が並んでおり、道にはぎっしりと弘法さんに向う人々が詰まっていた。やがて橋のある辺りから小屋掛けの店が並び始め、お面を売っている店もあれば、色のついたニッキ水の罎《びん》を並べている店もあった。白いぶっかき飴、朝鮮飴、豆のはいった飴、同じ飴を売る店にしても、店によって、それぞれに売っている飴の種類が異っている。子供たちは忙しかった。白い綿菓子が次々に出てくる不思議な機械も見なければならないし、しんこ細工の狐《きつね》やおいらんを器用に作っている小父《おじ》さんの顔も眺めなければならなかった。

——みんな迷子にならんように、手をつないで歩きなさい。

引率者は言うが、そんなことを言っても無理というものであった。子供たちの心は八方に飛んでいる。

十数段の石段を上ると、立派な山門がある。また石段を上る。少し行くと、また石段があって左手に大きな鐘楼があった。どこもかしこも人で埋まっている。人を押しのけて行くと、また石段。引率者は本殿をめざしているが、子供たちの心は広い境内を埋めている小さい店の方に飛んでいる。そのうちに、薄暮の立ち籠《こ》めている境内のたくさんの店にはアセチレンガスの青白い灯火がつき始める。いかの煮付の匂《にお》い、おでんの匂い、甘酒の匂い。

本堂の前で頭を下げさせられたが、大人たちの間に挟まっているので、どこが本堂か判らない。子供たちは手をつないだまま、大人たちの腰のあたりを移動して行く。店の並んでいるところに出たり、そこから離れたりする。

そんなことをした果に、山門のところで、私たちは飴の袋を一つずつ渡されて、他の引率者に引渡されてしまったのである。

新しい引率者はひどく邪慳《じゃけん》だった。

——あんたら、よくこんなところへ来たもんだね。迷子になったら、どうする気なの？　さ、いっしょに帰りなさい。もう馬車はないから歩くんだよ。

私たちは自分から希望して連れて来て貰ったわけではなかった。何となく〝修善寺の弘法さん〟へ行きたいのなら、連れて行ってやると言われて、ついその気になったのである。

こんどの大人たちは女を混じえた四、五人の一団であった。見覚えのある顔であったが、どこの家の人であるか知らなかった。私たちは大人たちのあとについて歩き出した。修善寺の町から二十分ほど歩いて下田街道に出、そこから馬車の通る道を狩野川に沿って上って行った。

道は暗かった。時々、穴があいているとか、石があるとか、大人たちから注意された。昼間は馬車が走っていたが、石の露出しているひどい道であった。

子供たちは初めの一時間ほどは、弘法さんの賑わいにあてられたまま歩いた。まだこの世ならぬ弘法さんの賑わいの中に居るような気持だった。私は家に帰ったら、祖母に何から話そうかと思った。話さなければならぬことはいっぱいあった。しかし、どのように話しても、あの雑踏も、混雑も、アセチレンガスの灯の妖《あや》しさも、たくさんの店のことも、そこから発散している雑多な食べものの入り混じった匂いのことも、正確に伝えることは至難に思われた。父方の親戚《しんせき》のある月ケ瀬という集落へはいる頃から、大人たちの歩度で歩くことが苦しくなった。ともすればおくれたが、少し離れると、大人たちは待っていてくれた。

二時間以上歩いて、父の実家のある門野原という集落にはいった時、引率者の一人が、

——あんた、ふらふらしているじゃないか。お父さんの家に泊めて貰いなさい。

と言った。私はとんでもないと思った。

私たちは前の引率者から貰った飴をしゃぶりながら歩いた。歩きながら、時々、はっとした。睡気《ねむけ》に襲われる度に、足がふらついた。いくら歩いても、いっこうに家には近付かない気持だった。しかし、私は〝修善寺の弘法さん〟に行ったことを後悔してはいなかった。あれだけの素晴らしいものを見るためには、このくらいの苦労は仕方ないと思った。ほかの子供たちも同じ気持だったろうと思う。一人も落伍《らくご》しないで、みんなふらふらしながら、三里半の道を歩いたのである。

私はいまだに〝修善寺の弘法さん〟のただならぬ賑わいを忘れないでいる。僅《わず》か十分か、十五分身を置いただけの不思議な世界であったが、それを垣間《かいま》見たということは、幼少時代の一つの大きな事件であった。

谷崎潤一郎の「母を恋うる記」を読んだのは、沼津中学三年の時の国語の時間であった。国語の先生は後年八十歳近い年齢になってから『日本色彩文化史の研究』という大著を岩波書店から出された前田千寸《ゆきちか》先生で、その頃は四十歳前後ではなかったかと思う。この先生の国語の時間は楽しかった。先生は副読本に載っていた「母を恋うる記」を自分で声を上げて読んで、生徒に聞かせてくれた。その時、私は小説というものはこういうものかと思った。そこには幼い頃の自分が書かれているとしか思えなかった。私ばかりでなく、他の生徒たちも同じことだったろうと思う。

——天ぷら喰いたい、喰いたい、天ぷら、天喰い、ぷら喰い。

それから暫《しばら》くの間、私たちはよく小説の文章のひと欠片《かけら》を口から出したものである。ラーメン喰いたい、喰いたい、ラーメン、悪童たちはそんなことを言ってはしゃいだが、それぞれに、「母を恋うる記」から感銘を受けていたことだけは確かだったのである。

「母を恋うる記」を前田先生に読んで貰った時、私はすぐ〝修善寺の弘法さん〟に行って、その帰り、三里半の夜道を歩いた時のことを思い出した。私の場合は、「母を恋うる記」の少年のように一人で夜道を歩いたわけではなかったが、自分もまたひとりぼっちの気持で、天ぷら喰いたい、天ぷら喰いたいと思いながら歩いていたに違いないという気がした。小説では、主人公の少年は月光に照らされた海沿いの道を歩いており、自分の方は春の闇《やみ》に包まれた狩野川沿いの下田街道を歩いている。しかし、自分もまた松林を吹く風の音を聞き、月光に照らされた海面を見、どこからともなく聞えてくる三味線の音に耳を傾けながら歩いたと思った。要するに、私は〝修善寺の弘法さん〟から夜道を歩いて帰った自分を、すっぽりと「母を恋うる記」の舞台に嵌《は》め込んでしまったのである。嵌め込んでしまうことができたのである。と言うことは、私はただ夢中に大人のあとについて真暗い街道を歩いただけのことであったが、何年か経《た》って「母を恋うる記」を読むに到《いた》って、初めて幼い頃の自分の気持を振り返らされたということになる。

〝修善寺の弘法さん〟に私と行を共にした子供が三人であったか、四人であったか、よく憶《おぼ》えていないし、誰と誰とであったかもはっきりしていないが、いまの年齢になって、その幼い頃の壮挙を振り返ってみると、子供たちはみな、その夜、「母を恋うる記」の少年のように、はっきりと正体の判《わか》らぬ悲しみに包まれて小さい足を運んでいたに違いないと思うのである。藁草履《わらぞうり》で地面を叩《たた》いている幾つかの小さい音が聞えるような気がする。その下田街道は今は立派な舗装道路になり、幼い私たちが恐らく四時間近い時間をかけて歩いた道を、たくさんの自動車《くるま》が僅か二十分で走っている。

祭ではないが、毎年四月三日に、小さい峠を一つ越えた隣村の筏場《いかだば》というところで馬飛ばしがあった。馬飛ばしというのは競馬のことで、その日は、近郷の農家の青年たちが馬をひいて筏場に集った。丁度桜の季節で、馬場には何本かの桜樹《おうじゅ》が植えられてあり、花見をかねての競馬見物であった。私たちの村からも二、三人の若者がその草競馬に出場した。紺屋の次男が名手ということになっており、毎年、その季節になると、若者の名があちこちで囁《ささや》かれて、その草競馬の騎手は人気者になった。

筏場の馬飛ばしは村の大人たちには春、一番の楽しみであったに違いないが、峠まで一里半、筏場まで二里の道のりがあった。幼い子供たちは、馬飛ばし、馬飛ばしと言って、人なみに馬飛ばしの昂奮《こうふん》の中に投げ込まれはしたが、実際に筏場まで出向いて行くことは、小学校の二、三年生ぐらいになるまで待たなければならなかった。

この馬飛ばしは、どういうものか大正六年で打ち切られてしまった。大正六年というと、私の十歳の春である。私は一度だけ、この馬飛ばしなるものを見に行ったが、おそらく八歳か、九歳、小学校の二年か、三年か、そのいずれかの時であったろうと思う。

私は祖母に弁当を作って貰って、近所の同じ年配の子供たち、幸ちゃん、かずちゃん、為《ため》ちゃんといった連中五、六人と、待望の馬飛ばしを見に行った。

私たちは長野という集落に入り、そこからあとは旧道や間道ばかりを選んで駈けた。道は山の中腹を巻いている。峠まで一時間半ぐらいかかったことであろうと思う。峠から自分たちの集落全体が小さく見えた。その中に小学校も玩具《おもちゃ》のように置かれてあった。

峠で休んでいた大人の一人が、

――見ろ、あそこに富士山が見えている。

と、教えてくれた。

――知ってらあ。

――海も見えている。

――海なもんか。

――ばかだな、こいつら。ちゃんと海が見えているじゃねえか。

実際に海は見えていた筈《はず》である。二、三年前にこの峠に立ったことがあるが、伊豆半島を埋めている山塊が重り合って拡《ひろが》っており、その果に富士が高く見えていた。そして富士山の左手に駿河《するが》湾の一部が望まれた。また東方に眼を向けると、馬飛ばしの筏場の集落が落ち込んで置かれてあり、南方には天城連峰が仰がれた。手前に高く万三郎、やや遠く少し低目に万二郎の、二つの主峰が見えていた。

私たちは、そこで弁当を食べた。

――ばかだな。弁当は馬飛ばしで食うもんだ。

大人たちは言ったが、私たちはさきに弁当を片付けてしまわないと、駈《か》けるのに邪魔だったのだ。

弁当を食べ終ると、私たちは筏場へと下って行った。道は幾つも折れ曲っていて、下の方に、山懐《やまふところ》ろに抱かれた競馬場の賑《にぎ》わいが見えてからも、大分下らなければならなかった。子供たちは、申し合せたように、時々駈けるのをやめて、地面に屈《かが》み込んだ。弁当を食べたてで駈けたので、横腹が痛くなったのである。しかし、また意を決して立ち上がっては駈けた。馬飛ばしを一刻も早く見たかったのである。横腹を押えて駈けて行くのもある。私もそうした仲間の一人であったに違いない。

競馬場は道に沿った左手の低地に造られてあった。桜が何本か植わっている四角な広場を囲むように疾走路がついている。

馬など、どこをも走っていなかった。私たちの眼にはいって来たものは、広場のあちこちで酒盛している人たちの群れであった。何本かの桜樹が、そうした人たちの頭上に花をつけた枝を拡げている。そして、そうした広場を越えて、はるか北方に、富士が小さい姿を見せていた。

競馬場は茅《かや》の生えている灰色の山に三方を取り巻かれていて、子供の眼にも大きくは見えなかった。私たちは道と反対側の土手に腰を降ろして、大人たちの酒盛を眺めていた。馬場のはずれの方に、数頭の馬が繋《つな》がれているのが見えたが、人の姿はなかった。

私たちは、そのうちに広場にはいり、一、二軒出ている食べもの屋の店を覗《のぞ》いたり、酒盛の場を一つ一つ点検して歩いたりした。

――おでんを食っていらあ。

――ここはすしだ。

そんなことを言いながら歩いた。

――お前ら、何をそんなところでうろうろしている！　あっちへ行け、あっちへ行け。

どこの席からも、そんな声が飛んで来た。私たちは全く期待を裏切られた気持だった。折角馬飛ばしを見に来たのに、馬が駈けていないばかりか、馬の駈けそうな気配も見えなかった。

広場の宴席には子供たちの姿もあったが、みな筏場の子供らしく、ここは俺たちの領分だという顔をしている。私たちは全くの異邦人であった。自分の村の人の顔もちらほら見られたが、何となく叱《しか》られそうな気がして、その方へは近寄って行かなかった。

一時間ほど経った頃、突如喚声が上がった。いつどこから現れたのか、数頭の馬が広場を取り巻いている馬場を駈け出していた。しかし、すぐ一頭は駈けるのをやめ、一頭は柵《さく》を越して広場に飛び込んだ。残りの馬は一周することはしたが、二周目にかかると、もう嫌だというように、それぞれ勝手なところで停まってしまった。騎手はやたらに鞭《むち》を入れているが、馬はいっこうに駈けようとはしなかった。

馬が走っている時だけ、広場の人々は総立ちになったが、やがてまたもとの酒盛の席に戻った。

私たちは、競馬が始まったことで緊張したが、そのあとはいつまで経っても、馬も姿を見せず、競馬も始まりそうもなかった。

私たちは土手のところに陣取っていた。広場の酒盛は一層賑やかになり、あちこちで踊ったり、歌ったりしていた。子供の数も多くなった。子供たちが多くなってから、私たちは広場へは降りて行かないで、土手のところにひと固まりになっていた。自衛のためであった。

時に、馬に跨《また》がった若者が馬場に姿を現すことがあり、その度に、私たちは緊張したが、結局はただそれだけのことで、その馬はまた引込んで行った。いい加減倦《あ》き倦きした頃、漸《よう》や く次のレースが行われた。こんども数頭の馬が向う側の馬場の一隅に現れた。広場は騒然とした。スタートのところで、肥《ふと》った小父《おじ》さんが旗を持って台の上に乗るのが見えた。

馬は駈け出したが、こんどもまた、この前と同じような結果だった。大部分の馬が途中でレースを放擲《ほうてき》してしまい、完全に二周したのは一頭だけであった。その一頭の馬が馬場を一周した。乗手の青年は、金紙で造った幣束《へいそく》を抱えていた。

広場がまたもとの酒宴の場に戻ると、次のレースはいつ行われようとも見えなかった。この頃になって、競馬場のはずれの方に馬がたくさん集って来たが、そのあたりには子供が集っているだけで、大人たちの姿は見えなかった。

また三十分ほどしてから、もう一度レースが行われたが、こんどは三頭の馬が並んだだけで、それも途中でやめてしまった。三頭とも駈けるのをやめて、広場にはいって草を食べ出したからである。私たちは引き上げることにした。いつまで居ても面白そうでもなかったので、家に帰ることにしたのである。私たちは帰途は遊び遊び歩いた。蕨《わらび》をとったり、蛙《かえる》を捉《つか》まえたり、喧嘩《けんか》したりしながら歩いた。

幼い私の眼に映った馬飛ばしというものは、のびやかではあったが、妙に空虚なものであったと思う。酒盛も、馬の疾走も、桜の花も、馬が走る時だけ起る喚声も、何もかもが現実離れした幻の絵のように見えた。今の私の感覚で補足して言うなら、幼い私たちだけが正気で、他のものは、人も、馬も、桜までが狐《きつね》に化かされていたのである。金紙の幣束を抱えて、馬場を一周した若者さえも、やはり狐に化かされていたに違いないのである。

この筏場の馬飛ばしの跡は今も残っている。四、五年前、やはり桜の時季に行ってみたが、競馬場付近は丘陵地帯の一画といった感じで、風が強く、競馬場は、よく馬を走らせることができたと思うほど小さかった。

八月の中頃の暑い盛りに、三島の大社の花火を見に行ったことがある。〝修善寺の弘法さん〟や馬飛ばしに行ったのを、小学校の二年の時とすると、この方はもう少し幼い時である。小学校の一年の時か、あるいはその前年ぐらいであろうか。父方の伯母の家が三島にあり、そこに招かれて、三島神社の祭礼の花火を見に行ったのである。伯父は当時町長をしていて、家は大社前の、町の中心部にあった。伯母の家から迎えに来てくれたか、父方の親戚《しんせき》の誰かが連れて行ってくれたかしたのであろう。

私はこの一泊の三島行きのことを殆《ほと》んど憶えていないが、何となく鬱々《うつうつ》として楽しまなかったような気がする。三島に行ってから急に家へ帰りたくなったこと、その夜は二階で寝させられたが、ひどくむし暑くて寝苦しかったこと、誰かの肩車に乗せられて、遠くの仕掛花火を垣間見たこと、そんな記憶の小さい欠片が、妙にねっちりした暗い色調に塗られて遺《のこ》っている。

伯父とも、伯母とも、その時が初対面であった。伯母は優しかったが、町長をしている肥った伯父は髭《ひげ》などを生やして、寄りつきにくい感じで、そんなことから、私は急に祖母の居る土蔵に帰りたくなったのである。しかし、三島に来てしまった以上、帰るわけにも行かず、その夜、誰かに雑踏を極めている祭礼の夜の大社の境内に連れて行かれた。

私の記憶は誰かの肩車に乗せられているところから始まる。群衆の頭がたくさんひしめき合って並び、そのたくさんの頭のずっと向うで、仕掛花火の火が、暗い中で廻ったり、火の滴《しずく》を落したりしている。仕掛花火と言っても、私のところからはその一部が、しかも遠くに小さく見えているだけである。やがて花火が終ると、辺りは闇に包まれ、それまで見えていたたくさんの人の頭も闇の中に呑《の》み込まれてしまう。

私にとって、初めて見る仕掛花火というものは、決して美しいものではなかったようである。私は再び伯母の家の二階に帰り、サイダーでも飲まされて、寝かされたのであろう。八月の中頃であるから暑くて当然であるが、私には何となく、花火を垣間《かいま》見たことも、寝苦しかったことも、その夜のすべてが、異国の熱砂の町、たとえて言えばモロッコとでもいった町に於《お》ける出来事のような気がする。

いま振り返ってみると、幼い頃の感覚というものは、かなり正確なものではないかと思う。花火の消えたあとの暗さだけが、そしてまた、祭の夜というものが持っているに違いない暗さだけが、幼い私の心の感光板に焼きついてしまったのである。

山火事

私は祖母と二人で土蔵に住んでいたが、めったに淋《さび》しいとか怖いとか思うことはなかった。祖母が用事で他家に出掛けた夜などは、一人で土蔵に寝ていたが、別段淋しいとも思わないで眠った。鼠《ねずみ》が枕許《まくらもと》を走り廻っても、賑やかでいいと思うくらいであるから、怖さということは知らなかった。祖母がそのように仕付けてくれていたのであろう。

幽霊とか、お化けに興味を持つようになったのは小学校へ上がってからである。〝ばた、ばた、ばた、おすわどん〟と言いながら、両手を前でだらりと下げて、幽霊の恰好《かっこう》をしてみせることがはやったのは、小学校の一、二年頃のことであろうか。私たちは毎日のように日が暮れるまで校庭で遊んでいたが、そろそろ家に帰ろうという時になって、誰か一人が〝おすわどん〟をやると、みんなわれもわれもというように〝おすわどん〟をやった。やらないでいると怖かったので、自分から進んでお化けの方になったのである。暮色の立ち籠《こ》め始めた校庭にはたくさんのお化けができた。そして、みんな〝おすわどん〟をやりながら、多少うそ寒い気持で家に引き上げて行った。

ばた、ばた、ばた、ばた、というのは、団扇《うちわ》をあおぐ音で、おすわどんというのは団扇をあおぎながら出て来るお化けの恨みの対象になっている人物の名前らしかった。何か恨みでも持っている女の怨霊《おんりょう》なのであろう。

私たちは幽霊やお化けの話を聞きたがった。怖くはあったが、興味があった。私たちより五、六歳年長の本家の若い叔父が、子供たちを集めては、よくお化けの話をして聞かせた。私たちは彼の廻りに集ると、お化けの話を期待した。

——お前ら、傘のお化けというのを知っているか。

相手の口からそんな言葉が出ると、女の子供たちは、それだけで悲鳴をあげて逃げ去ったものである。

子供たちは子供たちで、お化けの話は怖くはあったが、根本的には、それに信用をおいていないところがあった。怖くはあったが、お話の怖さであった。ひとつ目小僧も、傘のお化けも、その異様な姿を、自分で自分の瞼《まぶた》に描いて、それに怖さを感じていたに過ぎないのである。

本当の怖さというものは、お化けなどではなくて、滝とか、淵《ふち》とか、そういった場所に一人で行った時感ずる、自分の他には誰も居ないといった思いであったようだ。

自分の他には誰も居ないが、と言って、自分一人ではない。眼には見えないが、何か別のものが、そこには居るのである。滝の精霊であり、淵の精霊である。子供たちにとっては、お化けの方はお話の怖さであったが、滝や淵の精霊の方は、それを実感として受け取っていた。私たちは一日中川で真裸になって遊び呆《ほう》けているくせに、いざそこを引き上げるとなると、われがちに着物を抱えた。一番あとに、ひとり取り遺されるのが怖かったのである。

私の郷里の村は、狩野川台風で有名になった狩野川の上流に沿っている。そして村の中でその狩野川の本流に、猫越《ねっこ》川とか、長野川とかいった支流が流れ込んでいる。現在はもちろん町制が布《し》かれ、天城湯ケ島町という立派な名前を持っているが、町になる以前は、上狩野村湯ケ島である。そしてその湯ケ島の集落で、共に天城山系から流れ出す三本の川は落合っている。

狩野川の本流には猫越淵、大淵、宮ノ淵、おつけの淵、支流の長野川にはへイ淵、巾着《きんちゃく》淵といった淵があった。淵は本流にある方が大きかったが、私たちは、家が支流の長野川に近かったので、泳ぐのも、魚を獲《と》るのも、蟹《かに》受けを伏せるのも、みな長野川に於《お》いてであった。めったに本流には行かなかった。そこは他の集落に属する水域であり、他の集落の子供たちの縄張であった。

泳ぐのはヘイ淵専門であった。ヘイ淵は男の子の水浴び場、巾着淵は女の子たちの水浴び場であった。男の子と女の子の水域は截然《せつぜん》と別れていた。

狩野川台風以後、ヘイ淵は淵としての形を失ってしまったが、私たちが夏休みの間、毎日のように泳ぎに行っていた頃は、小さくはあったが、急深の、インキ壺《つぼ》のような淵であった。一、二年の幼い頃は淵の裾《すそ》で遊び、少年になると、そのインキ壺に岩の上から跳び込んだ。そして唇が紫色になり、足の裏が白くなると、冷えきった体を、流れの中にころがっている石に抱きついて暖めた。腹を暖めたり、背を暖めたりした。河童《かっぱ》が甲羅を乾《ほ》しているのと少しも異らなかった。大きい河童も居れば、小さい河童も居た。

従って、ヘイ淵は私たちの毎日の遊び場であり、川瀬の中に沈んでいる石の、どれが滑るか滑らないかまで知っていた。それなのに、そこを引き上げる時は、一番あとに遺されるのが厭《いや》で、われ先に着物を抱えたものである。

――おれ、へこ帯を置いて来た。

途中で、着物を着る時になって、そんなことを言い出すのが居た。そして、一人で引返して行き、駈《か》け戻って来ると、

――出なかった！

必ず、そんなことを言った。大勢で居れば怖くも何でもない水浴び場であったが、一人で行くと、何かが出て来るかも知れない不気味な場所であったのである。

私もまた、何回かヘイ淵の岸に一人で立たざるを得ないことがあったが、人の気のないヘイ淵は全く異ったものに見えた。明るい陽光の降っている真昼は真昼で、暮れ時は暮れ時で、それぞれに不気味であった。淵の水の色も、川瀬の音も、異ったものに感じられた。

一人で淵に行った時感ずる言い知れぬ畏怖感《いふかん》は、ふいに何ものかによってわし摑《づか》みにされそうな、そんな怖さであったと思う。どの淵にも主《ぬし》が居るというようなことが言われていたが、主といった形があるものの怖さではなくて、もっと別のもののような気がする。何となくそこらに漂っているものの怖さなのであって、精霊とでも言った方がぴったりする。

——おい、坊！

振り返っても、誰も居ない。姿は見えないが、何ものかにわし摑みにされていて足は動かない。

——こっちへ来な。

逃げようにも体は身動きできなくなっている。助けてくれと叫ぼうとするが、声は出ない。謂《い》ってみれば、このようなことが起りそうな怖さなのである。

柳田国男に「山の人生」という有名な随筆がある。その中で神かくしのことに触れて、神かくしに遇った人は大抵暮れ方に村はずれに出て行って、そのまま帰って来なくなっている。そういう事件について、昔の人は、いけない時刻に田圃《たんぼ》などへ出て行くからそういうことになるのだという言い方をしている。そうした点から考えると、昔の人は、人間が先祖帰りするいけない時刻というもののあるのを知っていたようである。つまり、そのいけない時刻に身を置くと、ふいに原始時代の心が立ち戻って来て、山に向って歩いて行くようなことになる。——その随筆では、神かくしなるものを、このように解釈している。今日の〝蒸発〟も同じことかも知れない。

柳田国男は空間のことについては、はっきりと触れていないが、いけない時刻というものがあるなら、いけない空間というものもあってよさそうな気がする。暮色が迫って来る時刻をいけない時刻とするなら、田圃の拡《ひろが》りなどは、さしずめいけない空間ということになりそうである。

何年か前に、この有名な随筆を読んだ時、私は幼い頃に一人で淵の畔《ほと》りに立った時の怖さを思い出した。そしてなぜあのように言い知れぬ恐怖感に襲われたか不思議に思っていたが、もしかしたら、それはいけない時刻に身を置いたことから生起するものではなかったかと思った。幼い者にとっては、淵というものはいけない空間であり、午下《ひる》がりとか暮色の迫る頃というのはいけない時刻であったかも知れない。そして幼い者だけが持つ原始感覚は、その空間と時刻の組合せが誘発しようとしているものを鋭敏に感じ取っていたのではないか。——もちろん、これは私の勝手な想像である。柳田先生在世なら、伺ってみるところであるが、先生は小説家というものは勝手なことを考えるものですねと、笑っておっしゃるかも知れない。

それはともかくとして、幼い頃は一人で淵の畔りに立つと怖かったものである。幽霊やお化けの怖さではなく、ふいに魂でも摑まれそうな一種独特の畏怖感だったのである。

私の郷里には、浄蓮《じょうれん》の滝という多少名を知られた滝があるが、この滝に遊びに行った時も、帰る時は一番あとになるまいという気持が働いた。滝壺の近くで落下する水の飛沫《しぶき》を浴びていても何の怖さも感じなかったが、いざ帰途に就こうとして、いったん滝を背にすると、辺りのたたずまいは一変するかに思われた。

幼い者たちにとっては、滝も、淵も、鈍感な大人たちには感じられない精霊の棲家《すみか》だったのである。

狐火《きつねび》というものを二回見たことがあった。いずれも冬の季節で、二回共、下田街道から温泉の湧《わ》き出している渓谷へ降りて行く道の分岐点で、その奇妙な小さい灯火の帯を見た。渓谷を隔てて、小さい山があるが、その山の斜面に、小さい豆電灯でも一列に並べたように、少し赤味を帯びた火が灯《とも》ったのである。

——狐火だ、狐火だ。

私たちは騒いだが、こちらの騒ぎとは無関係に、狐火の方は粛然とでも言いたい感じで、ひっそりと並んでいた。それを眺めていて、少しも怖くはなかった。きれいな見ものであった。定規を当てて線を引きでもしたように、豆電灯の列にはいささかの乱れもなかった。土蔵に帰って、祖母にそのことを話すと、

——そりゃ、よかった。めったに見られない珍しいものを見たね。

おかのお婆《ばあ》さんは言った。彼女もまた、狐火というものにさして不気味な思いは持っていないようであった。

——本当に狐の火？

——そうだろうね。そうでなければ西平《にしびら》の山などに火が並ぶわけがない。狐が小さい提灯《ちょうちん》を持って並んで見せたのでしょうよ。

村のほかの大人たちも、狐火というものを、さして異様な思いでは見ていなかった

ようである。時に、狐というものはそういう悪戯《いたずら》をするぐらいに思い込んでいるようなところがあった。そしてまたそういう悪戯をする狐というものに、一種の親愛感を持っていたのではないかと思われるようなところがあった。

終戦の年のことであるが、私は家族を疎開《そかい》させておいた中国山脈の尾根の村で、正確に言うと、鳥取県日野郡福栄村というところで、深夜家の入口で、遠くの山の中腹に小さい豆電灯のような火が一列に並んでいるのを見たことがある。それは一、二分の短い間のことで、すぐ消えてしまったが、その灯火の正体は判《わか》らなかった。村の人に話すと、狐火だということであった。

一体、狐火とは何であろうか。交尾期の狐と狐が走り廻っていて、たまたま尾と尾が触れ合うと火を発するので、それが狐火と言われているものの正体であろうという説もある。もし本当であるとすると、狐火とは、何と静かな愛情のイルミネーションであろうか。そのためかどうか、幼い私たちも、狐火というものを不思議には思ったが、少しも怖いものとしては見なかったようである。

山火事は多かった。村の半鐘が鳴ると、大抵山火事だった。半鐘は火事の現場に向う人たちを集めるためのもので、いくら半鐘が鳴っても火が見えるわけでも、危険が身近に迫るといった不安があるわけでもなかった。

子供たちは生き生きとした。どこか遠いところで容易ならぬことが起っており、そこへ消防服を纏《まと》った大人たちが繰り出して行く。村はいつもの村とは異った表情をとって来る。

山火事は大抵、二月か三月の植付けの頃が多かった。植付けの伐採地を掃除に行った者が、枯枝などを集めて燃している時、その火が他に燃え移ってしまうのである。火が他に燃え移ることを〝火が逃げる〟と言った。〝火が逃げる〟という言い方には、ある感じがあった。私たちには、火が、どこへでも自分の望むところに自由に燃え移って行く生きもののように思われた。私たちは自分の家の囲炉裡《いろり》や竈《かまど》で毎日見ている火とは全く異った火を頭に描いていた。山火事の火だけが、逃げたり、走ったり、追いかけたりする生きものの火であった。

その生きものの火を見るためには、山火事の現場まで出向いて行かなければならなかったが、残念なことに、子供たちの行けるところではなかった。一里も二里も離れている天城山中の出来事であった。

山火事の夜は、度々眼を覚ました。

——今も、火が燃えているかな。

私は何回も祖母に訊《き》いたに違いない。

——もう消えてしまった。心配しなくても大丈夫。さあ、ねんねしなさい。

祖母はその度に答えたことであろうと思う。しかし、そんなことでは、なかなか納得しなかった筈《はず》である。天城山中の奥深いところで依然として火は燃え続け、村から出て行った消防の若者たちは、火の火照《ほて》りを浴びながら火と闘っていなければならなかった。そんな若者たちの姿が、雄々しく、けなげに眼に映っている。

山火事は半日か、一日燃え続け、そして消えた。子供たちは山火事の間は生き生きとして、やたら寒い中を走り廻った。同じ遊ぶにしても、一ヵ所に留まっているような静かな遊びは選ばなかった。田圃の畔道《あぜみち》を走ったり、崖《がけ》から飛び降りたりした。逃げる火を追いかけたり、逃げる火の中に身を躍らしたり、相手に組みついたり、相手と格闘したりしていたのである。

山火事が消えて、山へ出動していた若者たちが村へ帰って来ると、村は急に静かになって見えた。別段、村が静かになったわけではなかったが、幼い者たちにはそう見えたのである。素晴らしいことがなくなってしまった寒いだけの貧相な村があった。

小学校の一、二年の時のことであったと思うが、一度山火事を見に行こうとしたことがあった。馬飛ばしを見に行く時、富士の見える峠を一つ越さなければならなかったが、その富士の見える峠付近で、山火事が起ったのである。大体、この峠付近を、村の人は茅場《かやば》と呼んでいたが、そういう呼び方をされるだけあって、峠付近の山は一面に茅に覆《おお》われていて、平生は象の肌のような、やわらかな灰色を呈していた。

年に一回、三月下旬に、近くの村から青年が出て、この茅場の山焼きがあった。斜面一面茅で覆われているので、よく燃えた。火はどこまでも燃え拡って行きそうであるが、防火帯のところで停まった。山焼きすると間もなく、その焼跡に蕨《わらび》が出た。

特に、この山焼きから、山火事が起ることがあった。いつも大事にならず、すぐ消しとめられたが、私たちが山火事見物に行こうとしたのも、この茅場の山焼きの時で、火の不始末から、その翌日の夕方になって、山火事が起ったのである。

天城の奥深いところの山火事の場合は、子供たちは山火事見物などという気は起さず、初めから諦《あきら》めているが、半鐘が鳴って、茅場付近に火が出ているということを聞いた時、おそらくそれを聞くと同時に、私たちは走り出したことだろうと思う。現場まで行かなくても、長野という集落まで行けば、そこから火が見えるに違いなかったし、もし見えなければ、そこからもう少し先まで行けばよかった。

私たちは村の大人たちの間にはいって長野を目指した。道は上りになっているので、ところどころで休まなければならないが、休むのはそのためばかりではなかった。道ばたに腰を降ろしていると、村の大人たちが駈《か》けて行く。消防の若者も居れば、老人も、内儀《かみ》さんも居る。居ないのは、子供たちばかりである。

——おい、お前ら、どこへ行く？

声が飛んで来ても、私たちは黙っている。今の言い方をすれば、黙秘権を行使しているのである。何と言われても、黙っている。

——火事場などへ行こうと思ったら、とんでもねえことだぞ。帰んな、帰んな。

しかし、大人たちが行ってしまうと、私たちは腰を上げる。そして駈けたり、歩いたりする。うしろから大人たちが来るのが見えると、また路傍に腰を降ろす。

——おい、あんたたち、そこで何をしている？　まさか、火事などを見に行くつもりじゃあるまいね。一体、どこの子だ。金物屋と、横丁と、あめ屋の子と、もう一人、そっちに居るのは、どこの子だ。帰んな、帰んな。呆《あき》れた餓鬼どもだ。今に、日が暮れて、帰れなくなっても、知らんよ。

私たちは、相変らず黙っている。そして大人たちをやり過しておいて、そのあとから歩き出す。

長野の集落にはいったが、山火事は見えなかった。大人たちがみんな茅場の方へ出掛けて行ったためか、集落の内部はいやにひっそりとしていた。

私たちは集落を突切って、茅場へ向う間道へ出たが、その頃から、何となくみんな家に帰りたい気持に揺られ始め、山火事見物の方はさしてどうでもいいような気持になっていた。薄暮は辺りに垂れこめ始めている。

私たちはのろのろと歩いていた。家に帰りたかったが、家に帰るには、帰るだけのきっかけが必要だった。が、そのきっかけは、間道へはいると、間もなくやって来た。

——こら、ばかもん！ お前ら、どこへ行くつもりで、こんなところをうろうろしている！

道の曲り角で、いきなり呶鳴《どな》り声が飛んで来た。見ると、大きな鎌《かま》を持った男が突立っている。私たちには、相手が人間には思われなかった。おそろしい大入道に見えた。

私たちはいまやって来た道を引返した。駈け詰めに駈けた。いっしょに駈けるといった気持の余裕はなかった。ばらばらになって、長野の集落を突切り、そこから降《くだ》りになっている細い道に出ると、あとは一人一人になったままで歩いたり、駈けたりした。

道はひどく長く思われた。ずっと先を仲間の一人が歩いているのが見えたが、どうしてもそれに追いつけなかった。少し立ち停まって待っていてくれれば、二人でいっしょに歩いて行けるのであるが、そうした斟酌《しんしゃく》は相手にはなかった。勝手に歩いたり、駈けたり、休んだりしながら、自分のペースで歩いて行く。

そうしているうちに、辺りは暗くなり、もう家までさして遠くない桜地蔵の付近で、前方を歩いて行く遊び仲間の姿を認めることはできなくなった。

芥川龍之介《あくたがわりゅうのすけ》に「トロッコ」という作品がある。人夫たちにトロッコに乗せて貰《もら》って遠くまで行ってしまい、気が付くと、夕暮れが迫っている。帰りはトロッコに乗るわけには行かないので、夕闇《ゆうやみ》の中を一人で帰って来なければならない。そういった少年のことが書かれている。

この「トロッコ」を読んだ時、私は山火事を見に行って、山火事は見ないで、途中から帰って来た幼い日のことを思い出した。どんな気持で、長野から家までの道を歩いたか、よくは覚えていないが、何となく後悔の気持があったのではないかと思う。山火事を見ようなどという考えを持たなければよかった。しかし、そんな考えを持ってしまったばかりに、いまこんなところを一人で歩いていなければならぬのだ。そんな思いを懐《いだ》いて、子供たちは夕闇の中に、ある間隔を置いて、それぞれ一つの点となって移動していたのであろう。

その時の遊び仲間は、一人を除いて、ほかはみな、いま郷里の町で健在である。山火事の日から今日まで、みんなそれぞれ一人になって、長い人生行路を歩いて来たような気がする。

歳暮

伊豆の私の村では、十一月の中頃から十二月の初めにかけて、神楽《かぐら》がやって来た。その年によって十一月に神楽の囃子《はやし》が聞えることもあれば、年の瀬の十二月になることもあった。狩野川の下流一帯の村々を次々に廻って来るので、天城の麓《ふもと》の一番奥まったところにある私の村が最後になった。

いつもやって来る神楽の顔ぶれは決まっていた。函南《かんなみ》、韮山《にらやま》の二つの村の人たちで、一組は七、八人で編成されてあった。獅子舞《ししまい》を受持つのが二人、万歳《まんざい》が二人、そのほかに笛、太鼓、三味線の三人、時には曲芸をやるのが一人はいっていることもあった。人数も、その年々によって違って、四、五人の淋《さび》しい一団の時もあった。

神楽の一団は、村の家を一軒、一軒廻った。たくさんお礼を貰える家には、獅子は座敷まではいり込み、庭先で荒れ廻り、背戸の方にまで遠征し、そのあとで万歳や曲芸をやった。お礼の少い家は、その家の前庭で簡単に片付けた。何となく獅子の動きに熱がなかった。

神楽の一団は、村に一軒ある旅宿屋《はたごや》に泊まった。旅宿屋と言っても、平生は旅館を経営しているようには見えなかった。神楽が来た時だけ旅館になった。どういうものか、渓谷の温泉旅館には泊まらなかった。

子供たちは、神楽が村の家々を廻っている間は落着かなかった。自分たちもそのあとをついて廻った。神楽の方も、子供たちに取り巻かれていないと調子が出ないらしく、子供たちが学校に行っている間は、遠く離れている一軒家とか、小さい集落とかを廻り、子供たちが学校から解放される頃を見計らって里へ降りて来た。

子供たちもただ神楽のあとをついて廻っていたわけではない。子供たちは申し合せたようにサツマ芋のきりぼしか、渋柿《しぶがき》の皮を乾《ほ》したものを口に入れていた。平生遊んでいる時は、こうしたものは家から与えられなかったが、神楽の時だけ支給があった。

獅子は退屈すると、大きな口をあけて、子供たちを襲った。子供たちはそれを待っていた。しかし、学校へ上がる前の幼い子供たちは、真剣になって逃げようとし、転んで、火がついたように泣いた。

私たちは、神楽の一団の中で、獅子の頭《かしら》を使う人物だけを尊敬していた。その人物の顔だけが、何となく信用できる特別なものに見えた。万歳をやって人を笑わせる受

持ちも、笛、太鼓、三味線の受持ちも、余り重くは見ていなかった。獅子の頭を使う人物に、

――さあ、どいた、どいた！　邪魔になるから、もう少し離れていな。

こんなことを言われると、素直にあとにさがったが、他の男たちの場合だと、なかなか言うことを諾《き》かなかった。憤《おこ》られても、たいしたことはないという気持があった。

小学校の一、二年頃のことであるが、神楽の一団が渓合《たにあい》にある旅館の一軒へ向う時、私たちもそのあとからついて行った。

神楽の一団と、それに続く子供たちの群れが列を作って、旅館の前の吊橋《つりばし》を渡る時、獅子の頭を使う小父《おじ》さんは、吊橋のまん中あたりで立ち停まって、下の流れを覗《のぞ》いた。子供たちも同じように下を覗いた。その時、私は男の腕に抱えられている獅子の頭が、口をあけっぱなしにしたままで、これもまた下の流れを覗いているのを見た。いかにも獅子は獅子で、下の流れを覗き込んでいるといった感じであった。

ただそれだけのことであるが、そのことが幼い私の心に刻みつけられ、今でも忘れないで記憶に遺《のこ》っている。

――獅子が川を覗き込んでいる！

こんな風な感慨で、私は獅子の顔と、下の流れを、横から見較《みくら》べていたのである。

神楽の一団が村から去って行くと、村には寒い風が吹き、本格的な歳暮がやって来る。もうこれで一年は終って行く！　こうした大人たちの感慨と同じものを、子供たちは子供たちで持ったようである。その頃から子供たちは竹馬に乗って遊び出す。神楽のあとは竹馬である。霜どけのぬかるみの上を竹馬に乗って歩く。毎日のように誰かが転んで着物を汚して、母親に叱《しか》られる。母親の怒声を寒風が持って行ったり、持って来たりする。こうして子供たちの一年も、日一日、終りに近付いて行くのである。

歳暮になって、どこの家でも大人たちが忙しく立ち廻り始めると、子供たちは子供たちでひと固まりになって、大人たちの眼につかないような場所に屯《たむろ》する。大抵風の当らない、陽だまりになっている場所だ。農家の納屋《なや》の裏手だとか、石垣の裾《すそ》だとか、余り広くない場所ではあるが、そこは大人たちの眼の届かない平和郷である。何をしていても叱られる心配はない。喧嘩《けんか》したり、仲直りしたり、弄《いじ》めたり、弄められたりしながら、子供たちだけの冬の生活を繰り拡《ひろ》げる。

と言って、遊んでいるばかりではない。時には生産に従事していることもある。子供たちは役場の裏手にある黐《もち》の木の皮をむいてきて、鳥黐をつくる。黐の皮の外皮を棄《す》て、残りの部分を石の上に載せて石で搗《つ》き砕き、小川に行って、繊維を洗い落し、あとは口に入れて嚙《か》んでいればいい。顎《あご》が痛くなるほど嚙んでいると、次第に粘りが出て来る。時々指でつまんでは引張ってみる。噛んだり、引張ったりする。そうしているうちに鳥黐ができる。

鳥黐ができ上がる頃から、子供たちは騒ぎ出す。黐を頭につけたり、つけられたりする。頭にくっつくと、容易なことでは取り除くことはできない。結局のところは、鋏《はさみ》で黐のくっついている部分の頭髪を切り取らなければならない。

時には、黐を供出し合って、それを鳥のやって来そうな裸木の枝に巻きつけに行く。しかし、そんなことではめったに鳥は捉《とら》えられない。が、子供たちは、隠れ家を出ると、一団となって、かなり遠方まで鳥黐を仕掛けに行く。こうなると、いっこうに寒さは感じない。鳥が捉えられるかも知れないといった期待が、子供たちの心をさらっている。

子供たちは、専《もっぱ》ら鳥黐に希望を託しているが、十八、九歳の少年たちになると、もっと確実な罠《わな》の方に転向する。冬枯れた田圃《たんぼ》の、鵯《ひよどり》や頬白《ほおじろ》の来そうなところに罠を掛けに行く。この方は弾力のある木の枝を切って来る労力も要るし、罠を仕掛けるには、それ相応の技術も要る。幼い子供たちは専ら見物の方に廻る。少年たちの中には、罠をかける名人が居る。そんな少年が罠をかけに田圃に出て行くのを知ると、子供たちはひと固まりになってついて行く。

業であったことか。

——餌《えさ》をとって来い。

罠作りの少年が言うと、子供たちは四散して、川向うの山に青木の赤い実を探しに行く。青木の実が見付からぬ時は万両《まんりょう》の赤い実を使った。幼い者たちにできるのは、これぐらいのことしかない。しかし、その赤い実を探すことが、何と生き生きした作業であったことか。

歳暮になると、子供たちはよく土蔵の背戸に集った。土蔵の北側の窓の傍に美濃柿《みのがき》の木があり、それに大きな柿が十個か、十五個、くっついていたからである。美濃柿の木は、私の家にしかなかった。おかのお婆《ばあ》さんは、それを木につけたままで熟させることを望んでいた。しかし、折角赤くなりかかると、烏《からす》がつついたり、果実そのものの重みで木から落ちたりした。

そんな時の祖母の落胆の仕方は烈《はげ》しかった。落胆と言うよりも、怒りと言った方がふさわしい喚《わめ》き方をした。

——本当に仕様のない烏だ。ばかものめが！

しかし、犯人は烏であるか、他の鳥であるか判《わか》らなかった。大体犯人と目せられる烏も、他の鳥も、そこらに姿を見せているわけではなかった。しかし、おかのお婆さんは犯人がそこらに潜んでもいるかのような、そんな怒り方をした。

犯人ではないが、いつでも犯人になりかねないのが、毎日のように集っていた。子供たちは土蔵の背戸で遊んでいても、時々思い出したように、北側の窓の下に廻って行っては、美濃柿の木を見上げた。そうした子供たちを見ると、おかのお婆さんは、

――だめ、だめ。夏蜜柑《なつみかん》でも、柚柑《ゆこう》でも、何でも上げるけど、これだけはだめ。これは坊のもの、あんたたちの食べるものじゃない。

おかのお婆さんの言い方は、幼い私にも邪慳《じゃけん》に聞えた。そして、最後に、

――さ、あっちに行って遊びなさい。

いつも、子供たちを美濃柿の木の傍から追い払うことを忘れなかった。子供たちは素直にそこを離れたが、暫《しばら》くすると、またそこにやって来た。

――食いたいなあ。

正直に言うのもあれば、

――もう赤くなってらあ。

しげしげと見上げるのも居た。

おかのお婆さんは、他の果物は、たとい少しでも本家に持って行ったり、近所に配ったりしたが、美濃柿だけは例外だった。これは幼い私の食べるものだと思い込んで

いるところがあった。大体、おかのお婆さん自身でさえ、めったなことでは、口に入れなかった。確かに幼い私の物であったのである。

烏がつつき出す頃になると、おかのお婆さんは、近所の人を頼んで、美濃柿をみんなとってしまい、それを米櫃《こめびつ》に入れた。

私は毎日のように、真赤に熟れた果物を一個ずつ食べた。半分に割って、二回に食べた。夜は体が冷えるからと言って与えられなかった。

——半分、上げる。

私が言っても、なかなか祖母は手を出さなかった。たくさんあればともかく、十個か、十五個ぐらいしかなかったので、祖母は私にだけしか食べさせなかったのである。

年の瀬も押しつまった二十八、九日頃になると、よその土地で働いている村出身の人たちが、郷里で正月を迎えるために帰って来た。そうたくさんではなかったが、それでも、馬車はやって来る度に、二人か三人の帰省者を吐き出した。村の小学校を出て、町に働きに行った少年も居れば、何年かぶりで村の土を踏む子供連れの夫婦者もあった。

私たちは、馬車の喇叭《らっぱ》が聞えて来ると、遊ぶのをやめて、駐車場に駈《か》けて行った。

馬車からいかなる帰省者が降りて来るか、それを見物するためであった。何となく見覚えのある顔もあれば、初めて見る顔もあった。みんな風呂敷《ふろしき》包みか鞄《かばん》を提げている。私たちは少し離れたところから、帰省者たちを観察した。みんな体のどこかに他国の匂《にお》いとでも言うべきものを着けていた。首に巻きつけている襟巻一つにも、頭にのっけている鳥打帽子一つにも、他国の匂いがあった。

——あれ、おらっちのおっちゃんだ。

時には、そんなことを言って、飛び出して行く子供もあった。帰省者の中に自分の親戚《しんせき》の人の顔を見付けたのである。思いがけず、そうした幸運に恵まれた子供は、いったんはその方に飛び出して行くが、すぐまた仲間のところに戻って来て、帰省者の足許《あしもと》に置かれている鞄の方に顎をしゃくって、

——あの中に、土産がいっぱいはいってる。饅頭《まんじゅう》もはいってる。羊羹《ようかん》もはいっている。

そんなことを言った。他の子供たちはしょげ返って、黙っていた。大人の言い方をすれば、すっかり世の中がつまらなくなってしまうのである。いっしょに駐車場にやって来たのに、ふいに神さまは、一人の子供だけに幸運を与えたのである。そして、その子供だけは仲間から離れて、己《おの》が幸運を確実なものにするために、自分の家の方

に駈けて行ってしまう。

　馬車から降りた帰省者たちが、それぞれの行き先に引き揚げて行ってしまうと、子供たちは、われに返って、もとの遊びに戻って行く。竹馬に乗ったり、餅搗《もちつ》きを見に行ったりする。帰省者たちが鞄や風呂敷包みの中に入れて持って来たものには無縁であったが、しかし、たのしい正月は来つつあるのである。この方は公平にどの子供たちのところへもやって来る。

　この頃になると、豊橋の母から小包が送られて来る。菓子がはいっていることもあれば、新しい絣《かすり》の着物がはいっていることもある。着物が送られて来ると、おかのお婆さんは、私に着せてみて、その上で、何か口の中でぶつぶつ言いながらあげをしたり、あげをおろしたりする。

　二十九日か三十日頃、子供たちは熊野山という小さい山の背にある村の墓地に掃除に行く。掃除に行くと言っても、自分たちが掃除をするわけではない。掃除をしに行く大人たちについて行くだけのことである。

　本家の墓地は、毎年のように友さんという人が受け持った。いつもとは異って、墓地は賑《にぎ》やかだった。大人たちが大勢墓の掃除をしていた。

本家の墓地は二カ所にあった。一つは先祖たちの墓所、一つは曽《そう》祖父潔の墓所である。

私は、おかのお婆さんの影響で、何となく曽祖父潔を特別の人と思い込んでいたので、その墓所だけは友さんの掃除を手伝った。墓石に水をかけたり、草をむしったりした。遊び仲間の、幸ちゃん、かずちゃん、季ちゃん、為ちゃんといった連中も曽祖父潔の墓掃除に加わった。

――お前ら、よその家の墓の掃除をしないで、自分の家の墓を掃除しな。

友さんは言ったが、誰もそんな言葉は受付けなかった。自分の家の墓であろうと、なかろうと、そんなことは頓着《とんじゃく》しなかった。どこの墓であろうと、みんなでいっしょに掃除したかったのである。

私たちは、墓石の下に死者が眠っているということは知っていたが、だからと言って、そこを特別なものとしては考えなかった。墓石と墓石の間を駈け廻ったり、時には土饅頭の上に腰を降ろして、友さんに叱られたりした。

現在、この熊野山の墓地におかのお婆さんも、私の父も眠っている。曽祖父潔の墓のある本家の墓所とは少し離れたところに、おかのお婆さんが他界した時に新たに別の墓所が設けられたのである。おかのお婆さんは曽祖父潔の傍に眠りたかったかも知れないが、そこには本妻のおひろお婆さんが眠っている。生きている時は曽祖父潔と同棲《どうせい》していたが、亡《な》くなったら、その席をおひろお婆さんに譲ったのである。

墓の掃除が終ると、あとは門松《かどまつ》を立てる仕事が残る。門松も友さんが受持ってくれた。どこかの山から松を切って来て、それを本家と、土蔵とに立ててくれた。本家の門松が大きく、土蔵の門松が小さいことが私は不服だった。

――門松が大きくても大きい正月が来るわけじゃないのにねえ。

本家の祖母はそんなことを言いながら、友さんに土蔵の門松を大きいのに替えるように頼んだことがあった。

二人だけの土蔵の正月であったが、おかのお婆さんは大晦日《おおみそか》の夜は遅くまで煮ものにかかっていた。門松の大きいのは望まなかったが、正月のご馳走《ちそう》だけは、きちんと膳《ぜん》の上に並べないと気がすまないらしかった。曽祖父のために作った正月の料理を、そっくりそのまま私のために作った。

正　月

元日は五時に起され、本家の祖父に連れられてお宮詣《みやまい》りに行く。暗い中を、田圃の畔道《あぜみち》の霜柱を踏んで歩いて行く。小川の縁には氷柱《つらら》が下がっている。お宮詣りと言っても、別に特殊な行事があるわけではなく、村の神社の本殿の前で頭を一つさげるだけのことであるが、お正月だ、お正月だと思いながら、睡《ねむ》いのを我慢して、寒さに身を縮めて歩いて行くのである。お宮に行き着くまでに何人かの人たちと擦れ違う。暗いので顔は判らないが、

——坊、今年は幾つになる？

とか、

——坊、お正月が来ていいな。

とか、そんな声がとんで来る。おめでとうとは言わない。まだ夜が明けきっていないので、誰も早暁《そうぎょう》のお宮詣りは正月の中には数えていないのだ。

家に帰って、雑煮を食べ、それから正月用のよそ行きの着物に着替えさせられる。この頃から徐々にお正月はやって来る。

陽が当り始めると、子供たちは辻々《つじ》に集まる。みんなよそ行きの着物を着ているので、平生とは違った顔になっていて、お互いにすぐには近寄って行かない。多少含羞《はにか》んでいるのだ。しかし、どの子供たちの心も正月が来たという期待で脹《ふく》らんでいる。確かに正月は来ていた。待ちに待った正月は漸く《ようや》にして、いまやって来たのである。

やがて、辻々の子供たちの集団は二つに割れる。一つは小学校に行く子供たち、一つは就学前の幼い子供たちである。しかし、学校へ行った子供たちも、暫くすると、またもとの辻に戻って来る。

正月は来たけれど、別にこれといって変ったことは起らない。寒いだけの一日である。吹き曝《さら》しの辻々で、子供たちは終日風に鳴っている。いつもなら、片時もじっとしていることはなく、追ったり、追われたりしているのだが、よそ行きの着物を着ているので、そんなことをするわけにも行かない。子供たちは心を期待で脹らませて、寒い風に鳴っているだけだ。いまに何か特別な面白いことはやって来るに違いない、そう信じて待っているのである。

しかし、三日ある正月の第一日はおそろしいほど早く過ぎ、寒い静かな夕暮がやって来る。子供たちはこんな筈《はず》ではなかったと思うが、まだ正月は二日あるので、あとの二日に、きっと面白いことはやって来るだろうと自分を慰める。

幼時の正月を振り返ってみると、吹き曝しの辻に屯《たむろ》していた記憶しか遺《のこ》っていない。一日中寒風に曝されながら、幼い者たちはよそ行きの着物を着、よそ行きの気持になって、何ものかを期待していたのである。

二日も、私たちは辻に集り、一日中棒杭《ぼうぐい》のように風に鳴っていた。寒さに身を縮め、何ものかを期待する心を寒風に曝していた。もの一つ買うでもなく、特にご馳走を食べるわけでもなかった。しかし、それでも正月は絶対に他のいかなる日でもなく、正月であり、一年中で一番楽しい日であった。少くとも一番楽しい日の筈であったのである。

今になってその頃を振り返ってみると、幼時の正月の楽しさは、全く何ものかを期待する幼い心だけにあったのである。村の大人たちは正月休みで、囲炉裡《いろり》端でごろごろしていたり、昼間から酒を飲んだりしていたのだが、子供たちはそんなことをしているわけには行かなかった。新しい着物を着、新しい心で、吹き曝しの辻に出て、凧に鳴りながら何ものかを待っていたのだ。今の子供たちも、生活の環境は異っても、同じことであろうと思う。やはり何ものかを期待する心に大きく揺られながら、正月を迎えているに違いない。そういう子供たちに、心から、

――さあ、正月が来た。おめでとう。

と、言ってやりたいと思う。幼い者たちだけが生き生きと正月の中に生きている。二日の午後あたりから、子供たちは子供たちとしての本来の面目を取り戻す。よそ行きの着物にも慣れて来るし、いくら正月だと言って、そうそうおとなしくしてばかりはいられない。竹馬にも乗りたくなるし、凧《たこ》も揚げたくなって来る。メンコもやり

たい。

私たちは凧を揚げるために凍《い》てついた田圃《たんぼ》へ出て行く。凧は舞ったり、落ちたり、高く揚がったりする。糸が搦《から》むと、喧嘩《けんか》が始まる。忽《たちま》ちにして、よそ行きの着物は泥だらけになり、羽織の紐《ひも》はちぎれ、正月の装《よそお》いは台なしになってしまう。

私の場合、幼時に凧を揚げた記憶では、絶対に自分の凧が揚がらなかった時のことだけが鮮やかに遺っている。いくら揚げようとしても、くるくると空中で二、三回廻って、あとは逆しまになって落ちて、田圃に突き刺さってしまう。何回やっても同じことである。

私は三、四年前に、幼時の凧揚げの時のことを思い出して、その時の絶望的な気持を、一篇の詩に綴《つづ》ったことがある。幼い私が揚げようとしていたものは凧ではなくて、〝死〟であり、私が何回となく田圃を走って行っては、そこから拾い上げていたものは凧ではなくて、〝死〟であったに違いないといった内容のものである。

このような詩を綴らずにはいられないほど、私の記憶の中にある凧揚げは悲惨なものである。どうして自分の凧だけ揚がらないのだろう、私は必死になって、決して揚がらない凧のために田圃を駈け廻っていたのだ。その時の気持は、私が人生において持った最初の絶望感と言えるものであったかも知れない。

正月の三日か四日に、私はおかのお婆《ばあ》さんに連れられて、少し離れたところに散らばっている父方の親戚に出向いて行ったことがある。小学校に上がる前後のことであったろうと思う。日頃あまり親しくは交際していない親戚であったが、おかのお婆さんとしては、預りものの子供を、このように丈夫に育てているということを見せておこうといった気持があったのかも知れない。

どの親戚も屋号で呼んでいた。〝西平《にしびら》の大家〟というのは、西平という集落にある安藤という家であり、〝持越のつきや〟というのは、持越という集落の福井という家である。〝門野原の山岸〟というと、門野原という集落の石渡《いしわた》家のことである。そのほかの親戚も、どれも屋号が使われていた。

私とおかのお婆さんは土蔵に住んでいたので、〝おくらの坊〟とか、〝おくらのお婆さん〟と呼ばれていた。この場合は勿論《もちろん》屋号ではない。

西平とか、長野とかいった近くの字《あざ》の親戚に行く時は歩いて行ったが、月ケ瀬とか、門野原とかいった集落の場合は馬車に乗った。どの親戚に行っても、父方の親戚の伯母たちは似た顔をしており、話し方も同じで、一種独特の皮肉な面白い調子があった。幼い私にも、それが判《わか》った。

――幾つになったか。何にしても、がし（脆弱《ぜいじゃく》）な坊だな。せいぜい食べんともたんがな。

そんなことを言うのもあれば、

――総領の甚六《じんろく》と言うが、なるほど、坊は甚六やな。

あるいはまた、

――親から離れていて、坊は仕合せや。親許《もと》にいてみなされ、こんな赤切れは切れさせて貰《もら》えんが。

こんなことを言うのも居た。こういう場合は、おかのお婆さんは帰途腹を立てていた。

しかし、何を言われても、私は父方の親戚《しんせき》の伯母たちの持っている一風変ったところが厭《いや》ではなかった。口では言いたいことを言っていたが、心根は親切であり、何となく血縁者だけの持つ暖かさが感じられた。帰りには途中まで送ってくれたり、土産の品を、あとからわざわざ土蔵まで届けてくれたりした。

血の通っているのが男の場合は、例外なく無口で、不愛想で、気難しかった。しかし、こうした親戚の男たちも、心根は暖かかった。ただ容易なことでは暖かいところを見せなかった。

——大きくなったら、お父さんみたいになるか。

それだけではどういうつもりで話しているか判らなかった。否定か、肯定かはっきりしなかった。あとは横を向いて、口の中で何か言った。

正月の親戚廻りで、おかのお婆さんも私も、何となく鬱陶《うっとう》しく思っているのは、父の実家である門野原という集落にある石渡家を訪ねることであった。父の兄が家を継いでおり、父方の親戚の中では第一番に顔出ししなければならない家であった。と言って、毎年行ったわけではない。私の記憶にあるのは一回だけである。正月以外に一度泊りに行ったことはあるが、この方は、前に記した行水についての断片的記憶を持っているぐらいのものである。

——門野原に行かんとな。

おかのお婆さんは何回となく同じ言葉を口から出した果に、漸くにして腰を上げた。おかのお婆さんは馬車で門野原に行き、私を石渡家に送り届けると、明日迎えに来ることを約して、自分はすぐ引揚げて行った。

——一晩だけの辛抱だ。いくら辛《つら》くても、一晩寝て起きれば、それでもうお蔵に帰れる。

おかのお婆さんは言ったが、私はそれほど辛いわけではなかった。窮屈ではあったが、珍らしいお客さんではあり、それ相応に遇されたのである。

伯父は小さい丘を一つ越したところにある吉奈《よしな》の共同湯に連れて行ってくれた。伯父はさっさと前を向いて歩いて行き、時折私が追いつくのを待っていてはくれるが、別段言葉一つかけてくれるわけではなかった。私は黙ってそんな伯父のあとについて行った。共同湯に着いてからも同じことであった。

——体を洗いな。

とか、

——よく拭《ふ》いて出なさい。

とか、せいぜいこのくらいの言葉が口から出るだけであった。しかし、伯父としては吉奈行きは、私へのサービス以外の何ものでもなかった。

吉奈から帰ってくると、おはぐろの黒い歯を光らせている伯母が、

——さぞ窮屈なことでしたろう。なんの因果で、怖い伯父さんなどと風呂《ふろ》へ行かねばならんのか。なあ、坊。

そんなことを言った。こちらで思っていることをそっくり、伯母は口から出してみせた。また、時には、

——一晩だけの辛抱じゃ。あしたになればお蔵に帰れますが。

おかのお婆さんの言葉を、どこかで聞いていたのではないかと思われるようなことをも言った。口から出す言葉はみんな皮肉だったが、しかし、そんなことを言いながら、伯母は私のために甘酒をわかしたり、安倍川餅《あべかわもち》を作ってくれたりした。忠ちゃんという同じくらいの子供が居たが、私たちは言葉を交さなかった。夜の八時頃になると、

——さあ、もう寝《やす》みなさい。寝る前にぶくぶくをし、寝る時は脱いだ着物をきちんと畳んでおきなさい。

伯父は言った。魔法でもかけられたように、私は従順だった。言われた通りにした。寝る前にうがいをし、伯母に連れられて、寝床の敷いてある奥の座敷にはいると、自分で自分が着ていた着物をきちんと畳んで枕許《まくらもと》に置いた。

——ききわけのいい子だ。さあ、お寝み。

伯母が手燭《てしょく》を持ったまま部屋から出て行くと、私は真暗い中に一人残された。暗い中で寝るのは平気だったが、土蔵の中とは違って、いやに広いところに一人で寝かされた気持だった。

私は直立不動の姿勢で床の中にはいっていた。寝る時も、昼間の窮屈さが続いていた。しかし、私は間もなく眠った。石渡家に来てからずっと続いている緊張で、私は

疲れきっていた。

夜半、厠《かわや》に行くために起された。手燭を持っている伯母の顔が鬼に見えた。

――さあ、小用に起きな。

伯母が口を開けると、黒い歯が不気味だった。小用という言い方が私の耳には奇妙に響いた。廊下に出ると、忠ちゃんが寝ぼけ顔で立っていた。これも厠に行くために起されたのである。二人は交替で厠にはいって行き、出たくもないおしっこをさせられると、それぞれの寝室にかえされた。

私が再び寝床にはいると、手燭を持った鬼は上から覗《のぞ》き込むようにして掛蒲団《かけぶとん》をぽんと一つ叩《たた》いて、

――さあ、お寝み。

と言った。掛蒲団を上から叩かれると、もう絶対にここから出ることはできないといった気持になった。不思議だった。

翌朝は眼が覚めても、寝床の中にはいっていた。起きていいのか、起きてはいけないのか見当が付かなかった。そのうちに縁側の雨戸があけられ、部屋の内部が明るくなると、

――坊、起きなさい。

伯母の声が聞えた。私はとび起きた。自分で着物を着て、囲炉裡のある部屋の方へ出て行くと、

――川へ行って、顔を洗っておいで。

どこからか、伯父の声が飛んで来た。私は伯母から手渡された手拭《てぬぐい》を持って、土間に降り、庭に出、家の横手の小川の洗い場のところに行った。忠ちゃんが顔を洗っていた。

二人はじろりと相手を見たまま、依然として言葉は交さなかった。相手が反感を持っている以上、私としても友愛の手を差しのべる気持にはなれなかった。

家に戻ると、神棚の前で手を叩かされた。

――何と言って拝んだ。

囲炉裡端で、伯父はお茶を飲みながら訊《き》いた。

――おうちに帰りたい。

私は答えた。ごく自然に口から出た言葉だった。

――おうちに帰りたいと拝んだのか。

伯父は相変らずにこりともしない顔で言い、伯母の方は、

――そう嫌わんと、もう二、三日居て貰いましょう。

と、この方は黒い歯を見せて笑いながら言った。冗談じゃない、と私は思った。もう一晩泊ったのだから、すぐにも帰ろうという気になっていた。

朝食のあとで、家の裏手の丘の中腹にある石渡家の墓地にお墓詣《まい》りに連れて行かれた。伯父は相変らず難しい顔をして、先に立って歩いて行き、私と忠ちゃんこと忠治はそのあとに従った。私は柄杓《ひしゃく》を持ち、忠ちゃんの方は水のはいった罎《びん》を持っている。

段々畑を二、三枚上ったところに墓所はあった。十三、四の墓石が枯草に埋まるようにして立っている。私と忠ちゃんは墓石の一つ一つの前に立っては頭を下げ、私は柄杓に罎の水を移しては、それを墓石にかけた。

墓石は大体において一つ並びになっていたが、ところによっては、二列になっているところもあり、前の墓石のうしろに小さい墓石が重っているところもあった。墓石の大部分のものは苔《こけ》むしていて、そこに刻まれている文字は読めない。また墓石とは言えないような石だけが置かれてある場合もあった。そうした墓を抜かすと、すぐ伯父の声が飛んで来た。

――うしろのお墓にも詣りなさい。横着をしてはいかん。

伯父は墓地の一番隅のところで腕組みして向うを向いて立っていた。私にはそんな伯父に、自分たちのしていることが判るのが不思議だった。頭のうしろにでも眼がついていない限り判ろうとは思えなかった。

いま考えてみると、伯父は幼い私に、父親の家の祖先の墓詣りをさせたのであるが、もちろん私には、そうしたことは判らなかった。古い苔むした墓の一つ一つに、その前で頭を下げては、その度に柄杓の水をいっぱいずつ注ぎかけただけのことであった。しかし、伯父が私のためにしてくれたことは、なかなか素晴らしいことであったと思う。その時は感じなかったすがすがしい思いが、それから半世紀以上経《た》ったいま、私の心に立ち現われてくる。

正月の石渡家行きから帰ると、おかのお婆さんは、少しは痩《や》せたようだが、格別熱も出さないで帰って来たと、そんなことを本家の祖母に伝えに行った。

しかし、父の実家に関する思い出は、今になってみると、どれもみなすがすがしく爽《さわ》やかなものである。墓詣りをさせられたり、前庭を掃かせられたり、寝床を自分であげさせられたり、水を汲《く》まされたりしている。食事の時は、戴《いただ》きます、ご馳《ち》走《そう》さま、である。おかのお婆さんと二人の土蔵の生活では甚だ縁の遠いことばかりである。母の実家である本家においても、同じことである。本家の祖母は祖母で、私には何もさせなかった。一年中私は甘やかされて毎日を送り、その中の二日だけ、全く勝手の違ったひどく窮屈な場所に置かれたのである。年期奉公に行った小僧の心境だったと思う。

幼時はこのような状態であったが、沼津中学校時代になると、好むと好まないに拘《かかわ》らず、私はこの父の実家に厄介にならねばならなかった。呼びつけられて叱《しか》られたり、夏休みには土蔵を当てがわれて受験勉強をさせられたりしている。伯父も伯母も苦手ではあったが、しかし、他の親戚の者には感じられぬ一種独特の魅力があった。その頃伯父は湯ケ島小学校の校長を最後にして、教職から身を退き、文字通り悠々自適の生活をしていた。洋堂竜骨、独醒書屋主人というのが、伯父のペンネームであった。漢詩を作ったり、俳句を作ったりしていた。私にとって厄介なことは、読書家で、やたらに古いことを知っていることであった。ものを訊かれるのが怖かった。幼い頃の緊張は多少形を変えて続いていた。

――これ、知っているか。

――知りません。

――何も知らん奴《やつ》だな。

大抵会話はこれだけだった。実際に何を訊かれても答えられなかった。竜骨に似た痩身《そうしん》と独醒書屋氏の眼光は、中学時代の私には一番怖いものであった。しかし、この伯父からはたくさん大切なものを貰っている。

伯父は昭和二十四年に八十三歳で歿《ぼっ》し、伯母は二十八年に八十六歳で他界している。私が幼い時連れて行かれた古い墓所とは別に、そこからさほど遠くないところに新しい墓所が造られ、そこに二人は眠っている。

この新しい方の墓所には、もう一人私の知っている人物が眠っている。父の父親、つまり私にとっては祖父に当たる人物である。この祖父とは余り縁がなかった。大正五年に、私が九歳の時、この父方の祖父は七十四歳で歿している。後半生を椎茸《しいたけ》の栽培、研究に従事し、私がもの心がついた頃は、一年の大部分を棚場山という山の中で送っていた。そんなわけで、私は祖父に関する思い出をただ一つしか持っていない。

祖父は、〝椎茸じいさん〟と呼ばれていた。そう呼ばれるだけあって、椎茸栽培やその普及においては、かなりの功績を持っているようである。若い頃は近隣近郷の戸《こ》長《ちょう》（村長）を歴任したが、四十七歳の時、すべての公職からはなれ、椎茸栽培の研究にはいって、私立の石渡椎茸製造伝習所を作ったり、全国各地にその栽培、研究の指導に出掛けたりした。祖父が造った伝習所にどれだけの人が集ったか判《わか》らないが、遺《のこ》っている記録でみると、愛知県九名、岐阜県二十五名、山梨県十一名といった風に全国各地に及んでいる。伝習所は明治二十九年に設けられ、祖父他界の時まで続いた。

椎茸栽培の技術指導に併せ、多少修養道場的性格を帯びていたのではないかと思われる。

そしてこの伝習所で造られた椎茸は外国の博覧会に出品され、幾つかの金牌《きんぱい》を受けている。祖父は、歿後五十年の、去る四十三年には、明治百年の記念として政府から顕彰状を貰《もら》っている。

私がこの祖父に関して持っているただ一つの記憶というのは、石渡家の同年のいとこである忠ちゃんと、祖父の椎茸伝習所に行った時のことである。

祖父の死は私の九歳の時であるが、その年は東京府の嘱託として伊豆七島の神津《こうづ》島に渡ったりしているので、私が伝習所を訪ねたのは、八歳の時であったろうと思う。湯ケ島から持越の集落まで徒歩で一時間、持越から山へはいって三十分ほどかかる。子供二人で行ったのか、誰か大人に連れて行って貰ったのか、憶《おぼ》えていない。

私と忠ちゃんは、山中の一軒家の炉端で、祖父と向かい合って坐《すわ》っている。祖父以外には誰も居ない。その時、祖父と二人の孫はいかなる言葉を交したのであろうか。祖父の手で椎茸飯が炊《た》かれ、それを食べたことと、その生活の清潔さが何となく心に感じられたことだけが記憶に遺っている。子供の心にも、山中の祖父の一人暮しは、多少異様に、しかし清潔に感じられたのである。瘦せた体を仕事着に包んでいる祖父の印象は、何とも言えずおだやかなものであった。伯父も晩年には、この祖父に似たが、私の父もまた晩年にはこの祖父と同じ風貌《ふうぼう》になった。私もまた、この祖父に似て行くかも知れない。

「しろばんば」では、私がこの祖父を伝習所に訪ねて行ったのを、小学校五年の時のことにしてあるが、これは事実と異っている。祖父の印象と、その生活を少年の心に刻みつけるための作為であった。

へちま水その他

近所の農家に私より三つか四つ年長のタダちゃんという子供があった。栗《くり》の木の葉が繁《しげ》っている頃のことであるから、八月頃のことであったろうか。

タダちゃんは栗の木によじ登ってテグス虫を捕えて来ると、それを殺して、体内からテグス糸を取り出した。テグス虫というのは栗の葉を食べている毛虫で、親指ぐらいの太さで、二寸ぐらいの長さがあったように記憶している。

私は今でも毛虫は嫌いだが、幼い頃はもっとひどかった。蛇よりも蟇《がま》よりも毛虫の方が嫌いだった。だから、タダちゃんのテグス取りの作業は、いつも他の子供の頭越しに眺めた。毛虫も嫌いだし、それを殺すのを見るのも厭《いや》だったが、その不気味な体内からテグスが出てくるのは不思議でもあり、そのテグスを自分のものとするタダちゃんが羨《うらやま》しかった。テグスと言ってもせいぜい一尺か一尺五寸ぐらいの長さの半透明の糸で、何匹分か集めて酢につけてから、それを結び合わせて長くした。魚を釣るには専《もっぱ》らこれが使われた。村にはテグス糸を売っているような店はなかったので、テグス糸を手に入れるには、栗の木の毛虫の体内から取り出す以外仕方なかった。

私は山村に育っているのに、殆《ほとん》ど魚釣りをしたことはなかった。釣りは、毛虫を怖がらない子供たちだけに許された特権であったからである。

テグス虫のことを思い出すと、すぐタダちゃんの顔が浮かんで来るが、それと同じように〝蟹《かに》受け〟と言うと、私より五つ六つ年長の本家の五郎さんという若い叔父の顔が浮かんで来る。〝蟹受け〟というのは蟹獲《と》り用の竹で編んだ大きな籠《かご》のことで、蟹がはいると、再び出られないような仕組に編まれている。新宅という屋号の家の友さんという人が〝蟹受け〟を編む名人で、蟹を獲るには友さんにその籠を編んで貰わねばならなかったが、五郎さんの方は、それを川に持って行って、蟹のはいりそうなところに伏せておく名人だった。

大体に於《お》いて、七月から十月までぐらいが〝蟹受け〟の時期であった。五郎さんは夕方〝蟹受け〟を伏せに行き、翌朝それを引き上げに行った。私たちはめったに獲ものを貰うことはなかったが、伏せに行ったり、引き上げに行ったりする時はよく同行した。上り蟹の時は、〝蟹受け〟の中に蚕の蛹《さなぎ》を入れて、淵《ふち》に投げ込んだ。その時期がすんで、下り蟹の時になると、餌《えさ》は入れないで浅い瀬に伏せた。

五郎さんは蟹がはいっていると、甲羅を器用に摑《つか》んで取り出し、一度裏返して、これは雄だとか、これは雌だとか言った。雄の方がはさみが大きいので、すぐ判別はついたが、五郎さんはいつも蟹の体を裏返した。

おかのお婆《ばあ》さんは、本家へ行っても、蟹は食べてはいけないと言った。川蟹に寄生虫が居ることを知っていたのである。

五郎さんは〝蟹受け〟を伏せる名人であるばかりでなく、小鳥の罠《わな》をかけるのも名手であった。十二月から二月頃までの間が罠の季節であった。急に気温が落ちて、雪でも降りそうな空模様になると、五郎さんは鉈《なた》を持って、川縁の崖《がけ》の上や、田圃《たんぼ》の一隅に罠をかけに行った。木の枝を切ったり、それを地面に突きさしたりした。私たちはその作業を見たり、命じられて罠の中に置く赤い実を採りに行ったりした。

罠にかかる鳥は頬白《ほおじろ》か、鵯《ひよどり》であった。しかし、私は一度罠にかかっている小鳥の無《む》惨《ざん》な死体を見たことがあり、それ以来どうしても小鳥というものを食べることはでき

なかった。時に小鳥の焼いたのを、近所の家や、本家から貰うことがあった。そんな時、

――小鳥を食べると歯が丈夫になるというのに、困ったことだ。

おかのお婆さんも、本家の祖母も言ったが、私は自分が小鳥を食べない理由を説明しなかった。小鳥が可哀《かわい》そうだと言うのは、何となく女々しく、恥ずかしいことに思われたのである。

竹馬はやはり本家の、私より十歳ほど年長の三男叔父が作ってくれた。この叔父は竹馬作りの名人ということになっていた。たいへん器用な人物で、万両の赤い実を弾丸にする竹の鉄砲もうまく作った。しかし、これを作ると、庭の万両の実がすっかりなくなってしまうので、本家の祖父は鉄砲作りを禁じていた。しかし、私がせがむと、懇望もだし難くといった恰好《かっこう》で、三男叔父はこっそりと竹の鉄砲を作ってくれた。そして、いつも、

――家の庭の万両の実をとるなよ。よその家のをとれ。

そう言うことを忘れなかった。この叔父は何をやってもうまかった。長じると尺八の名手になったり、碁の名手になったりした。余り何でも器用だったので、身がもたないようなところもあった。

この三男叔父は粘土のあるところを発見するのもうまかった。

――巾着淵の上に、崖のくずれたところがあるだろう。その裾《すそ》の大石のあるところに、黄色の粘土がある。こんど行ってみな。だが、人に言うなよ。お前はすぐ人に言うからいかん。

いつもそんなことを言った。しかし、粘土のある場所を他人に披露するのは、三男叔父自身であった。せがまれると、結局のところは、他の子供たちにも教えてやった。粘土は子供たちの財産であった。三男叔父からは秘密の粘土の在場所を聞いた時は、急に資産家にでもなったようなゆたかな思いを持ったものである。

本家にはへちま棚が作られてあった。もともと夏の西陽を避けるために作られたものので、秋風が吹き始める頃になると、へちま棚の使命は終ってしまう。九月の終りか、十月の初め頃のことであろうと思うが、本家の祖母は毎年のように、へちまの茎からへちま水を採った。へちまの茎を地面から一、二尺のところで切って、それを折り曲げて、ビール壜《びん》の口に挿し込む。そしてそれが外れないように壜の口のところを油紙で包んで、紐《ひも》でしばっておく。そうした作業はいつも月夜の晩に行われた。月の出ている夜が、いいへちま水が採れると言われていたからである。

月夜のこうした作業は、子供の私にも何がなし淋《さび》しいものに感じられた。へちま棚は茎を切られてしまったことで、枯れてしまうほかはなく、ひと夏中、陽よけとして働いたへちま棚も、ここでその使命を解かれ、何日も経ないうちに取り片付けられてしまうのである。日一日と深まって行く秋の気の中で、それまで残っていたただ一つの夏の名残りは、ここに全く姿を消してしまうことになる。

白楽天の詩に「楓《ふう》葉荻《てき》花秋索々（あるいは秋瑟々《しつしつ》）」という一句があるが、へちま水を採る頃の秋の深まり方も、このような詩の一句にぴったりしている。秋の気がしんしんと深まって行く中で、へちまの茎はその水液をぽたぽたとビール壜の中に滴《したた》り落すのである。ビール壜は二、三日、そのままにして置かれる。時々へちま棚の下に行って覗《のぞ》いてみると、へちま水はその度に少しずつ量を増している。

へちまの茎からもう一滴の水も採れなくなると、祖母はビール壜をとり外し、おかのお婆さんの分として、その内容物の幾らかを小さい壜に移してくれる。

こうして採ったへちま水は無臭であるが、顔や手につけると、やたらにつるつるした。村に一軒ある薬局に持って行くと、香料を入れてくれたが、本家の祖母も、おかのお婆さんも、無臭のものを貴しとしていた。冬が近くなると、幼い私も、風呂《ふろ》から出る度に、やたらにへちま水を顔や手になすりつけられたものである。へちま水を採るのは、本家の祖母ばかりではなかった。へちまの棚のある農家では、どこでも女の人がへちま水を採った。

金物屋の幸ちゃん、あめ屋の季ちゃん、為ちゃん、岡田のよっちゃん、酒屋のかずちゃんといったところが、私の幼い頃の遊び仲間であった。あめ屋というのはそういう屋号の農家で、飴《あめ》を売っていたわけではなく、酒屋というのは酒造家であった。みんな同じ字《あざ》の子供たちで、五、六歳の頃から小学校にかけて、毎日のように集って遊んでいた。喧嘩《けんか》したり、仲直りしたり、同盟を結んだり、対立したり、そんなことを繰返していたのである。いま考えると、野性児の一団と言うほかない。絵本とか童話の本などというものとは無縁だったので、山野を飛び廻っている以外仕方なかったのである。

いま当時の遊び仲間のことを思うと、申し合せたように唇を紫色に染めた子供たちの顔が次々に浮かんで来る。筒っぽの着物を着、藁草履《わらぞうり》を履き、例外なく唇を紫色にしている。唇が紫色になっているのは、桜の実を食べたからである。

桜の実の熟するのは六、七月頃で、この時期は毎日のように桜の木に登った。六月、七月は食糧が豊富で、家を一歩出ると、口に入れるものは何でもあった。山苺《やまいちご》もあれば、桜の実も、桑の実もあった。桑の実も食べると、唇が紫色になったが、まだこの方は幾らか薄かった。桜の実の方は濃い紫色になり、遠くから見ると、子供たちの唇は黒く見えた。いつか映画で唇の黒い生蕃《せいばん》の子供を見たことがあるが、私たちもあのような顔をしていたのであろうと思う。なかなか精悍《せいかん》な顔だったに違いない。顔ばかりでなく、やっていたことも精悍だった。小川へ行って、卵からかえったばかりの小さい魚を手ですくって飲んだりした。私たちは魚の子供のことをメンザと言った。メンザを飲むと泳ぎがうまくなると思い込んでおり、時々メンザを見付けると、手ですくって飲んだ。桜の実を食べたり、メンザを飲んだりしても、別に疫痢《えきり》にもならず、時々腹痛を起すぐらいのことですんだのだから、生蕃の子供と余り違わなかったことだろうと思う。

金物屋の幸ちゃんは、現在は金物屋の主人であり、岡田のよっちゃんは現在は岡田家の主人である。酒屋のかずちゃんは現在は酒屋の主人である。みんな幼い頃と同じ顔をしている。唇が紫色になっていないだけである。あめ屋の季ちゃん、為ちゃんの二人は若くして他界している。

村の人たちは、他家のお嫁さんのことは、どこそこの嫁さんという言い方をして、名前では呼ばなかった。酒屋の嫁さん、金物屋の嫁さん、下りの嫁さん、岡田の嫁さんといった具合である。嫁さんというものは、大体に於て辛《つら》いものであったらしい。どこの家でも、家人が嫁さんに対して意地悪だったり、辛く当ったりしたわけではない。家の者全部から優しく遇されている嫁さんもあれば、反対に実権を持って、わがもの顔に振舞っていた嫁さんもあった筈《はず》である。しかし、それぞれの家で嫁さんがいかなる立場にあろうと、その家を一歩出ると、嫁さんは嫁さん以外の何ものでもなかった。村人全部の眼は、嫁さんとしか遇さなかった。村人の眼は多少冷たく、多少意地悪く、その嫁さんに当てられる。

葬式とか、婚礼とか、法事とかの時は、振舞のご馳走《ちそう》を作るために、村の女たちはその家に手伝いに行くが、そんな時嫁さんが混じっていると、四方八方からきびしい眼が、嫁さんの一挙手一投足を押し包んだ。幼い私たちにも、何となくそうした嫁さんの姿が、孤立無援に感じられた。

本家で法事か何かがあった時、私は、手伝いに来た近所の家の嫁さんが、氷柱《つらら》の下がっている小川で手を真赤にして、せっせとたくさんの食器を洗っているのを見ていたことがある。一番辛い仕事を、彼女はひとりで受持っていたのである。

私はおそらく彼女が身を屈《かが》めて洗いものをしているのを、その傍に立って、半ば気の毒に思いながら眺めていたのであろう。その時、その可哀そうな嫁さんの手から小さい皿が滑り落ち、川縁の石に当って割れるのを見た。

——割れた！

思わず、私の口から言葉がとび出した。瞬間、嫁さんは私の方に顔を向けたが、その顔は異様に歪《ゆが》んでいた。そして皿の割れたことを確めるように、

——割れたね。

と、静かに言った。

——勝手に、皿が自分で割れたんだ。

私は言った。相手を庇《かば》ってやる気持が、幼い私の心にも働いたのであろう。すると、相手は、いかにもおかしそうに声を出して笑い出し、丁度そこを通りかかった女の人を呼びとめた。そして私のことを相手に報告したらしく、こんどは二人の女が、私の方を見ながら笑った。二人の女の笑いにいかなる意味があったか知らないが、私は何となくもの笑いにされたようなちぐはぐな思いを持った。

——この坊は、小さいくせに、本当に如才ない。

そんなことが言われでもしたような、その場の感じだった。私はすぐそこを離れた

が、好意が好意として受取られなかったことの怒りと淋しさはあったようである。その嫁さんは、後年村でも評判のいい内儀《かみ》さんになったが、私はその女性に対してずっと好感を持つことはできなかった。幼時の小さい思い出のためであった。

ちち　はは

今まで記してきたように、私は幼時を祖母と二人で伊豆の山村で過したので、幼時における両親の思い出というものは極めて少い。父のことにしても、母のことにしても、強く印象づけられているものは、小学校六年以後の出来事ばかりである。

おかのお婆さんの他界は大正九年一月、私の六年生の時であり、しかもあと三カ月ほどで山村の小学校を卒業するという時であった。小学校を卒業すると、私は当時の父の任地である浜松に移り、そこの中学校へ通うことになっていた。私もそれを覚悟し、おかのお婆さんも、またそれを覚悟していた。そして長かった祖母との土蔵における共同生活が、いよいよ大詰に来て、あと三カ月ばかりという時になって、祖母はジフテリヤに罹《かか》り、十日ほど病床にあって亡《な》くなってしまったのである。その時は、私もまた風邪で高熱を発しており、私の方は本家の二階に移されていた。

祖母の葬儀の日、私は本家の二階の窓から葬列を見送った。私はまだ熱が下がりきらず、床を出ると、体がふらふらしていた。私はおかのお婆さんの病んでいる顔も知らなければ、死顔も知らなかった。葬列の先頭に立っている人たちに担《かつ》がれた柩《ひつぎ》の中に、おかのお婆さんの遺骸《いがい》が横たわっているということが信じられぬ気持だった。一月の下旬なので厳寒期ではあったが、風もなく、静かに冬の陽が散っている日であったように思う。

私にとっても、おかのお婆さんにとっても、たとい覚悟していたこととは言え、私が土蔵から離れて行き、二人が別々に別れて住むということは容易ならぬことであった。その容易ならぬことが起らないように、その直前になって、おかのお婆さんは他界してしまったようなものであった。

私はおかのお婆さんの柩の方に頭を下げた。声に立てなかったが、涙が頰を流れた。窓を離れて、寝床に戻ってからも、私は涙が頰を流れるに任せていた。おかのお婆さんの死が、二人が別れなければならぬ直前に起ったことが、それを思うと、堪《たま》らなく悲しかったのである。私はそうしたことが判《わか》る十三歳になっていた。前年の二月に、若い叔母のまちは亡くなっていたので、私にとっては悲しいことが、二年続けて起ったのである。まちの場合は、嫁ぎ先か、夫の任地で亡くなったので、その死の報《しら》せを受けた時、半信半疑の思いの方が強くて、悲しみが心に迫ってくることはなかった。私が人の死のために涙を流したのは、おかのお婆さんの時が初めてであった。

おかのお婆さんの死と同時に、私は浜松の元城《もとしろ》小学校に転校した。中学の受験が眼の前に迫っていたので、たとい僅《わず》かでも都会の小学校の空気を吸っておいた方がいいという両親の判断によるものであった。が、私はその年の浜松中学校の受験に失敗し、師範の付属小学校にもう一年通わなければならなかったのである。

私は受験というのが苦手で、高校へはいるにも、中学四年の時は山形高校を受けて落第し、五年の時は静岡高校を受けて落第し、一年浪人した上で四高にはいっている。そして四高を卒業すると、九州大学の医学部を受けて落第し、仕方ないので法文学部に籍を置いて二年過してから、改めて京都大学の文学部にはいり直している。しかも三年で卒業できるところを四年かかっている。結局のところ合計五年ほどむだをしているわけだが、むだの最初は中学にはいるのにも浪人したことである。おかのお婆さんと二人で、五歳から十三歳まで八年間、土蔵で余りにものんびりした毎日を送っていたので、この程度のむだは、まあ、仕方ないというものであろう。

それはともかくとして、浜松で師範学校の付属小学校の高等科に通った。中学受験のための浪人時代とも言うべき一年間は、家族といっしょの生活だったので、私の両親に関する思い出は、その大部分のものが、この中学浪人時代から始まっている。

しかし、翌年浜松中学校へはいると、すぐ父はシベリアに出動する部隊について大陸に渡り、一年で帰還したが、こんどは台北の衛戍《えいじゅ》病院長に転任することになったので、それを機として、私は再び家族から離れて、郷里に近い沼津で中学時代を送ることになった。将来、父の転任に従って、任地の中学校を転々とすることになりそうだったので、多少でも郷里に近い沼津中学校に移り、そこに落着いた方がいいというのが両親の考えでもあり、同時に私の希望するところでもあった。従って、私の浜松時代は二年間であり、その間は家族といっしょの生活であったが、そのうちの一年間は、母と弟妹だけの、父親の居ない生活だった。

そして中学校時代もまたその大部分を家族と離れて住むことになったので、私の場合、頗《すこぶ》る家庭運のない幼少時代を持ったと言うことになる。それにしても、少年期の父や母に関する思い出はいくらでも拾えるが、幼い頃にしぼると、ごく僅かしかなく、それもいつのことか、はっきりしていない。

幼い頃、私は郷里の家の古井戸を覗いたことがあり、その時の異様な思いを一篇の詩に綴《つづ》っている。その時古井戸を覗いている私の背をうしろから支えていてくれたのは母であったに違いないと思うが、はっきりしていない。母に訊《き》いても、もちろんそんなことは憶《おぼ》えていないので確めることはできない。幼い時代の父や母に関する思い出となると、こういった種類のものが多い。

私は父といっしょに夜汽車に揺られていた一つの思い出を持っている。いつのことか、またどこからどこへ行く汽車か、いっさい判らないが、幼い私は軍服姿の父といっしょに夜汽車の旅をしたことがあるのである。まだ父が健在の頃、私は父にこのことを訊いたことがあるが、

——さあ、そんなことがあったかな。全然憶えていないね。

父は言った。母にも訊いてみたが、母からも要領を得た返事は得られなかった。しかし、この記憶は夢と現実とがいっしょになってしまったというようなものではない。幼時の思い出の中でも、かなりはっきりした現実性を持っているものなのである。

父は私と向かい合った席に軍服姿のまま体を横たえている。父が軍服姿でいるので、当時の二等車であったに違いない。寝台車のような気もするが、その頃寝台車があったかどうか知らない。

汽車がどこかの駅に停まると、父は私のために弁当を買いにホームに降りて行き、車窓から私はそうした父の姿を見ていた。夜更《よふ》けのホームは閑散としていて、他に人

の姿はなく、遠くの方に駅員の姿が二つか三つちらばっている。私と父の乗っていた箱はホームの外れにでも停まっているらしく、がらんとしたホームを隔てて、前には倉庫様の大きな建物が置かれてある。

父は裸の電灯の灯《とも》っているホームを後部の車輛《しゃりょう》の方へ歩いて行ったが、私は父が帰ってくるまで不安な思いに包まれていた。暫《しばら》くすると、父は帰って来て、私に弁当の箱とお茶の瓶を渡し、すぐまた座席に身を横たえた。父は発熱でもしているのか、濡《ぬ》れた手拭《てぬぐい》を額の上に載せている。

記憶に遺《のこ》っているのはただこれだけのことだが、私はこの一場面を一種言い難い哀愁の思いを以《もっ》てしか思い出すことはできない。どこかに父と子という関係だけが持つ淋《さび》しさのようなものが漂っているのを感ずる。しかし、これは今の私が遠い記憶の中の一枚の絵に対して感じるのではなく、その時幼い私が夜更けのホームを歩いて行く父に対して感じたものではなかったかと思う。その幼い心が、遠いその夜の記憶といっしょにたちのぼって来るような気がする。

父は東京の軍医学校を出てから、静岡を最初の任地としているので、あるいは東京から静岡に移る時のことかも知れない。そうだとすると、何かの都合で、父は私を連れて、静岡へ先行したか、あるいは母を先にやっておいて、あとから私を連れて静岡へ向ったか、そのいずれかではないかと思う。その時のこととすると、私は四歳か五歳である。

『海軍主計大尉《たいい》小泉信吉《しんきち》』は、小泉信三《しんぞう》博士が海軍軍人として戦死された息子さんのことを偲《しの》んだ文章を一冊にまとめたものである。その中にまだ五、六歳頃の息子さんといっしょに縁日に散歩に行った時のことが、心の引きしまるような美しい文章で綴られてある。

五つか六つの幼い息子さんは大きな草履《ぞうり》をはいて、べたべたと草履で地面を叩《たた》きながら、お父さんである小泉さんのあとからついて来る。追いつくと、何かひと言かふた言話すが、すぐまた遅れてしまう。こうした遠い昔のある夕方の思い出を、小泉さんは書いているのであるが、次のような文章で結んでいる。

——その時、自分はこの子は確かに自分の子であり、自分は確かにこの子供の父親だということを感じた。それを今でも忘れないで覚えている。

ここには父親の心がみごとに書かれていると思う。父親というものは誰でも子供に対して、確かにこの子は自分の子であり、自分はこの子の父親であると感ずるような時があるものだと思う。そして、このように感ずる時、確かに父親は父親以外の何ものでもないのである。父親の子供に対する心というものは、正しい形に於《お》いては、このように表現するしか仕方ないものではないかと思う。

しかし、子供の方から言っても同じかも知れない。子供の方もまた、自分はこの父親の子であり、この父親はまさしく自分の父親以外の何ものでもないと感ずる時があるのではないか。その時、確かに子供は子供なのであり、子供の父親に対する心というものは、正しくは、このような形に於てしか捉《とら》えられぬものであるかも知れない。

私が幼い頃父親といっしょに夜汽車に乗った時のことを憶えており、それを一種言い難い哀愁の思いで思い出すということは、小泉博士の言い方を借りれば、幼い私が父親に対して、自分の父親以外の何ものでもないということを感じたからではないかと思う。父が子に対して、自分の子を感ずることも、子が父に対して、自分の父を感ずることも、その切なさは〝一種言い難い哀愁〟とでも言う以外仕方ないものであろうと思う。

私は父に対する数少い思い出の中で、この夜汽車の思い出を大切にしている。私が父に対して、自分の父を感じたくらいであるから、父もまた私に対して、自分の子であることを感じたに違いないと思うのである。その夜は、私と父にとって、それぞれの生涯において、そう度々はない貴重な夜であったかも知れない。

四年程前のロシア旅行の折、私はノボシビルスクの駅で、深夜シベリア鉄道の列車の到着を待っていたことがある。乗客は殆《ほと》んど見当らず、私たちの一行だけが、閑散としたホームの外れの、大きな倉庫の前に立っていた。その時、私は幼い頃の記憶にある、軍服の父が歩いて行った深夜の駅のことを思い出した。ノボシビルスクの深夜の駅もまた淋しく、何となく日本の大正時代の駅の持つ暗さがあった。

父に関する幼時の思い出はもう一つある。これも何歳ぐらいの時のことか判らないが、私がまだ両親と離れて住むようになる前の四歳ぐらいの時のことであろうと思う。余り広くない六畳ぐらいの部屋に卓子《テーブル》が置かれてあり、その卓子を囲んで、私と父と、もう一人の女のひとが坐《すわ》っている。父はその女のひとと話しており、私は皿に入ったアイスクリームを当てがわれて、それをスプーンで口に運んでいる。アイスクリームがひどくうまいものだということと、一体父と話している女のひとは誰であろうかというそうした詮索《せんさく》の思いが、その時の私の幼い心を揺すぶっている。

ただこれだけの記憶である。私と、父と、未知の女のひとが坐っていたところは、何となく西洋料理店の二階のひと間とでもいった感じのところで、明らかに夜である。父が和服姿であるところから推して、夕食後に父は私を連れて散歩に出て、私にアイスクリームでも食べさせようと思って、そこに立ち寄ったのではないかと思う。何となくそんな風に思わせるような、その場の感じである。

問題は女のひとであるが、その店の女中とか内儀《かみ》さんとかいった感じではない。年齢のほども判らないが、そう年はとっていない。父親が三十二、三歳ぐらいの時であろうから、それより若かったに違いない。芸者でも普通の着物を着て、父に付合って、アイスクリームでも食べに出掛けて来たとでもいうところであろうか。何しろ四歳の子供の眼に映った一人の女性を、あれこれ推測してみるのであるから、たいへん難しいことである。

しかし、いずれにしても、この一枚の絵を今日まで失わないで持っているということは、その時幼い私がいかに不審な思いで、相手を観察しながらアイスクリームを嘗《な》めていたかということになろう。

父の軍服姿の灰色の生涯の中で、この一枚の絵だけが色彩を持っている。私は父と二人でレストランにも、料亭にも行った記憶はないから、その点からも、私にとっては特殊な絵であり、傍に未知の女のひとが侍《はべ》っていたという点からも、なかなか興味ある貴重な絵である。

幼時の記憶というと、夜汽車の記憶と、このアイスクリームの記憶しかない。あとは少年期以後のものばかりで、いつも父は軍服を着ていたり、馬に乗っていたりする。夜汽車の思い出については、父に訊いたことがあるが、アイスクリームの思い出については訊いたことはない。何となく訊かないでいるうちに父は他界してしまったのである。いま考えると、惜しいことをしたと思う。

——お父さん、一体、あの女は誰でしたか。

こう訊くべきだったと思う。父の方は忘れているだろうが、私の方は四歳の時から忘れないでいるのである。

父ひとりが登場する思い出は、夜汽車とアイスクリームの二枚の絵しかないが、このほかに父と母とがいっしょに登場して来る一枚の絵を持っている。これもいつ、どのことか判らない。やはり私が四歳ぐらいの時のことではないかと思う。この時のことは「記憶」という一篇の散文詩に綴っている。

——そこはどこか駅の近くらしく、時折、機関車の蒸気の音が間近に聞えていた。木柵《もくさく》が長く続き、電柱には暗い電灯が灯っていた。人足は跡絶《とだ》えていたが、跡絶えているというより人々はこの路地のあることをもう長いこと忘れているのかも知れなかった。そんな道端にしゃがんで、私はともすれば睡魔にたぐりよせられそうになっては、はっとして眼を見開いた。その度に高い夜空いちめんに鏤《ちりば》められた星が冷たく美しかった。

——坊や睡《ねむ》ってはだめ、大きな包みを持っている母は日頃のやさしさに似ず邪慳《じゃけん》にそんな言葉しか投げなかった。やがてどこからともなく父が現われた。坊、睡ってはだめ、母と同じことを言って私の頭をこづき、それから思い直したように抱き上げてまた地面におろすと、父はさきに立って歩き出した。

——それから私たちは家に帰ったのか、汽車に乗ったのか、何をしたのか一切は記憶にない。ただ知っていることは、その夜が父母の生涯で、最も深い悲しみがふたりの心を埋めていた時の一つであったろうということである。年々歳々、なぜか父母のその夜の不幸を星の冷たい輝きで計量する私の確信は動かすべからざるものになってくる。

この散文詩を書いたのは学生時代であり、詩の雑誌に発表したのは終戦後である。それから二十何年か経《た》った現在、この幼時の記憶を思い出しても、やはり同じようにしか受取ることはできない。

この詩に書かれている夜のことは、父にも母にも確めてみたことがあるが、二人とも憶えていなかった。父も母も忘れてしまったある夜のことが、私の心にだけ刻まれてあるのである。これと同じように、私自身が忘れてしまった生活の断片のいろいろなものが、私の子供や孫たちの心にいろいろな刻まれ方で刻まれて遺っているのではないかと思う。親と子の、あるいは孫たちとのこうした関係の仕方は、なかなか面白いと思う。血が受持つ役割よりも、もっと純粋な何かがあるのを感ずる。

私が大学時代に、父は弘前の師団の軍医部長という役を最後に、将官に昇進して陸軍を退いた。父が退官した日、家族全員で弘前の町を歩いた。満開の桜樹《おうじゅ》の下を将官の肩章《けんしょう》をつけた父は歩き、家族はそのあとに従った。町は花見の客で賑《にぎ》わっていた。父にとっては嬉《うれ》しい日でもあり、淋しい日でもあった。大学生の私にはその日の父の心がよく判《わか》ったが、当時十歳ぐらいだった末の妹も、この日を子供心に父にとって特別な日として受け取っていたようである。

幼時の思い出として、母ひとり登場する絵は殆ど持っていない。幼い心に刻まれた父の像はあるが、母の方は殆どない。少年時代になってからの思い出でも、母に関するもので、特に印象づけられているものを探すのは難しい。父と子の間には、多かれ少かれ、が、これは私ばかりのことではないかも知れない。父と子の間には、多かれ少かれ、血の反撥《はんぱつ》のようなものがあり、そうしたものが揺り動かされた時、父に対して、自分はまさしく父の子であり、父はまさしく自分の父であるというような思いに打たれるのではないかと思う。そして例外なく、ある悲しみの思いが、そうした父と子を支えているのである。父に対して、その子である自分の父に対する愛情の確認のようなものである。

そこへゆくと、母親はいつも母親である。血の反撥があろうと、なかろうと、子供は母親の体内から出たのであり、母親の分身であるという事実は動かすことができない。親と子の関係を確認する必要もないし、お互いが持つ愛情というものを確める必要もない。

母はいつでも母であったのである。もし特に印象づけられることがあるとすれば、母親の悦《よろこ》びや悲しみに強く同感した時か、でなければ、母が母でない態度を示した時、つまり子である自分が裏切られた時か、あるいは自分が裏切った時であろう。そういうことは当然不自然なことなので、いずれの場合にしろ、その不自然さの持つ悲しみが心に刻みつけられてしまう。

私は母ひとりが登場する絵は持っていないが、絵と言えないような記憶の断片はある。母に邪慳にされた時の悲しみとか、自分が母に逆らわずにいられなかった時の悲しみとか、そういったものである。しかし、そうしたものは一組の母子の間では、絶えず繰り返されているもので、心に刻まれるといった形では遺されない。

母は今年八十八歳になるが、郷里の家で、妹夫婦に守られて、いまなお健在である。母は何でも食べるが、私の少年時代から肉類はいっさい口にしない。私が中学の入学試験を受ける時、合格を祈って、一年か二年肉断ちしたが、その期間が終った時、本当に肉が嫌いになってしまったのである。このことは母が語ったのでも、他の誰が語ったのでもないが、私は何となくそのように受取り、そのように記憶している。

強いて言えば、これが母が私の心に刻みつけた一番大きいものである。肉断ちを決心していた頃の母については何も憶《おぼ》えていない。私が何も憶えていないという形で、母はそれを為《な》したということになる。私は母に、終生消えない母の子供であるという烙印《らくいん》を捺《お》されたようなものである。

幼い日のことを長々と綴《つづ》って来たが、私の幼時は両親から離れて、血の繋《つな》がりのないおかのお婆《ばあ》さんの盲愛の中に過したということに於て、多少異常であったかと思う。しかし、今になって考えてみると、なかなかいい育てられ方をしたと言うほかはない。血の繋がりのない祖母に育てられたと言っても、近くに母の実家があり、本当の祖父も、祖母もいたのである。父の実家も離れていると言っても、同じ村の中である。両親と別れてはいたが、孤児ではない。ちゃんと両親は揃《そろ》っており、その両親からの仕送りによって、さして不自由なく育っていたのである。

村の人たちは私がおかのお婆さんの擒《とりこ》になっていたと、その頃も言い、そのあとでも言ったが、擒であったとしても、なかなか恵まれた擒であったと思う。大体擒という言い方をするなら、彼女の方こそ曽《そう》祖父潔の擒であったと言うべきで、その擒が曽祖父亡《な》きあと、その曽孫をこんどは逆に擒にしたということになる。

おかのお婆さんは曽祖父亡きあとは、村に於てはよそ者であり、井上家の籍にはいってはいたが孤立無援の境涯だったので、私という擒を頼みにもしなければならず、曽祖父の代用品として愛情も注がずにはいられなかったのである。彼女は若き日擒として掠奪者《りゃくだつしゃ》潔を愛し、老いては自分が掠奪者となって擒の私を愛し、幸福だったか不幸だったか判らぬ六十四年の生涯を、伊豆の山村で終ったのである。おかのお婆さんはいま私の家の第一祖として、家の墓所に眠っている。

おかのお婆さんは幼い私に奉仕したが、私の方もまた彼女に奉仕した。何となく彼女の立場が引けめあるものだということは私にも判っており、絶えず彼女のために外敵に備えているようなところがあった。窮屈な父の実家に正月に一晩泊りで顔を出したのも、自分がそうすることが、何となくおかのお婆さんにとって必要なことだという受取り方をしていたからである。そういう意味では、土蔵における共同生活は、なかなか緊密な契約によって支えられていたと思う。

私はおかのお婆さんの手許《てもと》で幼少時代を過したことによって、多少周囲の人間の気持に対して幼い触角を振り廻すことを訓練されたかと思う。そしてまた、わが儘《まま》いっぱいに振舞ってはいたが、家庭で育つのと異って、甘えというものはなかったと思う。おかのお婆さんの方も、盲愛と言っていい愛情を注いではいたが、血の繋がりから来るどろどろしたものはなかった筈《はず》である。祖母と孫の関係ではなく、世の男女の愛の形のようなものが、私とおかのお婆さんの間には置かれていたのではないかと思う。

私は今でも、おかのお婆さんの墓石の前に立つと、祖母の墓に詣《もう》でている気持ではなく、遠い昔の愛人の墓の前に立っている気持である。ずいぶん愛されたが、幾らかはこちらも苦労した、そんな感慨である。

私は幼時を振り返ってみて、幼少時代を郷里の伊豆の山村で過したことをよかったと思う。温暖な伊豆のこととて、自然と闘ったり、自然の持つ荒々しいものに耐えて行くという生き方とは無縁であったが、自然の懐《ふとこ》ろの中に全身で飛び込んで、優しく抱かれて生い育つことができたのは仕合せだったと思う。

毎日のように北の方に小さい形のいい富士山を見て育った。私は富士という山が好きである。殊《こと》に郷里から見る小さい富士山が好きだ。今でも帰省すると、すぐ家の庭に出て、富士が見えているかどうかを確める。

郷里の雲も好きである。南は天城の連山に遮られているので、空は北の方に向って開けている。従って大きい夕焼空とか、うろこ雲の拡《ひろ》がりとかは、小さい富士の見える北方の空が舞台になる。南の天城の稜線《りょうせん》にも雲がかかるが、この方には雲の建築が置かれる。いろいろな形をした雲が、あたかもそこから湧《わ》き出したかの如《ごと》く、天城の稜線の上に置かれる。夏には夏の入道雲が、秋には秋の天衣のような雲が、山峡の小さい集落を見降ろす。

冬らしい冬も、夏らしい夏もないが、春先と、晩秋はいい。三月頃の雑木の山肌は、瀬戸ものの絵のようなかちんとした冷たさを持つ。十月頃の大気には、いつふけて行くとも判らぬひんやりした静けさがある。大気の小さい粒子の移動してゆくのが肌に感じられるような秋の深まり方である。

私はふるさとで育ったが、ふるさとという言葉は好きである。どこの国の言葉でも、ふるさとという言葉は美しい響きと、美しい字面《じづら》を持っていると聞いている。そう言えば、ドイツ語のハイマートなどは、何となくドイツ的なものをいっぱい着けている言葉のような気がする。

日本語では、古里、故里、故郷、いろいろな書き方があるが、どれもいい。漢字の辞典のぺえじをめくると、たくさんのふるさとという文字が顔を出す。故園、故丘、故山、故里、郷邑《ゆう》、郷関、郷園、郷井、郷陌《はく》、郷閭《りょ》、郷里、――まだたくさんある。どれも同じふるさとという言葉であるが、それぞれに多少それが持つ表情は異っている。

〝郷関〟のふるさとには重い雲が垂れこめて、ものみな黙しており〝故園〟のふるさとには颯々《さっさつ》と風が渡っていて、静かな陽が散っている。私はその両方のふるさとを知っている。おかのお婆さんの死の直後、浜松へ移って行く日のふるさとは〝郷関〟であったし、高等学校の頃、朴歯《ほおば》の下駄《げた》を履いて帰省する日のふるさとは〝故園〟であった。

この二つの場合に限らず、私はふるさとに、その時々で、〝郷関〟と〝故園〟を感じている。

学生時代に二回応召で帰省し、村の人たちに送られて、慌《あわただ》しく静岡の聯隊《れんたい》や名古屋の師団へと発《た》って行ったが、その時のふるさとはいずれも〝郷関〟であった。また優しかった本家の祖母の法要のために帰省したのは〝故園〟であった。土蔵はその後人は住まないで閉められたままになっており、母屋《おもや》には他国から来た医者が住んでいた。また本家は本家で、祖父一人が老いて淋《さび》しく暮していた。

――しっぽに旗を立ててふるさとに帰った。

ふるさとは
白い砂塵《さじん》の中に昏《く》れかけていた。

その時の感懐を、後年このような短い詩に綴っているが、この時のふるさとは、まさに〝故園〟であった。

私が大学を出て社会人になってから、両親は郷里に引込み、それ以後ずっと郷里の家に住むようになったが、それからは、私にとってふるさとは〝郷関〟でもなく、〝故園〟でもなくなり、単なる郷里になった。帰省すると、いつもその度に少し老いた父と母の顔を、これまた少し古くなった家の中に見出《みいだ》した。強いて言うなら、ふるさとは〝父母の国〟〝ちちははの国〟であった。こういう言い方が最もぴったりした場所であった。

二、三日前に、その〝ちちははの国〟に帰省した。父の他界から十三年経っており、いまは八十八歳の母が妹夫婦に守られて古い母屋に住んでいる。当然のことながらたくさんのものが変っている。土蔵は、両親が郷里に隠棲《いんせい》するようになった時取り壊され、今はその跡に花壇が造られてある。数年前に水車小屋もなくなり、幼い私が土蔵の窓から毎日のように眺めた田圃《たんぼ》は、庭の一部に組み入れられ、小川はその庭の向うへと水路を変えている。

一月末の伊豆は東京より大分暖く、庭の紅梅は満開で、白梅は三分咲きであった。白梅は、私の幼少時代には純白であったが、樹木が老いたためか、その花は微《かす》かに黄色を帯びている。

去年の夏頃までは、私が庭に出ると、必ず母も庭に降り立って来たが、今は居間に引籠《ひきこも》ったままである。私は庭に出てひとりで富士を見た。富士は下半分を雲に覆《おお》われて、白い頭頂部だけを青く澄んだ早春の空に現していた。幼い頃から少しも変らないものはこの小さく形よい富士だけのようであった。

（昭和四十七年九月―四十八年一月）

青春放浪

私は中学時代を静岡県の沼津で送った。沼津は駿河《するが》湾に臨み、気候温暖で明るい町である。夏は海水浴の客でにぎわい、冬は風さえなければ絶好の避寒地である。富士山が北方に大きく見え、街のはずれを狩野《かの》川がゆるく流れていて、気候もいいし、風光も一応明媚《めいび》と言って通るだろう。先年狩野川台風で狩野川は荒れに荒れ、すっかり河相を変えて荒ぶれた川になってしまったが、それまでは長くおだやかな川として知られていた。修善寺付近から上流は清流が岩をかんでいる渓流であったが、下流は春先などはぬるんだ水をゆったりと流しているおっとりした川であった。

私は中学時代をこの町で送った。冬の間名物の北風に悩まされる日があったが、それ以外はひどい寒さも知らず、また暑さも知らなかった。遊ぶには持ってこいの町であった。当時軍医であった父は任地台北にあって、家の者も全部父といっしょに台北に住んでいたので、私は家族の者たちから離れて、中学の寄宿にはいったり、寺へ下宿したりして、監督者らしい監督者もないままに、すこぶる自由な少年時代を過した。学校で授業を受けている以外は、気の合った友だち数人と毎日のように丘へ登ったり、狩野川でボートに乗ったり、千本浜を歩いたり、街をうろついたりして遊び廻った。

遊び惚《ほう》けたと言った方がいい。いくら遊んでも遊び足りない遊び方であった。

私は、今考えて、このような少年時代を持ったことはよかったと思っている。上級学校へ進むことも考えないではなかったが、中学校を卒業した年に上級学校へ入学できようなどとは考えていなかったので、受験勉強などということは一切中学を出てからのこととして、先へ押しやっていたのである。

先日、この沼津中学の同級生が長岡温泉に集まった。大正十五年の卒業であるから、中学を出てから今年（昭和三十七年）で三十七年になるわけで、三十七年ぶりに顔を合わせたものも多く、ひどく楽しい集まりであった。卒業生八十七人中、すでに二十余人が鬼籍にはいっており、集まった者は二十八人であった。物故した者の大部分は戦死者である。

中学時代の仲間の集まりであるから、思い出話に花が咲いたと言っても、その思い出話の内容たるやひどく単純で清潔でたわいないものばかりであった。一緒に酒を飲んだことがあるわけでもなく、共通の女の話題があるわけでもなかった。話題はもっぱら教師に叱《しか》られた話とか、喧嘩《けんか》した話とか、中華ソバを食べに行った話とか、授業をサボった話とか、そんなものに集中した。

私は親しかった何人かの遊び友だちの顔を発見して、自分が今日文学の仕事をしているのも、みなこの昔の仲間たちに負うているという感を深くした。俳句というものを教えてくれた友だちもいれば、詩や歌を教えてくれた友だちもいた。怠惰というものの持つ贅沢《ぜいたく》な楽しさを教えてくれた友だちもいれば、初恋の話をして青春の情感を初めて私の心に注ぎ込んでくれた友だちもいた。

それはともかくとして、その集まりで、私は何か特別な気のきいたことを思い出して話そうとしたが、何も思い出さなかった。沼津という町に野ばなしにされていた一人の少年がいるだけであった。何人かから、お前はひとりだけ兵隊靴をはいていたと言われた。おそらくそんなものをはいていたのだろう。上着のボタンがいつも二つか三つ取れていたと、これも何人からか言われた。おそらくそうだったのであろうと思う。修学旅行で関西へ行くとき、一人だけ藤枝駅で下車したと言う。藤枝には遊び仲間の家があったから、そこへ遊びに行ったのであろう。言われてみれば、そのようなことがあったと思うが、どういうものかはっきりとは憶《おぼ》えていない。

こうした友だちの中で、私に最も大きい影響を与えた三、四人の文学好きの友だちがあった。いずれも上から落第して来た連中で、四年のとき、私は彼らの仲間に加わり、彼らとつき合うことによって、何となく文学と中学生らしい放埒《ほうらつ》さの、両方の洗礼を受けることになった。

カチリ
石英の音
秋

こんな詩を見せてくれた友だちがあった。沼津では一番大きい紙問屋の一人むすこで、私たちの仲間の餓鬼《がき》大将であった。私はこの短い詩を見せられたとき、なるほど詩というものはこういうものかと思った。確かに秋の来る気配の中には、石英のぶつかる音がしていると思った。

中学時代の仲間は、私に詩の何たるかをその作品で教えてくれた藤井寿雄、それからやはり詩を書いていた金井広、短歌をやっていた岐部豪治、松本一三といった連中だった。岐部、松本は私より一級上だった。岐部は短歌にかけては天才といってもいい少年だったが中学卒業間もなく物故し、松本は中学卒業後すぐ『改造』の懸賞に応募して、戯曲「天理教本部」を発表し、そのまま左翼運動へとはいっていった。金井も中学卒業ごろから詩を中央の雑誌に発表したりして、詩人として名を成すかと思っていたが、医者となり、やはり左傾して今日まで一本の道を歩いている。私の詩の開《かい》眼者《げんしや》である藤井も仲間のおつき合いといった形で一時左傾したが、今日は家業を継いですっかり収まっている。

中学時代の私の仲間はこのように上級学校へ進むと、次々に左傾していったが、中学在学中はいずれも学業には怠惰で、そのくせ読書好きな、早熟で、反抗的な少年たちだった。革命歌も啄木《たくぼく》の歌も極く自然に口から出、学校をさぼったり、煙草《たばこ》をのんだりする程度の少年らしいおさない放埒さに、からだが細くなって背丈だけが伸びる時代を任せていたのである。

当時沼津には若山牧水が住んでいたが、私たちは牧水の歌には親しまなかった。牧水が沼津の町を飄々《ひょうひょう》として歩くのを時折り見かけたが、さして関心は持たなかった。

私は仲間の中では一人だけ晩生《おくて》で、それまで文学には無縁な少年であったが、彼らのお陰で小説や歌や詩を読むことを教えられ、倉田百三《ひゃくぞう》や武者小路《むしゃのこうじ》実篤《さねあつ》の作品などを、仲間から借りて読むようになった。

四年の夏、伊豆の西海岸の重寺《しげでら》という部落に出掛け、仲間の一人の親戚《しんせき》の家に厄介になり、毎日のように泳いだり、スイカを食べたり、午睡をしたりして過したが、その時仲間の一人からフィリップの『ビュビュ・ド・モンパルナス』を借りて読んだ。この時の感銘は強かった。小説というものはこのように生き生きと、自分たちと同じような若者の気持やその生活を書くものかと思った。夏の夜の盛り場のむんむんとするにおいが、自分のからだのまわりから立ち上って来る気持だった。

中学四年の時山形高校を受けに出掛けた。試験は最初の一日であきらめ、二日目は試験場へ行く代りに映画館へ出掛けた。芝居小屋のようにますを切ってある映画館で、街には雪がちらちら落ちていた。私には最初の旅であったので、この山形行きは十分楽しく、サクランボのジャムとのしうめをカバンに入れて夜汽車に揺られて帰ったものである。

翌年は仲間と静岡高校を受験したが、もちろん私も仲間も入学できなかった。この時も二日目は試験場を早く出て、レストランでカツレツを食べた。この時仲間の一人が岡田嘉子《よしこ》のブロマイドを買って、写真に口づけしたのを、受験というといつも思い出す。

中学時代に、仲間とのらくらしているかたわら、私はどういうものか器械体操に血道を上げた。そしてこの器械体操のお陰で、やせっぽちなからだに少しずつ肉がついていった。四年の時、静岡中学との柔道の対校戦に、選手に欠員ができ、上級生に頼まれて、それに出場した。この時から何となく柔道の試合があると、かり出されて出るようになり、練習はしなかったので強くあろうはずはなかったが、試合になると妙に相手を倒した。しまいには四、五人の正選手の中へ加えられるようになったが強くなろうという気は全くなかった。

中学時代の教師にはおおむね反抗的であったが、一人だけ何となく気になる教師があり、この教師にだけは頭が上がらなかった。私ばかりでなく仲間の全部がそうだった。前田千寸《ゆきちか》という図画と国語の教師で、国語の時は生徒たちに芥川龍之介《あくたがわりゅうのすけ》の短編を読ませ、図画の時間には自由にスケッチをさせ、自分自身はいつもうつむいて教室の中や校庭をただ歩き廻っていた。私たちはこの教師には何となく魅力を感じ、彼だけを一人だけさんづけで呼んだ。

この教師に、私は終戦後に、中学卒業以来初めて会って、彼が『日本色彩文化史の研究』という大著に取り組んでいることを初めて知った。私たちが中学生であった当時、前田さんはこの終生の仕事に既に取りかかっていたのであった。私は「黯《くろ》い潮」という小説にその旧師の仕事を書かせてもらった。前田さんの仕事は河出書房から出た『むらさき草』という書物としてみのり、毎日出版文化賞を受けた。そして更に全部の仕事が岩波書店から出た『日本色彩文化史の研究』という大著として完成した。前田さんは一昨年私がヨーロッパを旅行している時亡《な》くなり、それを私はアメリカに渡ってから知った。そして中学時代の前田さんのことを思い出し、仕事をしている人の背後《うしろ》姿というものは、何ものをも意に介さない悪童連の目にさえ、一種独特なものとして映っていたものだと思った。

私は中学時代にはいい仲間を持ったと思っている。いま仲間に会ってみると、ほとんど一人残らず少年時代に持っていたものを、現在もそのまま持ち続けている。高校や大学時代に知り合った文学好きな友だちは、社会へ出るとともにいつか文学や少年時代の夢から離れて行ったが、それに反し、中学時代の仲間はいろいろな形で文学や夢を、その血肉の中に溶かし込んでいるようである。

私は浪人生活を一年やって金沢の高等学校へはいった。父が台北から金沢へ転任になったので、私も家から通学できる金沢の高等学校を選んだのである。私の家は代々医者で、私も当然医者になるものと自分も思い、周囲の者もそう考えていて、そんなわけで理科へはいったのである。

父は一年ほどで弘前《ひろさき》へ転任したので、私が家族の者と一緒に生活した期間は短く、金沢時代の後半はまたのんきな下宿生活をすることになった。私は小学校時代、中学時代の大部分を家庭から離れて、監督者のない生活に慣れていたので、高等学校時代もなるべくなら家庭から離れている方がありがたかった。

金沢の三年間は理科の学生でもあり、柔道部の選手生活をしていたので、文学とも美術とも音楽とも無縁だった。

中学時代を気候温暖な明るい沼津で過した私にとって、金沢の三年の生活は全く違ったものであった。気候も土地がらも異なり、一年の半分は暗鬱《あんうつ》な北国の空がひろがっている古い城下町で、私は中学時代とは全く異なった禁欲的な生活を、否応《いやおう》なしに自分に課さなければならなかった。柔道の稽古《けいこ》がきびしかったので、少しでもその稽古をらくにするためには、煙草も酒も絶たなければならなかったし、他の学生のように街を遊び廻る時間の余裕もなかった。明けても暮れても、無声堂という道場で過した。こうした若い日の過し方には当然いろいろな批判はあるが、しかし、これも一つの若い日の過し方であって、私には私なりに十分意義があったように思われる。

先日、富士製鉄社長の永野重雄《しげお》氏、群馬大学学長の長谷川秀治氏らとそれぞれ柔道に関する対談をする機会を持ったが、共にいわゆる高専柔道なるものを回顧し、お互いにどうしてあのように柔道というものに打ち込めたのであろうかと当時をなつかしく振り返った。いま考えてみると、私たちは練習量がすべてを決定する柔道を作り出そうとしていたのである。体格に恵まれぬ非力な青年たちが試合に勝つためには、そうした柔道をするほかなく、そうした高校生たちによって作り出されたものが高専柔道独特の寝業であったのである。

高校生活を終り、大学へはいると、申し合わせたようにみんな柔道から離れた。あのようなはげしい練習には十八、九歳から二十二、三歳までの高校生しか耐え得られなかったし、それからまた柔道家になろうとも高段者になろうともだれも思っていなかったので、高等学校の最後の試合が終ると、至極あっさりと柔道というものから離れて行ったのであった。こうした点から考えると、私たちにとっては柔道というものは若い一時期の過し方であって、練習というものがどのくらいまでの力を持つか、それを三年の日時をかけてためしたようなものであった。

この柔道部生活と、北国の気候は、私という人間に、やはりある意味で決定的なものを与えていると思う。私がもし高知や鹿児島の高等学校へはいっていたら、現在の私とは違った私ができていたように思う。もちろん、私は北国で生れ、北国で育った根っからの北国人ではなく、青年時代の一時期を限って、北国で過したにすぎないが、それでも物の考え方や感じ方にはかなり強い影響を受けていると思う。

金沢生活の末期から私は詩を書き出した。柔道部生活から解放され、大学の受験準備をしなければならぬ時期に、私はだれにもすすめられたわけでもなかったが、何となく詩みたいなものをノートに書きつけ始めた。そしてその何編かを、当時高岡中学の教師をしていた詩人大村正次氏のもとに送り、氏が出していた詩誌『日本海詩人』に載せてもらった。自分が書いたもので、活字にしたのは、これが初めてであった。

高校を卒業する年の二月に、私は石動《いするぎ》へ大村正次氏をたずねて行った。雪がはげしくふぶいている日で、私はそこで夕食をごちそうになりながら、何人かの北国の詩人たちと会った。宮崎健三、方等《ほうとう》みゆきといったその後長く交際した詩人たちがいた。方等みゆきは先年物故した。

その頃の雑誌は私の手もとになく、自分の書いたものがどんな作品であったか憶えていないが、昨年源氏鶏太氏からそのころの『日本海詩人』を持っており、あなたの名も憶えていると言われて驚いたことがある。大村正次氏は北海道でお目にかかり、いまもときおり、音信をかわしている。

当時四高の文芸部から出していた雑誌には、現在東京新聞の文化部長をしている宮川譲一氏や教育出版の仕事をされている乙村修氏の名が載っていた。宮川氏は小説と短歌を、乙村氏は詩を書いてはでな存在だった。私は宮川氏や乙村氏の姿をときおり学校で見かけ、文芸部の連中はなんと静かな歩き方をするものだろうと思った。少し前かがみになって、物を考えながら歩くその独特の歩き方には、いかにも北国の高等学校の学生らしい何とも言えない魅力があった。

高等学校在学中、私は理科の学生であったが、自分が全く自然科学方面に向いていないことを知った。勉強もしなかったが、しかし、物理も、化学も、数学も、それを理解する上に必要な根本の何かが私には欠けていた。私は大学の医学部へ進むように周囲から期待されていたが、医学部へ進むことなどは思いもよらず、自然科学の他の学部へ進むことも、どう欲目に考えてもできない相談であった。といって、人文科学方面に進みたくても、文科出身者の定員に満たない場合がない限り、入学は許されなかった。つまり志望者が定員以上あって入学試験が行われるところからは、理科出身の私は最初からシャット・アウトされているわけであった。東大や京大はどの学部にも入学試験があって初めから入学は望めず、わずかに九大と東北大の法文学部だけが、高校理科卒業の私をも受け入れてくれる仕組みになっていた。

私は九大に二年籍を置いた。三カ月ほど福岡の唐人町のしろうと家の二階へ置いてもらったが、試験だけ受ければ卒業できることを知って、福岡を引き上げ、東京へ移った。東京でも駒込のしろうと家の二階を借り、そこでぶらぶらしていた。昭和五、六年のころで、大学を出ても就職口などどこにもない時代で、その点からは大学というものには全く魅力がなかった。東京では福田正夫《まさお》のやっていた『焔《ほのお》』という同人雑誌に関係し、幾つかの作品を活字にしたが、別に本腰で詩を書いて行こうといった気持はなかった。

私が厄介になっていた家の若い主人が文学青年で、そんな関係から辻潤《つじじゅん》がよく遊びに来て、私も何となく彼と知り合いになった。私には全く理解のできぬつかみどころのない人物であったが、いつも孤独な影を長く引いて歩く『阿片溺飲者《あへんできいんしゃ》の告白』の翻訳者にはある魅力があった。当時『絶望の書』を出したばかりの時であったが、いつもひどく見すぼらしい身なりをしていた。福田正夫と一緒に詩人の真田喜七の家をたずね、そこで萩原朔太郎《はぎわらさくたろう》に会った。朔太郎は一番尊敬していた詩人だったので、私はひどく窮屈な思いで、徳利《とくり》の並んだ食卓の前にすわっていた。二言三言、言葉をかわしたが、何を喋《しゃべ》ったかはいまは全く憶《おぼ》えていない。『虚妄の正義』が評判になっている時で『氷島』はまだ出版されていなかった。

九大に卒業論文を提出しなければならぬ時期になって、京大の哲学科へはいっていた友だちが、今年は京大の哲学科は定員に満たないらしいので、願書を出したら高校理科出身者でも入学できるだろうとしらせて来た。私はすぐ京大へ転ずる決心をした。改めて哲学科へはいって、特に勉強したいと思うものもなかったが、京都という土地にも魅力があったし、親のすねをかじる年限をふやし、社会へ出るのを更に三年ほど向うへ押しやることにも魅力があった。

京都では専攻は美学ということにし、吉田山《よしだやま》に下宿した。東京時代のなまけぐせがついていたので、二、三回大学の門をくぐっただけで、あとは食堂へ行く以外、ほとんど大学へは寄りつかなかった。同じ美学に、音楽指揮者の朝比奈隆《あさひなたかし》、毎日新聞論説委員の古谷綱正《ふるやつなまさ》氏等がいたが、卒業近くまで顔を合わせたことはなかった。両氏もまたほとんど学校には寄りつかなかったようである。

私は高校時代の友だちである農学部の友だちと親しくしており、学校へは行かなかったが、毎晩のように神楽坂《かぐらざか》のおでん屋に通い、そこで酒を飲んだ。

学校へは顔出ししなかったが、しかし、哲学科の学生たち二、三人とは交際し、京都へ移って四年目に、彼らと『聖餐《せいさん》』という同人雑誌を出した。表紙は当時美術史の講座を持っていた須田《すだ》国太郎氏に依頼し、同人たちで薄っぺらな雑誌のページを分けて、それを分担して埋めた。私はそれまでに書いてあった詩を活字にしておくのもよかろうといったようなつもりで、そこに発表した。この時活字にしておいたお陰で、私はこの時代の何編かの詩を、先年出した詩集『北国』の中に収めることができた。

この同人の中に高安敬義《けいぎ》君という秀才がいた。純哲を専攻し、私より一学年下であったが、彼が水戸高校を出て京大へはいって来た時から、何となく私が彼の後見役のような格好で、彼の面倒をみることになっていた。彼は初め私の下宿している吉田山の同じ下宿に止宿したが、私が等持院のアパートに移ると、同じように等持院のアパートに移った。

私はこの年少の友人とつき合ったお陰で、実にたくさんのものを学んだ。彼に詩を書くことも、小説を読むことも、仏像や庭を見ることも、みんな最初私が教えたが、しかし、この非凡な秀才は、またたく間にそれらに関するたくさんの書物を読みあさり、逆に私に彼が得た知識を披露し、非凡な見識をもってそれらすべてにわたって私に講義してくれた。

高安敬義は田辺元《はじめ》博士のもとで勉強し、卒業論文の「倫論」が哲学雑誌に載ったりして、若手の学徒として、名を馳《は》せたが、惜しくも戦争初期に大陸で戦死した。この友人の死を思うと、私は今でも心が痛む。私がこれまでに知った一番頭のいい、しかも純真な友達であったからである。

昭和七年から十一年まで京都で過した。卒業を一年遅らせたので、それでなくてさえ老学生であるのがますます老いた学生になった。学生といっても大学に籍を置いてあるだけで、私は卒業してもしなくてもいいような気持になっていた。中国との戦争へはいる年まで、私は京都でのらくらしていたわけであった。その間に現在の妻と結婚し、家を持った。今考えても、私が京都で過した時代は、何ものかに追いつめられているような暗い時代で、私ばかりでなくすべての学生が、卒業したら何をしようかといったような希望を持っていなかった。文字通り灰色の希望のない学生生活であった。

私は自分の家と妻の家から金を送ってもらって家を構えていたが、いつもこづかいに不足していた。何らかの方法で金を得なければならなかった。今日ならアルバイトに事欠かないが、その頃は学生が金を得る手段というものはほとんどなかった。

そんな時、私はたまたま『サンデー毎日』の懸賞小説に応募し、三百円の賞金を得たのに味をしめ、三、四回応募し、それぞれが当選した。沢木という名で書いた現代小説が比較的好評で、それによって新興キネマの脚本部へはいらないかという声がかかり、四年にわたった大学生活の中のあとの二年は、毎月五十円の月給をもらうことになった。新興キネマは東京の大泉にあったので、私は毎月一回撮影所へ顔を出すために上京したが、どういうものか一本のシナリオも書かなかった。大学を出てから書いてくれればいいというようなことを脚本部長が言ったので、ほんとうにそれでいいものだと思っていた。

ただ一度だけ当時新興キネマの監督をしていた野淵《のぶち》昶《あきら》氏の依頼で、池袋の旅館で尾上伊太八をシナリオにしたことがあった。野淵さんと二人で半分ずつ一晩で書くことになり、生れて初めてシナリオの仕事を徹夜でやった。夜が明けたら、雪が降っており、朝食を食べていたら女中が駈《か》け込んで来た。二・二六事件の日の朝であった。そのシナリオはどういうものか映画にならなかった。このころ、私は『サンデー毎日』が長編小説を募集していることを知り、東京でシナリオを書く代りに「流転《るてん》」という時代小説を書き、それに応募した。そして千葉亀雄《かめお》賞をもらった。千葉賞をもらった直後二、三の雑誌社から小説の注文があったが、時代小説を書く気持は全くなかったので断わった。しかしこの千葉賞のお陰で大学を卒業した年、毎日新聞へ入社することができた。口を利《き》いてくれたのは当時毎日新聞の京都支局長をしていた岩井武俊《たけとし》氏であった。

もともとシナリオを書く気も、小説を書く気もなかったので、新聞社へ入社できると、それでもう十分満足だった。そして間もなく大陸との戦争が始まり、応召してすぐ大陸へ渡った。

私のこれまでの生涯では、京都の大学時代が一番暗かったと思う。全く希望のない時代であった。大学卒業の年長女をもうけた。私は何もかも面倒臭くなっていたので、卒業は取りやめるつもりでいたが、妻から東京にいる私のところへ卒業論文締め切りの日を電報で通達して来、ことしこそは子供のために卒業してもらいたいというようなことを手紙で言って来たので、しかたなく京都へ帰り、卒業論文らしいものを書いた。「純粋詩論」という題をつけたが、はなはだ怪しげなものであった。

植田寿蔵《じゅぞう》博士、九鬼《くき》周造氏、中井正一氏らが審査に当った。九鬼博士は一言一句についで質問されたが、かたわらにいた中井正一氏は今年一番短い論文だが、自分にはおもしろかったというようなことを言ってくれた。植田博士も好意的に発言してくれた。私を卒業させてくれるための助言であった。九鬼、中井両氏ともいまは故人となっている。

主任教授の植田寿蔵博士のもとには、在学中はてんで寄りつかなかったが、新聞記者となってから仕事の関係でいやおうなしにお邪魔するようになった。植田博士の人柄を知るに及んで、在学中博士の講義を聞かなかったことを、私は終生の痛恨事としたが、あとの祭りであった。

私が足しげく先生のお宅に伺うようになり、先生のお話を伺ったり、その著書を読むようになったのは新聞記者になってからである。新聞社へはいってから、社の幹部の了解を得て、京大の大学院に籍を置いた。こんどこそは本腰で美学を勉強してみようという考えだったが、戦争のために、それは果たせなかった。若い日の私は、勉学ということとは無縁に生れついていたようであった。

（昭和三十七年四月）

私の自己形成史

父・母への厳しい眼

私は昭和三十四年の五月、父をうしなった。父は八十一歳の高齢で他界したので、まあ天寿を全うしたと言っていいようである。父の訃《ふ》を東京の家で暁方受け取ったときも、それから通夜《つや》の晩も、私はそれほど大きいショックは受けなかった。父が半年近く病床にあって、遅かれ早かれ、こうした日はくるものと覚悟していたので、私としては心準備ができていたわけである。

しかし、父がなくなって八カ月を経た今ごろになって、かえって私は強く父のことを思い出したり、父の死について考えたりすることが多い。父が生きていてくれたらと思うことがしばしばある。そして父という人が、私という人間にとって浅からぬ縁《えにし》を持った人間だと、痛切に思い知らされることがある。——今宵《こよい》こそ思い知らるれ浅からぬ君にちぎりのある身なりけり——この歌は西行《さいぎょう》の歌で、西行が自分と関係深かった鳥羽院《とばいん》の死を悼《いた》んでうたった歌であり、子供と父との関係を語るとき引き合いに出すのにはふさわしくないと思うが、しかし私には妙にこの西行の歌が思い出されてくるのである。それはともかくとして、父が他界した夜にこそ、思い知るべきであったことが、そのときはそれほど感じられず、私には八カ月先になってやってきたのである。

しかし、私ばかりでなく、すべての人の場合、同じではないかと思う。これが父でなく友人とか知人とかであったりした場合、その死を知ったとき、それと同時に悲しみはやってきて、その悲しみは歳月とともに薄れてゆくものなのであろう。ところが父の場合は反対で、死の当座はそれほどでなく、それから遠ざかるに従って、しだいに悲しみは深くなり、思いがけない時、ふいにそれは襲いきたって、野分《のわき》が満目の山野の木々を二つに割るように子供の心を二つに割るもののようである。

世の子供たちが多かれ少なかれそうであるように、私もまた、自分の父親に対して苛酷《かこく》きわまりない批判者であった。私は常に父親に完全なものを求めていた。私ばかりでなく、すべての子供にとって父親というものは常に完全でなければならぬもので、ここに子供と父親の悲劇の根源はあるようである。

私は少年時代から四十歳ぐらいまで、絶えず父親に批判の眼を向けていた。よきにつけ、悪《あ》しきにつけ、厳正きわまりない批判者であった。口には出さなかったが、いつも心の中では父親のすること為《な》すことに冷たい眼を向けており、父親の性質にさえも常にあきたらぬものを感じていた。私にとっては父親は完全でなければならなかったが、考えてみれば神以外に完全な人間などというもののあろうはずはない。そうしたことはよくわかっていながら、しかし、なお私は父親に完全なものを求めていたのである。

子供が父親に対してこうした気持を持つことは、本能的に自分が父親によって決定されていることを知っているからである。血の反撥《はんぱつ》というような言葉があるが、自分が父親のすべてのものを受け継いでおり、所詮《しょせん》父親の持っているものから、自分というものが脱出できないことを知っているからである。

少年期から私は、自分が父親と同じような感じ方をしていることに不満であり不服であった。そしてそれが四十歳ぐらいまで続き、四十歳を過ぎてから初めて老いた父親を、たとえ反撥は感じながらも、しだいに素直に抱き取ることができるようになった。

へんな言い方であるが、私が父親から貰《もら》った一番大きいものは、父親の持っているものを受け継いだことではなく、父親に反撥することによって、自分を父親とは少し違ったものに造りあげようとしてきたその過程であるといっていい。四十歳を過ぎて父親に対する考え方が違ってきたというのは、おそらく自分が一方で父親の持っているものをそのまま受け継ぎながら、他方で父親の持つものとは全く別個なものを身につけ始めたからなのであろう。

母親に対する場合も、父に対する場合と同じであると思う。ただ子供は母親を母親であるということである程度許すことができる。同じように血の反撥は感じながらも、多少子供の持つ母親に対する批判は、父親に対する場合と比べて、その意地悪さを弱めている。そうした違いはあるが、しかし、根本において完全なものを求めることは、母親においても同様といわなければなるまい。

いま考えてみると、私という人間は要するに、父親と母親という二人の人間の持つ、あらゆる長所も短所もそのまま受け継ぎながら、父親と母親のいずれにも似ない自分を造りあげようと努力してきたのである。子供というものは何という悲しい努力をするものであろう。私の子供はまた私が為したと同じようなことを、私に対して為すであろうと思う。

父の死後、八カ月を経て、父の死を悲しむ心を私が持ったということは、私が批判すべき相手を失ってしまったことを、自分ではっきり認識したことを意味する。私は最早《もはや》この世において、自分と同じような考え方をする人間も、同じような感じ方をする人間も持っていないのである。そしてそうしたことから初めて、私はときどき激しい孤独を感じるのである。なにかにつけて、もし父親が生きていたら、父親だけは自分の気持がわかってくれたであろうと思うのである。一生反撥してきた父親が、こんどは自分のこの地球上におけるただ一人の理解者であったということに気付き始めるのである。

私は父をうしなったが、現在七十六歳の母親を持っている。もし母親をうしなえば、父親の死によって経験したと全く同じものを、私は母親に対してもまた経験することであろうと思う。

以上書いたことは、多少読者の顰蹙《ひんしゅく》を買うかも知れない。そんな冷酷な親子の関係があるものかと思う読者もあるかもしれない。しかし、私は親子というものは例外なく本質的にこういうものであり、人によって強弱の差はあれ、なべてこうした業《ごう》のようなものに操られているものであると信じている。

私は父にも母にも似ない自分を造りあげることに努力してきたといったが、私の場合、幼少時代から両親のもとを離れて祖母の手で育てられ、長じて中学、高校、大学と進むにおよんで、その間両親と一緒に生活したのはほんの僅《わず》かの間だったので、ずっと一緒の生活をしている人たちより、いくらかそうした自己形成の過程が、自分でも意識できるような形において立ち現われて来たかもしれない。つまり意識的にそうした努力を自分に課することが、他の人の場合よりいくらかはっきりした形で行われたかもしれない。

父は麻雀《マージャン》でも、碁でも、将棋でも、撞球《どうきゅう》でも、勝負事はなんでもひととおりやってのけた。私はそうした父親が嫌いだった。おかげで私は現在、麻雀も、将棋も、碁も、撞球もなにも知らない。父親は軍医だったので、文学というものには全く無関心だった。私が文学に心惹《ひ》かれたのも、父親がそのことに無関心だったためかもしれない。もし父親が文学書でも繙《ひもと》いていたら、私はそうした父親を軽蔑《けいべつ》して私自身はもっと実利的なものの方に心惹かれていたことであろうと思う。

私の家は伊豆の山の中で代々医家だったので、当然のこととして両親は私を大学の医学部に進ませようとした。しかし、私はこの世で医者だけにはなるまいと、固く心に決めていたのである。そして父親が最も軽蔑していた大学の哲学科（美学）などへはいるといった結果になってしまった。といって、私は私の人生行路のすべてを、父親に対する反撥心によって説明しようとは思わない。

私は父から気の弱さや八方美人的な性格をそっくりそのまま貰わざるを得なかったし、母からはかなり強烈なエゴイズムと物に感じ易《やす》い涙もろさを、同様に貰わざるを得なかった。ことに母の性格には強い反撥を感じながらも、結局は一番強く母を母たらしめているエゴイズムと感じ易い性格を、そっくりそのまま私は受け継いでしまったようである。

従って、より正確にいうならば、私という人間は父から受けた気の弱さと八方美人的な性格と、母から受け継いだエゴイズムと物に感じ易い神経とを併せ持っており、そして、人生に対する対《むか》い方においては両親とは全く反対の方向に自分を捻《ね》じ曲げてしまったのである。

私は父の亡《な》い現在、自分が父と母との間にできた子供以外の何ものでもないものとして自分を感じるとともに、およそ両親とは似ても似つかぬ自分を自分のうちに発見するのである。

私は学生時代からかなりの浪費癖があり、それはずっと現在まで続いているが、これは父の性格にも母の性格にも発見できないものである。それから一か八《ばち》かやってみようという射倖心《しゃこうしん》もまた、両親のいずれもが持ちあわせていないものである。私は物事に諦《あきら》めがよく、かなり大きな失敗にもさして神経をつかわぬ楽天的なところがあるが、これもまた両親とは全く違うところである。

ここまで書いてきて、私は自分と両親との関係が少しも書けないことを感ずる。一番大切なことに少しも触れていないもどかしさを感じる。

私が、この章で、一番沢山の分量をさいて語らなければならぬものは、おそらくただ一つのことであろう。しかし、それは書くことはきわめて困難なことのようだ。

私の父は五十歳早々にして陸軍を退官すると、すぐ郷里の伊豆の山の中に引っ込み、それから昨年没するまで三十年間、ほとんど家から出ることなく生活してきた、そうした人間である。どうにか食べるだけの恩給は貰うからいいようなものだが、父という人間には名利への欲望というものは全くなかった。いい生活をしようとするでもなく、公職に就こうというのでもなかった。人間嫌いというか、医者でありながら、ついに郷里へはいってから一人の病人の脈もとったことがなかった。

母はまた母で、そうした父親と歩調をあわせて、父のいうままに四十半ばから田舎に埋もれてしまった。母にもまた、自分を社会の表面に押し出し、より楽しい生活を持とうという欲望は全くなかったのである。

私はこうした父と母の持っているものに対して、一番強く反抗してきて、そうした両親の生き方とは対蹠《たいしょ》的な自分の名前を活字にするような生活を持つようになったが、しかし、私は自分の作品の中に、父と母とが常に顔を出していることを時に人から指摘されることがある。

私は父と母との退嬰《たいえい》的な生き方を敵として、ずっとそれと闘ってきたはずであった。

それでいて作品の中に常にいろいろな形で、父と母とが顔を出しているということは、一体どういうことであろうか。

私は最近よく思うことがある。父と母とに反抗して私は自分に全く両親とは別の生き方を強いてきたが、それでいて、もしかしたら両親の生き方に最も強く同感し、それを理解していたのは自分ではなかったろうか、と。こうした考え方にぶつかった時ほど、私は憮然《ぶぜん》とした思いに曝《さら》されることはない。

ともあれ、父は昨年他界し、父の他界とともに、私と父との長く続いた劇は終ってしまった。私が父から何を貰い、いかなる影響を受けたかということは、これから何年かのうちに自然にはっきりしてくることであろうと思う。私が父から、そして母から貰った私の生涯を決定した一番大きいものは、私自身がまだ気付いていないものであるかもしれない。

私は顔の上半分を父から貰い、顔の下半分を母から貰っている。父の顔全部を貰っていたら、私の顔はもっと温厚であったはずである。また母の顔をそっくり受け継いでいたら、もっと明るい邪気のないものであったはずである。私は両親の顔半分ずつあわせ貰って、奇妙な顔を自分のものとしなければならなかった。歩き方は父のものであり、喋《しゃべ》る声は母のものである。私は自分の歩き方にも、自分の声にも満足していない。近年はそうでもないが、二十代、三十代のころまでは厭《いや》でたまらなかった。このあいだ私は親戚《しんせき》の者から、じゃれついてくる犬を向うへ押し遣《や》った手つきが、父親そっくりだと指摘されてはっとしたことがあった。そしてその時、この分では、今後何が似てくるかわかったものではないといった思いに打たれた。

人生の目覚めに導びいたもの

人間は誰でも、両親以外に自分に決定的な影響を与えた何人かの人を持つものである。その人にもし会わなかったら、おそらく自分の生涯は、よかれ悪しかれ変ったものであったろうというような、そうした人々を何人かは持つものである。そして実際そうした人々によって、一人の人間の人生に対する考え方や対い方というものは決められてゆくものなのであろう。

私はこの前の章で、父と母のことを語る時ちょっと触れておいたが、私は幼少時代祖母に育てられた。祖母といっても全く血縁関係にはなく、この女性は私の曽祖父《そうそふ》の妾《めかけ》だった人物で、曽祖父の計らいによって井上家に入籍し、曽祖父の孫娘に当る私の母親を養女として分家を作ったのである。

私はこの全く血の関係のない祖母に育てられるようになったいきさつについては詳しくは知らない。おそらく当時若かった私の両親は、私の妹が生れたりして人手が足りなかったので、何かの時、ほんの一時的なつもりで私を祖母の手に預け、そのままずるずるとその状態を長く続かせてしまったものであろうと思う。祖母もおそらく愛情が移って私を手離せなくなったであろうし、私の方もまた祖母になついて、両親の許《もと》に帰る気持をなくしてしまったのであろう。

いずれにしても、私は小学校へあがる前々年の、数え年六歳の時から小学校六年まで、都会に住んでいる両親と離れて郷里の伊豆の山村の、小さい土蔵の中で祖母と二人で暮らしたのである。祖母は、封建思想でがんじがらめになっている田舎で、若い時代を医者の妾という特殊な立場にあって生き、その後籍まで入るに至った人物だったので、気性の勝《まさ》った女性だったらしい。現在一、二枚残っている写真を見ると勝ち気そうで、なかなかの美貌《びぼう》の持ち主である。

しかし、子供の私にも、彼女が村の大部分の人たちからは決してよくは言われていないことも、また親戚一門から、家の平和の攪乱者《かくらんしゃ》、強引な闖入者《ちんにゅうしゃ》として冷たい眼で見られていることも、何となくわかっていた。

村には母方や父方の親戚が何軒もあったが、私はそうした親戚をなんとなく敵に廻して、幼少時代を孤立無援の祖母との共同生活において過したのであった。祖母もやたらに私を可愛《かわい》がったし、私もまた何かにつけて彼女のただ一人の味方として忠誠を尽くしたわけであった。

私はときどき、いったいこの祖母から何を得たろうかと考えることがある。おそらく私が祖母から貰った一番大きいものは、その時はもちろん意識すべくもなかったが、なんの血縁関係もない他人との共同生活から自然に生み出される愛情の中に身を置き、祖母対孫、老女対子供ではあったが、そのお互いが持つ愛情の中に、それぞれ取り引きの匂《にお》いをひそませていたということである。祖母は私を手なずけておくことによって、多少自分の不安定な立場を強固なものにする必要があったし、私は祖母の味方であることによって、彼女から当然の贈り物として大きい愛情を受け取っていたのである。

謂《い》ってみれば、私と祖母とはかなり強固な同盟関係にあって、村人や親戚を敵に廻して生活していたのである。この祖母との同盟は彼女が亡くなってから四十年ほどたった現在もなお、私の心の中では破れていない。もしこれが肉親間の持つ多分に無償であるべきだとされている愛情であったなら、とうにもっとほかの質のものに変っていたことであろうと思う。

私は五十を越えた今日無償な愛情というものをあまり信用していない。夫婦愛でも、親子の愛でも、友人間の愛情でも、私はときどきそうしたものを見ると、それをもっと別のものに置き替えたい激しい衝動を感じることがあるが、こうした感じ方は幼少時代の祖母との共同生活において、私の心に知らず知らずのうちに形成されたものである。

私は人間と人間との関係の中で、一番好きなのは師弟の関係である。師は私に何ものかを教えたということで師であり、私は何ものかを教わったということで弟子である。師はあくまで私にとって厳格なものであっていいし、私はどこまでも師に対しては師弟の礼を以《もっ》て接しなければならない。これもまた一種の取り引きといっていい関係であり、取り引きであればこそこの師弟同盟はどこまでも存続してゆくことができるのである。従って師弟愛というような言い方は私は嫌いである。私はそこにいつも厭なものを感じとってしまう。同盟関係であって少しもさしつかえないではないか。そこには師と弟子という関係があるばかりである。

友情についてもまた、私は同じことを感じる。一夜酒席をともにしただけで百年の知己の交わりを要求してくるような相手を私は拒否するし、私もまた、そうした気持を自分自身禁じている。友情というものは、お互いに相手に対する尊敬と親愛の念の絶えざる持続がなければならぬものであるし、それを持続するためには、お互いに犯し犯されないための盟約をひそかに交わさなければなるまい。そして当然それを破らないための努力を必要とする。それはともかくとして、祖母の私に対する愛は、そのような多分に取り引き的なものから発していたと思うが、しかし、そのおかげで、私は今日まで祖母に対する愛情を昔のまま失わないでいるのである。

私は、祖母と一緒に暮らしていたころ、隣の部落に父方の伯父を持っていた。父の実家の跡を継いでいる人物で、私が小学校へかよっていたころ、伯父は私のかよっている学校の校長を勤めていた。私はこの伯父の当時の年齢と同じくらいになった今日、しばしば特別の懐《なつ》かしさで伯父のことを思い出す。この伯父もまた幼い私の心に何ものかを植えつけてくれた人物である。

この伯父は、当時の幼い私に対して、伯父であるという立場と権利だけを、それ以上でも、それ以下でもなく、すこぶる適度に行使した人物であった。伯父は厳しく気むずかしい校長として生徒からも恐れられていたが、私に対する態度においてもまた、寸毫《すんごう》も変りはなかった。彼は一年のうちに何回か余程気の向いた時、学校で私に声をかけた。いつも一言だけ、

「勉強しておるか？」
と、恐《こわ》い顔で睨《にら》みつけて言った。生徒の誰にも声をかけない伯父が、私にだけ声をかけるということで、まさしく彼は私の伯父であった。そしてまた、両親のもとを離れて暮らしている小さい甥《おい》に対して、勉強しているかどうか訊《き》くことにおいて、やはり彼は私の伯父にほかならなかった。

この伯父は終戦後まで生きていたが、成人したあとの私に対しても、幼少時代の私に対するのと全く同様に、いつも、
「真面目《まじめ》にやっとるか」
と、気むずかしい顔で訊くだけであった。それ以外のことはほとんど口から出すことはなかった。

その伯父からもまた、祖母とは違った形で、しかし、私にとっては同じようなものを与えられたと言っていいだろう。私は父方、母方に十数人の伯父叔母を持っているが、この無口で気むずかしい伯父に対するほど、伯父を感ずることはなかったし、それはいまにおいても同様である。彼はまた伯父と甥という関係を、彼流の考え方で厳しく守り、少しもそれを崩すことのなかった人物であった。

私は少青年期には自分に大きい影響を与えてくれた人物をほとんど持っていない。

友人や先生の間に特別な印象を持たされた人物は何人か思い出すことができるが、その人に会ったことによって、自分が大きく変らされたと思うような人はない。しかし、妻の父で、解剖学者であった足立文太郎《あだちぶんたろう》については、やはり一言触れておかねばならぬ。この人物は私の母方の親戚で、事情があって早くから両親と別れ、私の曽祖父の手で育てあげられて学者となっていたので、私は幼時から度々母と従兄《いとこ》関係にあるこの人物の噂《うわさ》を耳にしていた。会ったのは高等学校時代が初めてであった。

後に私は彼の娘と結婚し、彼を父と呼ぶようになったが、義父は初対面の時から戦争末期に八十一歳で没するまでずっとライフワークである『日本人静脈系統の研究』を独文でまとめあげる仕事にぶっかかっていた。家事には一切かまわず、いつも研究を仕上げるのと自分の寿命の終るのとが、いずれが早いか競争しているような格好で、文字どおり寸陰を惜しんで仕事に没入していた。それは憑《つ》かれていると言う以外言いようのない態度であった。

戦争中、義父は仕事を何冊か分冊の形でまとめ、それを外国の大学や図書館に送っていたが、それがはたして到着するかどうかわからないような時期で、第三者の眼にもそれは、一人の人間が一生を一つの仕事に打ち込んだことに対する結果としては、はなはだ頼りない報われ方として映った。しかし、義父の仕事はそうしたことのために少しでも断ち切られることはなかった。家中の者が疎開《そかい》を勧めても、頑として応じなかった。そのために何日か仕事が邪魔されるという理由からであった。義父にとっては、自分の仕事以外何もなかった。自分の生命の危険も、国の運命も、そうしたことに思いをいたしている余裕はなかったのである。そうしたところはやはり天晴《あっぱ》れであった。

私はこうした義父を見ていて、学者というものはまさにかくあるべきだという思いに何回打たれたかわからない。

やはり同じそのころ、義父のほかにもう一人明日という日のわからない時代の生き方として立派だと思った人物を私は知っている。荒井寛方《かんぽう》画伯である。もちろん義父や荒井画伯のほかに、沢山の立派な日本人がいたわけであるが、私が実際に親しく会って知っている人物としては、この二人である。

荒井画伯は、そのころ法隆寺の金堂の壁画を模写する仕事を受け持っていた何人かの画家の一人で、私は新聞記者として、ときどき法隆寺へ出掛けて行くことがあって、氏とはたびたび親しく話す機会を持っていた。

ある時、私は荒井画伯と氏の宿舎であった阿弥陀院《あみだいん》という小さい寺で会った。爆撃の激しいころで、氏は老体にもかかわらず、はたで見てもわかる不自由な自炊生活をしながら、毎日のように火の気のない金堂にかよっては、模写のために作ったやぐらの上に坐《すわ》り込んで、労多くして報いられることの全くない模写という仕事に、ほとんど無報酬で没入していた。

「形あるものは亡《ほろ》びますよ。爆撃で亡びるかもわからないし、爆撃で亡びなくても歳月で亡びますよ」

荒井寛方画伯はその時そんなことを言った。正確なことは憶《おぼ》えていないが、そのようなことを言ったのである。

「描きあげられますか」

「さあ」

「描きあげたものを保存できますか」

「さあ」

私の質問には一つも答えなかった。答えることのできない時代であった。しかし、明日の日はわからなくても、やはり模写しなければならない。本物も模写もともに消滅するにしても、模写の努力だけはしたという人物がなかったら、金堂の壁画は泣きますよ、と彼はそんなことをぼそぼそした口調で言った。私は荒井寛方画伯と最後に会ったその日の、心も躰《からだ》も引きしまるような感動を、今でもはっきりと思い出すことができる。

学者と美術家の違いはあるが、義父も画伯もその敗色濃い戦時下の日々を立派に生きた人物だと言えると思う。

荒井画伯は私が会ってから一年半ほどして、栃木県塩谷郡氏家《うじいえ》の自邸から法隆寺に来る途中、列車の中で脳溢血《のういっけつ》で倒れ、彼が模写していた金堂壁画もまた、この方は戦後金堂とともに焼失してしまった。画伯の言ったように形のあるものは亡びたのであった。

私はこの二人の人物から大きい感動を受けたが、この二人に会ったために、自分の生き方や考え方が少しでも変ったとは思わない。変るにしてはあまりに私は年齢をとりすぎていた。私はすでに三十代の終りになっていた。しかし、そうした形に現われた変り方はないにしても、私は今日、学者や芸術家の仕事を考えるとき、彼等二人の顔を思い浮かべることなしに考えることはできない。私は学者でないから、義父の仕事が適当に報われたかどうか知らない。同じように荒井画伯の仕事や努力が適正に評価され、報われているかどうか知らない。報われるというようなことは、その人その人の持つ運であって、世の中にはりっぱな仕事をしても報われない人は沢山いるはずである。人間の生き方というものは、おそらくそうしたこととは全く無関係なものであろう。

人間は自分が価値があると信じた仕事に全力を挙げて没入すべきであり、ただそうすることだけに価値があるのかもしれない。私は今日、人間の仕事というものについてそうした考えを持っている。どこかにニヒリスティックな匂いがあるとすれば、それは私が二人の人物から大きい感動を受けたときが、爆撃の音のする時期であったためであろうか。

やはり、戦時下のことであるが、岩波書店から『太田伍長《ごちょう》の陣中手記』という書物が出た。確かこのような題名の本だったと思う。この書物は大陸で戦死したインテリ伍長の手記として、今日でいえばベストセラーになった書物である。私もこの書物を読んだが、その中に、著者が奥さんにあてた遺書のようなものがあって、それに遺児の育て方について希望を述べた箇所があった。いまはっきりと憶えていないが、学問を尊敬し、芸術を愛する心を持った人間に育てよ、といったことが短い一、二行の文章で記されてあった。

私は太田伍長と一面識もあるわけではなかったが、この短い言葉には感動した。これこそ知識人として奥さんに残す最上の言葉であろうと思った。私はこの書物を読み、このような人が一兵卒として従軍していることを思って、戦時下を生きる気持に、ある落ち着きを持つことができたのであった。

義父、荒井画伯とともに、太田伍長の名は、私にとってはやはり大切なものである。

他人につくられる自分

自分が会ったこともない先祖の一人について書くのはどうかと思うが、やはり私に対してはかなり重要な役割をしていると思うので、その人物について記しておくことにする。

私は中学時代に、万葉集の「剣太刀《つるぎたち》いよよとぐべし古《いにしへ》ゆさやけく負ひて来にしその名ぞ」という大伴家持《おおとものやかもち》の歌を読んで、この歌に心を打たれた。家持が自分の子供たちに、古くからの武門の誉れ高い大伴家の名誉にかけてお前たちはますます剣太刀をとがねばならぬと、激励している歌である。このような歌を詠《よ》む家持も、またこのような歌によって叱咤《しった》激励される子供たちも何と倖《しあわ》せであろうかと思った。私は伊豆の小さい山村で代々医を業とした貧しい家に生れていたので、家の誇りといったものとは無縁に生い育ったが、この歌を知ってから、自分の祖先にも一人ぐらい世に誇り得る人物はいないものだろうかと思う気持に取り憑かれた。そして少年時代に誰でもあるように、私もまた、一時期、自分の家系というものに関心を持ったのである。

因《ちな》みにこの家持の歌から、斎藤茂吉は大伴家の最盛期の誇りやかなものを読みとっており、土屋文明《つちやぶんめい》は、すでに、最盛期が過ぎて、家の衰頽《すいたい》の兆《きざ》しがそこに見えているという風に解釈している。どちらが正しいか知らないが、中学生の私はもちろん、そうしたこととは無関係にその字面《じづら》からくる〝さやけく負ひて来にしその名〟に眩惑《げんわく》されていたのである。

私には自分が生れついた伊豆の小さい医者の家が、何の誇りも持っていない家であることがいまいましく思われた。私が自分の家について知っていることといえば五、六代前の祖先が、四国から流れて伊豆へやって来て、天城山麓《あまぎさんろく》の山村の農家の一軒に草鞋《わらじ》を脱ぎ、そのまま村に医者として住みついてしまったということぐらいである。四国から来たというのも言い伝えであり、確かなことはわからない。ただその一代目が村へやって来たのは二十歳ぐらいの時であり、母親一人を伴っていたということだけがわかっている。

それから墓石に刻まれた文字によると、玄春とか玄達とか玄俊とかいった、玄の字のついた人物がそれぞれ医を業として、郷里の村で江戸末期から明治にかけて一生を終えているのである。

田舎の医者というのも少年時の私にはあまり有難くない家業であったが、初代の四国からやって来た人物が女か金で失敗して逃げて来たものにちがいないという親戚《しんせき》の老人たちの見方は、私には我慢のならぬものであった。〃さやけく負ひて来にしその名ぞ〃どころではなかった。好色と落魄《らくはく》と失踪《しっそう》が暗示されている。

それからそのあとに続く祖先たちには、それぞれ小さい浮沈があった。三代目は土蔵を二つ持っていたが、四代目は火事にあって全部焼いてしまい、一生貧乏に追いまくられたというぐあいである。

そうしたあまりぱっとしない田舎医者の家系の中にあって、曽祖父《そうそふ》に当る潔《きよし》という人物が、わずかに辛うじて私の自尊心を支え得る唯一《ゆいいつ》の人物であった。曽祖父は、初代の軍医総監を勤めた蘭疇《らんちゅう》松本順《じゅん》の門下として医学を学び、静岡藩掛川病院長、静岡県韮山《にらやま》医局長などを歴任して、後半生は郷里に引っ込んで開業し、半島の基部の三島から、半島の突端の下田までも往診に出掛けるといった、田舎の医者としては一応盛名を馳《は》せた人である。

私はこの曽祖父がいかに非凡な努力家であったかということ、それにいかに金費《づか》いが荒かったかということ、それから彼の師である松本順からいかに信任厚かったかということなどを、彼の妾《めかけ》であり、私が祖母と呼んでいた女性から絶えず吹き込まれて育ったのであった。この老婆《ろうば》との奇妙な共同生活についてはすでに書いたが、しかし、その共同生活から得たものの中で大きいものの一つは、彼女が持っていた、当時すでに故人となっていた曽祖父潔への尊敬と愛情の中に、私が絶えずおかれていたことであったかと思う。

私は曽祖父潔と彼の愛人である祖母の関係を「グウドル氏の手套《てぶくろ》」という作品に書いている。

私は子供心にも、曽祖父の愛人なる女性が、曽祖父を無条件に褒める褒め方も好きであったし、曽祖父の師であるということで松本順もまた無条件で尊敬し、日本で一番偉い人間だとするその態度も好きであった。そうしたことにおいて、私は曽祖父やその師の松本順を尊敬するばかりでなく、祖母そのひとも好きであった。祖母が曽祖父のために一生を陽陰者《ひかげもの》として捧《ささ》げたその生き方も、いまとなればいろいろな批判はあるが、そのころは完全に肯定していたのである。正妻の曽祖母よりも、自分を育ててくれた二号さんの祖母の方が、誰が何と言っても好きであったし、肯定すべき女性にも思われたのである。

現在考えてみると、曽祖父潔はかなりいろいろな面を持っている人物である。若い時から晩年まで毎朝四時に起きて、医学書を読んだり、写したりした努力家であることも事実であるし、当時の開業医としては地方で名声を馳せたことも、また松本順と親交のあったことも事実である。郷里の家には今でも松本順の筆跡や、松本順が彫刻した机とか筆立てとかそういったものや、彼からの書簡類もたくさん残されている。

しかし、一方において、晩年中風で倒れるやたちまちにしてその日の生活にも困ったほど、平素不用意な生活をしていた人物でもあり、同じ狭い村に本妻と妾とを住まわせ、妾の家の方に診療室や病室を持っていた、当時としてはちょっと考えられぬようなわがままな生活態度を持っていた人物でもある。謂《い》ってみれば、医者としては勉強家でもあり、相当な腕を持った人物でもあったが、またかなり傍若無人《ぼうじゃくぶじん》なふるまいを持った家庭の破壊者でもあり、浪費家でもあったということになる。

この曾祖父潔のいいところも悪いところも、なべて、私は妾の老婆の立場から、尊敬すべきものとして教えこまれたのであった。私は潔の愛人の口をとおして、彼女の立場から、曾祖父潔のあらゆる行動を是認させられるというより、賛嘆の念を持って肯定させられたのであった。

もちろん、私が曾祖父の妾である老婆に育てられたのは幼時であったが、幼時に彼女によって私の心の中に造り上げられた曾祖父潔のイメージは、中学時代に新しくわが家系の代表選手として鮮かに浮かびあがってきたのであった。

私が自分の家系で、誇り得るものがあるとすればこの曽祖父潔しかなかった。私は浪費とか、家族関係の無視とかいったことを、曽祖父の持った他の美点や長所と一緒に極く自然に肯定していたのである。

こうしたことは、少年時代の私の考え方というものをかなり自由な立場に置く役割をしている。私は高等学校へ進学するようになって、禁欲的な生活に惹《ひ》かれ、戒律めいたものを自分に強いる一時期を持ったが、しかし、少年時代から今日まで、概括して考えると、自分を道徳的な固苦しい考え方で束縛したことはなかった。私は若い時代、周囲の友人のように自分の放恣《ほうし》な生活を許すことこそしなかったが、それは自分自身に対してだけであって、他人の場合はなにもかもこれを許すことができた。許すことができたというよりむしろそうした友達を好んだ。中学時代をとおして、私の周囲に集まる者はどちらかといえば不良がかった友達が多かった。こうしたことには私が、わが家系の代表選手として誇りに思った曽祖父潔が、ある役割を果たしていることははっきりしているようである。

これまで、私は両親との関係を書き、それから私を育てた祖母、伯父、義父等、自分が何らかの形で強く影響されたに違いない人たちのことを書いてきた。そしていま会ったことはないが、幼時の私に対してかなり大きい役割をしている曽祖父のことに触れた。

私の物の考え方や、感じ方に何ものかを与えてくれた人たちは大体これで尽きるようである。自分が好きだった人物や、尊敬した人物は沢山拾い出すことができるが、その人物のために自分が少しでも変ったとは思えない。

私に文学というものを開眼《かいげん》してくれた人たちは中学時代から今日まで、その時期時期に何人かを数えることができるが、それらの人についてはここでは触れないことにする。昨年（昭和三十四年）『群像』誌上に、そうした人たちのことを書いているので、重複することにもなるし、また文学する上に大きい刺激となっていることは言うまでもないが、自分という人間が形成されてゆく上にいかなる役割をしているかとなると、問題は少し別になってくる。

それよりもむしろもう一人書くとすれば、小学校時代に、暴力に対して敢然と挑みかかっていった一人の少年のことの方が重要であるようである。

郷里の小学校の二年か三年の時のことであるが、放課後の校庭で、私は上級生に苛《いじ》められて小さくなっていたことがある。その時同じように苛められていた同級生の一人が、いきなり自分の頭ぐらいの大きな石を両手で抱えて、何人かの上級生の固まっているところをめがけて投げつけた事件があった。

石は上級の腕白小僧たちの足許《あしもと》に落ちた。投げつけられた者たちもわっと喚声をあげて散ったし、傍《そば》で見ていた者たちも一様にはっとした。無謀といえば余りにも無謀な行為ではあったが、私にはその少年の態度がその時美しく見えた。いやというほど、自分の卑屈さを思い知らされたような気持で、その少年の前に頭のあがらぬものを感じた。自分もそうすべきであったと思った。

この少年のことは、よほど強く印象づけられたものとみえ、いまでもこの事件は私の心に強く焼きついている。私は少年時代から青年時代まで心の中でこの少年に支配されていたといっていい。この少年はのちに工業学校を出て、現在東北か北海道で鉱山の技師として働いているということを聞いているが、私は一度この頭のあがらなかった昔の友達に会ってみたいものだと思っている。

自然との奔放な生活

私は明治四十年五月に北海道旭川《あさひかわ》で生れた。旭川は仕官したばかりの若い父が最初に赴任した任地である。五月に生れ、その翌年の春、母に連れられて郷里の伊豆半島の山村へ移ったので、旭川は生れた土地というだけで、何の記憶も持っていない。このあいだ北海道へ旅行した時、新聞記者から〝道産子《どさんこ》の弁〟というのを求められて面くらったが、道産子であるには違いない。

しかし、私は少年時代から今日まで、学校へ入学するときも、就職するときも、兵役に関係のある届けを書くときも、自分の履歴書の最初の項目として、〝北海道石狩国上川《かみかわ》郡旭川町第二区三条通十六番地の弐号〟という大変長ったらしい出生地名を書き記してきた。これからもまだ何回もこの地名を書かなければならないであろうし、先日外国旅行の手続きをするときも、やはりこの地名を二とおり書かなければならなかった。

私は新聞社などの調査カードで出身地と書かれてある欄には〝静岡県〟と書くことにしているが、出生地とはっきり生れた土地を求められている場合は、〝北海道旭川〟と書く。ときには出生地と書いてあって、丁寧にカッコして出身地とことわってある調査カードもあるが、そういう場合は、〝静岡県〟と書くことにしている。

いずれにしても私は旭川で生れたが、生れたというだけで、その土地にはいかなる幼時の記憶の欠片《かけら》も持っていない。しかし、母から自分の生れた北海道の五月という時季が、長い冬がようやく去って、百花が一時に開こうとしている一年中で一番美しい時季であるということを、事に触れて言い聞かされてきているので、出生地旭川に対して私が幼時から持った印象は明るいものであった。雪と氷に閉ざされた長い冬の期間母の体内にはいっていて、冬が去って花が開き始めるや、とたんに母の体内からとび出したということに、何となく私は、自分の人生の第一歩というものを考える場合、いつも満足なものを感じる。

私が出生地旭川の土を生れて以来初めて踏んだのは終戦後のことであるが、それまで長い間、私は旭川という北海道の上川盆地の真ん中にある都邑《とゆう》に、北海道とは無縁な一つの特殊な都市のイメージを持っていた。実際に北海道の春というものは、自分の眼や自分の皮膚で感じない限り、それを知ることは困難であるが、私はその土地を知ることなしに、そこの五月を勝手に思い描いていたのである。

冬が去ったばかりだから大気はもちろん冷んやりしている。しかし、そこでは桜も李《すもも》も咲きかかっている。辻《つじ》々には毛皮の市が立ち、柔らかい陽の散っている巷《ちまた》には人がやたらに群がっている。空気は澄んで、微《かす》かな香気を持っている。そうした中を大きな腹を抱えた若い母が女中を連れて歩いている。私は北欧のどこかの小さい静かな都市と、砂漠の中の美しい街、たとえばサマルカンドのようなところをちゃんぽんにして想像していたのである。こうした都市で私は生れたのであった。

従って、私は少年時代に北海道の旭川で自分が生れたということを、内心ひそかに誇りとしていた。郷里の伊豆や、その後父が転々とした聯隊《れんたい》のある東海道線に沿った地方の小都市などで生れなくてよかったと思った。

五歳から十三歳までの少年時代は、郷里の伊豆の山村で過した。私の郷里は天城山の北麓《ほくろく》にある湯ケ島で、郷里が伊豆だと言うと、たいていの人からいいところだと羨《うらや》ましがられる。温泉が各所に噴き出し、気候温暖で、東京からさほど遠くもなく、適度の田舎ぶりで、風景も美しい。しかし、そのほかにはたいして誇り得るものもないといった土地柄である。華々しい史的事件の舞台になったこともなく、史跡なども取りたてて言うほどのものも見当らない。戦国時代、北条《ほうじょう》氏滅亡に際して韮山の地名が出てくるくらいで、あとはずっとくだって維新の頃、反射炉を造築した代官江川太郎《たろう》左衛門《ざえもん》の事跡くらいが主なものである。

ただ、風景に関しては、古来多くの書物に伊豆の名が見えている。万葉集に、「伊豆の海にたつ白波のありつつもつぎなむものをみだれしめめや」とあるのを初めとして、その他、枚挙に遑《いとま》がないほどである。実朝《さねとも》の「箱根路をわが越え来れば伊豆の海や沖の小島に波の寄る見ゆ」が一番有名であろうか。

それらにあげられた伊豆の海は、昔からその東西両海岸を東浦、西浦と呼ばれており、往古は漁業よりはむしろ海賊の根拠地として繁栄していたようである。そして半島の中央部は配流《はいる》の地、罪人の処断の地として知られている。天城北麓の私の部落なども、その祖先はおそらく落人《おちうど》や逃亡者であったろうと思う。だからというわけではないが、伊豆の人々は自然の恩恵を受けている割りに、苦渋に富んだ一種独特の容貌《ようぼう》を持っている。

私は小学校時代をこうした郷里の伊豆の山の中で過したわけである。現在では郷里の村も伊豆の温泉郷として多少は名がとおっているが、私の少年時代は全く山中の一寒村であった。村から馬車で二時間揺られて、軽便鉄道の終点大仁《おおひと》部落に出、さらに軽便鉄道に一時間乗って初めて、東海道線の三島町に出るというところであった。

馬車にはめったに乗れなかった。一年に二、三回、それでも馬車で大仁へ行くことがあったが、私は軽便鉄道が通じているというだけのことで、大仁という小さい部落を尊敬した。大仁へ馬車がはいると、心が自然に緊張し、その部落の子供たちの誰もが活発で怜悧《れいり》に見えた。道で彼等に出会うと、何となく気が退《ひ》けて俯向《うつむ》くようにして歩いた。

大仁でもこんなだったから、三島町へ行くともっと大変だった。三島町に親戚《しんせき》の家があり、そこに同年配の少年がいた。私はその少年に徹頭徹尾頭が上がらなかった。彼の口から出る言葉がみなひどく都会的な、しゃれたものに聞こえ、それだけでとうてい太刀打ちできないものを感じた。町の少年たちに会うと、その全部が自分たちとは一段桁《けた》の違った階級の子供に見えた。町の少年たちはみな小綺麗《こぎれい》な着物を着、下駄《げた》か草履をはいていた。村での私たちといえば、申し合わせたように棒縞《ぼうじま》の着物を着て、藁《わら》草履を足にひっかけていた。

私たちの部落には、夏になると都会の少年や少女が、毎年のように二人か三人は親たちに連れられてやってきた。彼等が馬車から降りるのを、私たちは必ずどこかで見ており、彼等を監視しながら、見えがくれに温泉宿にまでついてゆくのが常だった。そして彼等がどの旅館の、どの部屋へはいったかまで見届け、その少年や少女たちが村に滞在している間中、私たちは監視を続け、興奮していた。寄るとさわると彼等の噂《うわさ》ばかりだった。

このような伊豆の山村に育ったために、私は幼少のころ、都会というものや、そこに住む少年少女たちに対して、都会の子供たちの想像もできないような劣等感をいだいていた。そしてこの劣等感は、いろいろな形を変えてかなり後年まで私という人間を支配した。私は両親と離れていたが、そのためのマザー・コンプレックスといったものは自分自身で考えて、私の場合はっきりと指摘することはできないような気がする。

それから気候温暖な平凡な土地に育ったために、自然というものへのおそれとか憧《どう》憬《けい》とか陶酔といったものは経験しなかった。海にも遠かったし、高い山も大きい川も知らなかった。吹雪のおそろしさも雪に降りこめられた生活も知らなかった。

私は恵まれた自然の中で、幼少時代をきびしい監督者もなしに、毎日のように思う存分遊び惚《ほう》けて暮らした。桑の実、さくらんぼ、つつじの花、イタドリ、カンボ、ツバナなど、およそ食べて毒にならぬものは、野にある限りみんな胃の中に収めていた。そして学校へ行く以外の時間は、季節季節で、田圃《たんぼ》を駈《か》け廻ったり、山へ登ったり、川へ飛び込んだり、毎日のように日の暮れるまで遊び惚けていた。全くの野性児であったわけである。

この少年時代を過した原籍地の伊豆が、私の本当の意味の郷里であり、ここで私という人間の根底になるものはすべて作られたと考えていいようである。私は現在でも農村が好きである。ときどき田舎に引っ込んで生活したいような気持に襲われることがあるが、しかし、一方田舎で育っただけに、農村の生活のやりきれなさも、農村の人たちの考え方の気むずかしさも私はよく知っている。

私は中学時代は静岡県の二つの都会地で送った。一年のときだけ、両親のもとから浜松中学へ通ったが、二年のときから台湾へ転じた家族と離れて、郷里の伊豆半島の基部にある沼津の中学へ移り、そこで寺へ下宿したり、寄宿へはいったりして通学した。

沼津の生活は、いま考えると、この場合も責任ある監督者がいなかったので、ひどく野放図なものであった。勉強というものはほとんどしないで、四年間毎日のように友達と遊び暮らした。

郷里の山村と違って、ここは小さいながら都会であり、海もあった。私は友達と日課のように海浜の松林をうろつき廻った。

夏になると東京から転地客がやって来て、小さい町は都会の人たちでふくれ上がった。私たちはそこでまた、都会の学生たちに対して何となく劣等感を感じ、彼等とぶつかったり、些細《ささい》なことで喧嘩《けんか》をしたりしたものである。いま考えるとぐれん隊まがいの行動が多かったが、本もののぐれん隊にならなかったのは、私も仲間もみな気が小さくて、文学青年めいたところがあったからである。

この沼津の生活で、よかれ悪《あ》しかれ私が得たものは、徹底的に学業を放擲《ほうてき》して、遊び暮らすという、そうした状態に身をおいたことである。全く自由であった。私の精神も、肉体も、少しも痛めつけられるということはなかった。学校を休んでも誰も咎《とが》めなかったし、また土地柄、寒気や暑熱によって自分の体を訓練するということもなかった。毎日千本浜へ行って海へ向かって石を投げたり、歌を唄《うた》ったりして、少しでも気が向かなければすぐ学校を放擲するという、怠惰というか、自由というか、何ものにも拘束されない少年時代をおくったのであった。

学校の休暇には、友だちを誘って郷里の親戚の家や、半島の西海岸にある親戚の家へ押しかけて厄介になった。修学旅行というようなものには一度も参加しなかったし、運動会が催されても、出たことはなかった。すこぶるずぼらな学生だったわけである。

そうした私の少年時代で最も大きい出来事は、中学の四年と五年の夏季休暇に、家族の者が住んでいる台北へ行ったことである。この時初めて私は神戸という大都会を見、大きい船に乗り、大洋を横切った。そして台湾で家族の者たちと二、三週間一緒に生活し、上級学校へ行かねばならぬということをそれまでも漠然とは感じていたものの、その時初めて意識して考えるようになった。自分の前に突き破らなければならぬ障壁があるということを初めて知った思いだった。

しかし、とうとう中学校を卒業するまでは受験勉強というものはしたことがなかった。そして中学校を出ると、台北の家族のもとへ行き、そこで一年浪人生活をしながら、初めて机に向かう生活を持ったのである。

そして父が台北から金沢へ転じたので、私は一緒に金沢へおもむき、四高を受験して、そこに入学した。一年の間だけ家から通学したが、また父が弘前《ひろさき》へ転ずることになったので、私は下宿へ移ることになった。

この四高時代の生活において、私は初めて北国の陰鬱《いんうつ》な天候も、降雪も、またその天候のもとで物を考えるということも知ったのであった。高校時代には柔道部にはいっていて激しい部生活を送っていたが、これによって私はそれまで自由に放任していた自分を初めて外部のもので縛りつけたのであった。この金沢時代に私は物を考えることと、自分の生活をきびしい規律で縛った生活を経験したのである。伊豆の山村や沼津で送った怠惰な生活のあと、初めて自分自身で自分を縛ることを知ったのである。

いま考えてみると、伊豆の山村も私の郷里であるが、沼津もまた、私という人間を造りあげてゆくうえには郷里であり、そしてそれ以上に、三年を過した金沢もまた郷里であった。一番多感な青春時代の一時期を北陸の城下町で過したことは、私にとっては何といっても大きい事件であった。

もし私が生れた旭川で、そのまま育っていたら、あるいは旭川でなくても北国の地に育っていたとしたら、おそらく、北国の気候風土に骨の髄から染まった、全く現在の私とは異なった人間になっていたであろうと思う。

しかし、私は少年時代のほとんどを気候温暖な伊豆の山村や沼津で過し、青年期の三年間を区切って北国の気候風土の中に自分を置いたわけである。

私の体も、私の顔つきも北国の気候でつくられたものではない。が、青春時代の感受性は、短い間に北陸の気候風土の中から多くのものを吸い取ったようである。私は北国の人とは似ても似つかぬ性格であるが、物の感じ方はどちらかというと、北方的であると言っていいようである。

青春を賭《か》ける一つの情熱

私は高校時代を金沢の沈鬱な気候の中で、徹底的な禁欲生活を送った。柔道部に籍を置いていたので、他の学生が持つような青春を享楽《きょうらく》するといったゆとりはなかった。当時の金沢の高等学校（四高）の柔道部は岡山の高等学校（六高）と並んで練習の烈《はげ》しいことで知られていた。インターハイの一回から七回までを四高が優勝し、八回から十三回までを六高が替って優勝、私たちのころは、四高、六高に混じって松山高校が強くなり、この三校が三つ巴《どもえ》になって覇権を争っているころであった。

私たちが真面目《まじめ》に考えていたことは、練習量がすべてを決定する柔道ということであった。私たちは一時間でも多く練習した方が、必ず相手を倒すことができるということを信じていた。今考えてみれば、これは他の専門学校に比べて非力な体格を持つ高校生が、試合に勝つために考え得られる唯一《ゆいいつ》の手段であった。そしてそれが真実であろうとなかろうと、それを信じなければならなかったのである。

それからまた、私たちは立業《たちわざ》より寝業を重視した。立業となると、なんといっても体格が物をいうし、天分もまた強く作用した。高校へはいって初めて柔道着というものを着たといった連中が、体格のいい天分のある選手たちを制するためには、当然なこととして、立業を避けて、練習量が物をいう寝業に移らなければならなかったのである。日本の柔道の寝業というものを徹底的に研究し、それを発達させたのは専門家ではなく、高校生であったのである。

私は四高へ入学した年の夏、武徳殿で行われたインターハイで、松江高校の選手を三人立業で投げて、先輩から固く立業を使うことを禁じられたことがあった。

――君はたまたま君より弱いやつにぶつかったので相手を投げたのだ。もし、君より強いやつにぶつかっていたら、君は投げられていたろう。そんな危険な試合の方法はやめるべきである。これからは絶対に立ってはいけない。いつも這《は》って行って相手の足にしがみついて、寝業に引き込んでしまえ。寝業というのは、練習量がすべてを決定するのだ。

私もその時、なるほどと思った。そして以後はそのようにしたのである。私たちは練習時間を京都の武専より長くし、規律をもっときびしいものにすることを心掛けた。明けても暮れても、私たちは道場で組み合っていた。冬休みも春休みもなかった。夏季休暇にだけ、何日間か家へ帰ることができただけで、あとは柔道ばかりだった。その頃、私たちはお互いに言い合ったものである。学問をやりにきたと思うな、われわれは柔道をやりにきたのである、と。

いま考えてみると、その頃の高校柔道というものは不思議なものであった。高校時代が終ると、大部分がみんな柔道から足を洗ってしまうのが常だった。全く、インターハイで優勝することだけが目的の柔道だったのである。

私たちは一年、二年と文字どおり柔道の稽古《けいこ》に明け暮れた。そして私が三年になったとき、一つの問題が起こった。それは柔道部へはいってくる新入生がほとんどなくなったことである。私たちは大事な稽古を休んで、入部の勧誘に努めたが、それでも新入生を迎えることはできなかった。彼等は一様に、学校へ柔道をやるためにはいってきたのではなくて、勉強をしにはいってきたのであった。

私たちは全く柔道部に新入部員を迎えるためだけに、柔道の稽古の時間を少なくし、多少部の規約を改める必要があった。それも大きな改革ではなく、試験前は練習時間を少なくするとか、春休みの合宿期間を多少短くするとか、そういった改め方であった。しかし、このことは四高柔道部の伝統を無視したこととして先輩の顰蹙《ひんしゅく》をかい、これが問題となって、首謀者として私が責任をとって退部し、三年の柔道部員の全員が、私について退部するのやむなきに至ったのであった。そして私たちに退部を迫ったのは、すでに社会へ出ていた柔道部の先輩たちであった。

現在、私はそれらの先輩たちと親しく交わっており、ときどき当時のことを話し合ってなつかしい気持になるが、しかし、そのころ私たちは仇敵《きゅうてき》のように睨《にら》み合ったものである。この事件は四高の柔道部としては大きな事件であり、私たちはいわば汚名を着て、退部させられるの余儀なきに至ったのであった。

しかし、この事件のおかげで、私は高校生活の最後の半年を汗臭い柔道着と縁のなくなった生活を持つことができるようになったのであった。除隊になった兵隊のように、私たちは毎日ぼんやりして卒業までの何カ月かを送った。退部した仲間は毎日のように一団となって町や郊外を歩いた。机に向かうという習慣はなかったので、道場にはいらない限りは、どこかを歩いていなければならなかった。私たちは遠い孤島で終戦を知った兵隊のように、ぼんやりし、生きる目的を失い、体と時間を持てあまし、そして何もすることがないので物でも考える以外仕方がないといった考え方で、物を考えたものである。私はこの時期から、柔道の代りに詩作を始めたのであった。詩の真似事《まねごと》のような文章を私は卒業するまで毎日、ただノートに書いて暮らした。

こうした四高の柔道部生活は、よかれ悪しかれ、私という人間には強い影響を与えたと思う。煙草《たばこ》も酒も飲まなかったが、酒も煙草も飲まない方が練習が楽だったからである。欲望は極度に禁圧した。禁圧してやってゆけたのは、柔道の稽古で肉体は絶えずくたくたに疲れきっていたからである。

私たちは下宿のおばさん以外、異性の知人はなかった。他の学生たちが若い異性と連れだって町を散歩している情景を見ても、格別羨《うらや》ましい気持はなく、全く別世界の人間のやっていることででもあるかのように眺めていた。自分たちは別なのだ。自分たちは道場で苦しい練習をやるために、いま生きているのである。そんな気持だった。若い二十一、二の青年にこのような考え方をさせた柔道部生活というものは、やはり相当なものであったと思う。私は練習中内出血で耳を潰《つぶ》し、肋骨《ろっこつ》を二本折り、戸板にのせられて家へ運ばれたりしたが、そうしたことはさして意に介していなかった。私たちは、他の学生とは全く異なったところに若い日の自分を埋めていたのである。

学校の運動部のあり方や、スポーツのあり方について考える時、この私の経験した四高柔道部の部員たちの生活には、いろいろな批判はできるが、しかし、私はこれを全面的に否定する気持にはなれない。私たちが柔道をやったのは、柔道が強くなりたいためでも、有名な選手になりたいためでもなかった。全く各自が自己に課した一つの青春の日の過し方であって、きびしく自分で自分を律した一時期であったのである。その後体験した軍隊生活よりももっと辛《つら》かったが、しかし、軍隊生活と違うところは、一方が全く権力によって強いられているのに対し、他は自分が自分を律していることであった。その点、私たちは道場という一つの修道院にはいったようなものであった。四高を出ると九大の法文学部に二年間籍を置いたが、この期間、私はほとんど東京で過した。駒込の植木屋の二階に下宿し、駒込中学の校庭でテニスをやったり、気ままな読書をしたり、詩を書いたり、じつにのんびりした二年間を送った。高校時代とは打って変って、何ものにも拘束されない自由なところへ、再び自分を置いたわけであった。大学を出ても就職口といったものにはめったにありつけない時代だったので、就職のことは考えなかった。大学にいる期間は将来のことなどに頭を悩まさないで、自分のやりたいことをやろうというのが、私ばかりでなく、そのころの多くの学生の持っている考え方であった。なかなか贅沢《ぜいたく》な時期であった。私は卒業の前年一年間だけ福岡へ行って論文を書くつもりだった。こうした生活を一言の文句も言わず許してくれたことに対して、両親には感謝するよりほかないようである。

それから私は京大へはいった。私はもともと京都大学の哲学科志望だったが、高校が理科だったため、欠員のない限り入学が許されず、しかたなく九大の法文学部にはいったのであった。ところが、三年目に京都大学の哲学科の志望者が定員に満たず、理科出身者でも願書さえ出しておけば入学できるということを知り、私は改めて京大へ移る気になったのであった。そんなわけで、私の大学生活はさらに三年延長することになった。

京都における生活は、高等学校時代とはまるで違ったものであった。ここでも学校へ出ることはめったになく、何人かの友達と、三年間をさらに四年間に延ばして遊び暮らしてしまった。何の系統も立てないで、やたらに書物を読んだが、それ以外は怠惰の一語に尽きる生活で、この間に、私は妻を得、家を持ち、一女の父となった。卒業すると、毎日新聞社にはいり、それから昭和二十三年の暮れまで約十二年間、大阪で過した。

私は郷里伊豆で幼少時を七、八年、沼津で中学時代を四年、金沢で高校時代を三年、東京と京都で大学時代を六年、大阪で新聞記者として十二年過したわけである。このうち、伊豆と沼津と金沢の三カ所は、私にとっては何らかの意味で他と替えることのできぬ所であった。この三つの中の一つでも、他の場所に代っていたら、私は今日の私とは違うのではないかと思う。その意味でも、伊豆も、沼津も、金沢も、私の郷里と言っていい。

京都、大阪には長く住んだが、私はこの二つの土地には馴染《なじ》めなかったし、そこに住んだために変らされもしなかった。私は、京都弁にも、大阪弁にも、少しも影響されなかった。私は関西弁というものはほとんど使わなかった。意識して使わなかったわけではないが、どういうものか、何年関西にいても、私の口から関西弁というものは出なかったのである。

沈黙をはいでた熱望

私は学生時代、いかなる職業を選ぼうとも、新聞記者にだけはなる資格がないと考えていた。べつに新聞記者に知人があったわけでもないから、新聞社というところがいかなるところで、新聞記者というものがいかなる生活を持っているか、そんなことは一切知らなかったが、ただ漠然と事件があるとそこへとんで行き、それを手ぎわよく報道するというようなそうした仕事には、生れつき不向きにできていると考えていたのである。

実際、今考えてみても、自分がいささかでも新聞記者に向いていたと考えることはできない。結局、十五年近い間新聞社に勤めていたが、私は新聞記者としてなに一つ仕事らしい仕事はしなかった。終始学芸部のかたすみにいて、自分の分を守って自分の受け持ちの仕事を過不足なくやっていたのである。特種《とくだね》をとろうという気持もなければ、目立つような派手な仕事をしようという気持もなかった。戦時中でも、私は従軍記者になろうと希望もしなかったし、新聞社の方でも、私を大陸へ送ろうとはしなかった。もっとも一度だけ、従軍する話を持ち出されたが、私はその任に耐えないと思って、それを断わった。私はいつも自分の同僚たちの壮行会だけに出て、一応羨ましいようなことを口にしていたが、私は内心羨ましいどころか、自分はごめんだという気持の方が強かった。

それにしても、私は新聞記者になることによって、かなり大きく自分を変えることになったと思う。その第一のものは、よほど親しくならない限り、相手と談笑することのできぬ人みしりする性格を、この職場において、ある程度矯《た》め直すことができたことである。現在でもその片鱗《へんりん》はときおり現われるが、新聞社へはいるまでは病的なほどひどかった。私は結婚してから、ときおり妻の家で自分のあまり知らぬ人たちと会食することがあったが、そんな時は全く悲劇であった。私は気のきいたことは言えなかったし、明るく受け答えするということもできなかった。これは私が幼少時代から家庭というものを離れて、全く自分一人気ままな生活をしており、社交的な空気に無縁であったことに根ざしていると思う。

そうした私であったが、新聞記者になってからは、否応《いやおう》なしに、毎日のように未知の人たちと会わなければならなかったし、他部課の人たちとも仕事の交渉を持たなければならなかった。私は自分が決して人に快感を与えることのない人間であるということを固く信じていたので、そうしたために人に助力を仰ぐような場合は、それを交渉する前にすでに不成功を予想したものだった。

しかし、こうした性格が徐々に矯正され、他部課の者たちとも平気で口がきけ、新聞社の建物の内部を、全く自分の職場と感じて、平気で歩けるようになったのは終戦後のことである。十年ほどの歳月が必要だったわけである。つまり、私は病的ともいえるほど、意気地のないところがあったのである。しかし、新聞社というような職場には、案外こうした性格の人たちが多いのである。こうした性格の人たちが多いということは、こうした人たちが早急にその性格を矯め直されることなく、生きていられるかたすみが、他のいかなる職場より多いということであろうと思う。新聞社という職場は、競争心を持った人たちと、全く競争心を放棄し、麻雀《マージャン》でいえばおりている人たちの二つの型が雑居しているところである。私は新聞社に入社した第一日から、好むと好まざるにかかわらず、おりざるを得なかったのである。

次にもう一つ新聞記者生活で得たものは、文章を書く上に調べるという習慣を身につけたことである。私は学芸部記者として終始していたので、極くときたましか、時間を区切られた社会部的な仕事に携わることはなかった。たいていゆっくりと調べて記事を書くことができた。私は初め宗教欄担当記者になり、次に美術記者になり、その後、雑多な学芸記事を何でも書く記者になった。毎日のように書庫へ出かけたし、書物の借り出しも非常に多かった。

井上吉次郎《きちじろう》氏が学芸部長であったとき入社したことは、今考えると私にとっては大変好運であった。氏は大学を出たばかりの新米記者などそばにも寄りつけぬほど、多方面な知識を持っていた。副部長は創元社の茶道全集の編纂者《へんさんしゃ》で、これまた茶や古美術には専門的な知識を持つ高原慶三氏であり、もう一人の副部長は先年自殺した渡辺均氏であった。私は渡辺均氏については、「楼門」という小説にかなり詳しくその人となりを書いている。

そうした人たちを上役に持っていたことは、いい加減な記事は書けないということにおいて、私にはいいことだった。それから私を毎日新聞社へ入社させる労をとってくれた当時京都支局長であった岩井武俊《たけとし》氏も『京都民家譜』の著者であり、新聞記者というより学者といった方がふさわしい人であった。私はこれらの何人かの人たちが、仕事をする上にいつも目障《めざわ》りで、何となく邪魔だった。

新聞社へ入社して一年ほど経《た》ったとき、部長の井上吉次郎氏から宗教欄を受け持って経典の解説をやるように命じられた。鶴《つる》の一声であった。当時は井上吉次郎氏を恨めしく思ったが、宗教については何の関心も知識も持っていなかった私が、宗教関係の書物を繙《ひもと》く機会を持つことができたのは、全く氏のおかげである。一週間に一つずつ、経典を解説書と首っぴきで読んで、それを宗教欄に書いた。般若心経《はんにゃしんぎょう》から華厳経《けごんきょう》、浄土《じょうど》三部経、碧巌録《へきがんろく》、瑞巌録《ずいがんろく》といったもの、あるいはまた歎異鈔《たんにしょう》、教行信証《きょうぎょうしんしょう》など、やたらに読んだ。私は経典というものが、あるものは野外劇であり、あるものは古譚《こたん》であり、あるものは随筆であることをその時初めて知ったのであった。

もちろん一週間に一度しかない宗教欄は、他の学芸欄の仕事の片手間であったが、私はこのことのために精魂をすり減らした。それから宗教欄を一年ほどやったころ、それと並行して美術記者たることも、井上吉次郎氏から命じられたのであった。

「美術批評を書きなさい。批評だから署名して書くといい」

氏はなんでもないことのように言った。私は大学では美学を専攻していたが、美術批評というようなことはとんでもないことであった。しかし、この場合も鶴の一声であった。

私自身美術批評を書き出したのは、それから二年ほどしてからで、井上吉次郎氏の代りに昨年亡《な》くなられた石川欣一《きんいち》氏が新しい部長として赴任してきてからであった。その間、私は自分の美術批評を載せなくてすむために、画家自身に自作を語らせてみたり、何人かの批評家のそれぞれ異なった批評を同時に紹介してみたり、いろいろな試みをした。私は石川欣一、下田将美両氏に頼んで、特別に取り計らってもらって、京大の大学院に籍を置いた。この大学院時代は、わずか何冊かの書物を借り出しただけで、月謝だけを浪費したようなものであったが、ドボルシャックとか、リーグルとかを、植田寿蔵《じゅぞう》博士のすすめで訳そうと思ったことがあった。私のこの一時期だけ、真剣になって毎晩のように語学の辞書を引いたものである。そして、かたわら美術批評を、署名入りで新聞に書きだした。本当に美術批評家になるつもりであった。

結局は宗教も、美術もなまはんかなところでやめる仕儀となってしまったが、しかし、井上吉次郎氏が部長でなかったら、私は宗教についても美術についても、おそらくはいまもって全く無知であったにちがいない。音楽に親しむ機会がなかったために現在音楽については何も語れないように、宗教についても美術についても何の知識もなく、その方面で小説の取材をすることもできなかったにちがいない。

古美術についての手ほどきを受けたのも井上吉次郎氏であった。私は氏のお供で、春秋二季の日曜日には、何回も奈良へ出かけて行った。奈良の野ざらしの石仏を見て廻った日、私は本当に氏を恨んだことがある。

——本当にこれを美しいと思いますか。

私は内心開き直った気持で訊《き》いたものである。

——美しくはないよ。直き壊れて無くなるから見ておくだけだよ。

氏は答えた。不思議に私はこの時の氏の言葉を憶《おぼ》えている。私はまた、氏や岩井武俊氏のおかげで河井寛次郎《かんじろう》氏の知遇を得た。そして私は河井寛次郎氏によって、いわゆる傑作、名作なるものに対する固定観念を打破することを教えられ、氏によって作品の真の格調ということを教えられた。

井上吉次郎氏には、もう一つ感謝することがある。それは法隆寺へ何回も連れてゆかれ、それが病みつきになって、私は本当に法隆寺が好きになったことである。法隆寺といっても、五重塔と金堂《こんどう》である。他の建物はすでに修復されてあったが、この二つの建物は当時はまだ古い形のままであった。法隆寺の魅力は全くこの二つの物の持っている古い色と美しい形にあった。どうしてそんなものに惹《ひ》かれたかと言われると困るが、ここへ何回か足を運んだ人なら必ず取り憑《つ》かれずにはいられぬ魅力であった。ああ、法隆寺へ来た、というその時の不思議な感懐は、その頃のことを思うと、今も私の胸によみがえってくる。

井上吉次郎氏のおかげで、私は好むと好まないにかかわらず宗教と美術をやらされたが、しかし、これは新聞記者としては本流の仕事ではなかった。本流でない仕事に身を入れている間に私はすっかり新聞社のかたすみにいて、自分勝手な勤め方をするようになっていた。私は自分でも、自分だけがなんとなく別格になっているのを感じた。私は午後でなければ出社しなかったし、その午後の出勤も次第次第に遅くなり、二時、三時になり、四時になることもあった。出勤しない日も多かった。しかし誰も咎《とが》めなかった。

私は新聞社の待遇に不満を感じたことは一度もなかった。私の勤務時間で割り出すと、それはかなりの報酬になり、文句は言えなかった。こういう私に幸いしたことは、戦争が激しくなるにつれ、自然に私以外の社員も私と同じような勤め方になったことで、私は別段特別でもなんでもなくなった。そして戦争が終ると、再び私だけが特別になった。

終戦後、私は長い間おりていた新聞記者としての自分が、なんとなく顧みられる気持になった。新聞記者として、本気でやってゆくか、でなければなにか他のことをやらねばならぬという気持になったのである。

私はむしょうに自分を表現したくなったが、それは新聞社のかたすみで生き続けた者が、ふいに一度は襲われるにちがいない熱病のようなものであった。長い間、新聞社の機構の中で自分というものを出すことを押えつけていた者の、自分への反逆のようなものであった。終戦後、私は詩や小説を書き出したが、詩人になるつもりも小説家になるつもりもなかった。ただ自分をなんらかの形で表現したかったまでのことである。

〝自己〟を見つめる心

これまで私は人間と風土というものが、私という人間の形成の上にいかに大きい力を持っていたかということを書いてきた。私は自分というものを考える場合、いつもこれまで書いてきた何人かの人たちや、私が住んだ幾つかの土地を無視して、それをなすことはできない。これまでに書いて来た特定な何人かの人たちの他に、私に文学というものの眼を開かせてくれた中学や大学時代の友人がある。そうした何人かの友人なしには、私は文学というものに関心を持たなかったであろうし、私は作家などというものにはなっていなかったに違いない。

そうした意味で、私にとって大きな役割をしてくれた友だちではあるが、しかし、じつはそれより、そうした友人たちの仲介で私の前に現われた何冊かの書物の方が、自分という人間を作る上にはもっと本質的な役割をしているように思う。そうした書物を自分に近づけてくれた意味で友人を無視することはできないが、本当に私という人間の内部の何かを変えたのは、つまり私の精神に永久に消えない爪跡《つめあと》をつけてくれたのは、友だちの仲介によって、若い日に出会うことができた何冊かの書物である。

現在、私はローマに滞在中で、手もとにそうした書物や参考文献を一切持っていないので、それらについて詳しく述べることはできないが、頭に浮かんでくるままに、そのうちの幾つかについて、書き記してみることにする。

私が小説らしい小説を読んで、大きい感銘を受けた最初のものは、シャルル・ルイ・フィリップの『ビュビュ・ド・モンパルナス』である。たぶん、中学四年の夏休みのことだったと思う。何人かの友人と伊豆の西海岸の友達の親戚《しんせき》の家でごろごろしている時、友人の一人が持っていたのが、この小説であった。

私はこの作品を読んで、初めて自分がその中にいる青春というものの意味を考えたり、人生というものについて思いを回《めぐ》らしたりすることを知ったように思う。私は絶えず海からの潮風が吹き通っている部屋で、腹這《はらば》いになって、西瓜《すいか》を食べたり、とうもろこしを齧《か》じったりしながら、この作品を読んだに違いない。そして書物のページを何回か伏せては、すぐ前の小さな入江に泳ぎに行ったに違いないと思う。

私はこの作品を読んだおかげで、初めて自分の若さの意味を考え、自分を取り巻いている陽の輝きや海の青さを、自分の青春と結びつけて考えるようになった。私には急に自分の人生というものが、ひどく生き生きとした、幾らでもそこから享楽《きょうらく》を引き出すことができる、そしてまた、それを幾らでも劇的なものに組み立てることのできる、いろいろな可能性を含んだものとしてたち現われてきたのである。

その頃、一種の文学青年の卵みたいなものであった私たちの仲間では、倉田百三《ひゃくぞう》の『出家とその弟子』やトルストイや、武者小路《むしゃのこうじ》実篤《さねあつ》氏の作品が盛んに読まれていた。人道主義という言葉が華やかな時代で、何分中学生のことゆえ、どのような理解の仕方で、それらの作品を読んでいたかわからないが、みんなそれ相応に感心したり、興奮したりしていたものである。『ビュビュ・ド・モンパルナス』は、そうした作品とは全く異った形で、私の眼の前にふいにひどく生き生きした人生のひと切れをつかみ出して示してくれたのである。

しかし、その後今日まで、私はこの作品を読み返していない。どのような作品であるか、いまの私には見当がつかない。おそらくいま読み返したら、その時ほどの感銘はないであろうし、あるいは全く無感動であるかもしれない。しかし、この作品は私にとっては大切な作品であるのである。後年スタンダールやフローベールを読んで、他のいかなる作品からも得ない強い感動を受けたが、それとこれとは全く違うのである。『赤と黒』や『マダム・ボバリー』からは、本当の文学作品というものがいかなるものであるか、そしてまたその作品をとおして、人間というものが、生きるということが、あるいはまた人間と人間との関係というものがいかなるものであるか、そうしたことを教えられたが、しかし、そのため私自身は少しも変りはしなかったのである。文学に対する眼や、人間や人生に対する眼を見開かされたが、しかし、私自身の生きる姿勢はそのために些《いささ》かも変りはしなかった。フィリップの作品の場合はそれとちがって、一人の少年に、彼がその気になれば感じとれる人生がそこにあるということを知らせてくれたのである。そして私はそうした人生を持つ少年になったのである。

高校時代、私は室生犀星《むろうさいせい》によって詩がいかなるものかを知り、大学時代には萩原朔《はぎわらさく》太郎《たろう》の詩に夢中になった。その一語一語がすべて恐ろしいほど新鮮だった。私は朔太郎の詩の真似《まね》をし、自分もまたそのようなものを書いてみたいと思って、初めて原稿用紙というものを買ったのである。私は高村光太郎の詩にはどうしても親しめなかったが、朔太郎の書くものには完全に魅了された。魅力という言葉の意味がそのままぴったり当てはまるような、そんなとらわれ方であった。『郷土望景詩』とか『氷島』とか『虚妄の正義』とか、そうした詩集やエッセイ集に、私は何年かうつつを抜かしていた。しかし、現在特に好きなものとして、その中の一編を取り出すことのできないのは奇妙なことである。あれほど愛読したのに、どれが好きとか、どの作品がいいかと言われても、私は答に窮するのである。

私はいったい朔太郎からいかなる影響を受けたというのであろうか。べつに私は朔太郎から何も教わっていないようである。ただそれを読むたびに、いつも強烈に心を揺すぶられただけのことである。「思惟《しい》を断絶せん」とか、「仇敵《きゅうてき》に非《あら》ず、債鬼に非ず、われは汝《なんじ》の妻、死すとも離れざるまじ」とか、奇妙といえば奇妙な大上段に振りかざした言葉のつば鳴りのようなものだけが、いまは感じられるだけである。

しかし、自分の精神が、朔太郎の詩の場合におけるような激しさで揺すぶられたことは、あとにも先にも私は経験していない。詩というものは、しかし、こういうものであり、朔太郎の詩は青春の詩として、やはりその頃の青年を魅了しつくしたすぐれたものであろうと思う。朔太郎の絶望を分析してみたり、その思想を解きほぐしてみたりしたら、感傷以外のなにものでもない観念のお化けかもしれない。しかし、そこにちゃんと青黒い流動体としての生命はあるのである。

そうした朔太郎の作品から、私は自分でもそれとわからぬ形において、やはり影響を受けたに違いない。朔太郎に前後して佐藤春夫《はるお》、室生犀星氏等の作品を愛読したが、これらはまさに愛読であって、朔太郎の場合とは違うのである。もっと分別や弁《わきま》えのある惹かれ方であり、言葉を替えれば、もっと上等な惹かれ方であったのである。やや朔太郎に似た作品への対し方をしたのは伊東《いとう》静雄であるが、伊東静雄の詩と出会った時は、すでに私は中年にさしかかっており、いくら惚《ほ》れ込んでも、魂を売り渡すほどの取りみだし方はできなかった。

朔太郎の詩に夢中になった一時期を持ったことは、私にとっていいことだったか、悪いことだったかわからないが、しかし、彼から預かった宝石箱は、依然としていまもリボンをかけたまま私の心の中にしまわれてある。反抗とか、猜疑《さいぎ》とか、嫉妬《しっと》とか、そうしたものの欠片《かけら》がその中にはいっぱい詰まっているはずである。

それから大学時代に岡倉天心の『茶の本』を読んだ。これも私にとってはとおりいっぺんの書物ではなかったと思う。私は茶道というものの正しい解説書として現在でも茶をやり始める人たちにこれを読むことを勧めているが、しかし、これもまた内容を分析してみたら奇妙なことになるかもしれない。

しかし、私はこの書物によって、日本の茶や禅や絵画や、もっと広く文化一般に対する対《む》かい方を教わったのである。それまで知らなかったものを、この書物によって知ったのである。これは私には大きい事件であった。もちろん『茶の本』は天心的な激しさに貫かれたもので、独断や飛躍はあるとしても、日本の芸術や文化を考える上に、どうしても持たなければならぬものはちゃんと示されていると思う。

この天心の『茶の本』と並んで、私の日本理解（へんな言葉だが）の上に大きい役割をしてくれたのは、これは書物ではないが、法隆寺の金堂と、そこの壁画であった。

二つとも戦後焼けてしまい、金堂の方は復原して再建されているが、その古い金堂の持っていた美しさと、そこの壁画の美しさには三十代の私は、他に比べもののないような惹かれ方をしていたと思う。私は当時新聞記者をしており、年に何回か仕事のためにも法隆寺にかよったが、全く仕事とは無関係にも法隆寺へかよった。そこへ行って、法隆寺の境内の白い土を踏むと、ああ法隆寺へ来たというなんとも言えない心のときめきを感じたものである。

こんどのヨーロッパの旅行で、私はローマやフロレンスやアテネで、古い建物や、古い絵画や彫刻を見る機会を持ったが、そうしたものとは全く別の形で、それに劣らぬ、あるいはずっと高い美しさを持ったものが日本にあったとすれば、それは法隆寺であったという思いを深くした。アッシジでも、フロレンスでも、私は幾つかの寺院で高名な壁画を見たが、そのたびに法隆寺の金堂の壁画を思い出した。そしていつも、金堂の壁画の美しさのさゆるぎもしないのを感じた。

とまれ、いろいろな意味で自分をまさしく日本人以外の何者でもなくしてくれたのは、そうした自覚を持たせてくれたのは、法隆寺の金堂やそこの壁画の美しさが与《あずか》って力があったと思うのである。

（昭和三十五年五月―十一月）

解説

福田宏年

井上靖は、あらゆる意味でよく自己を語っている作家と言っていいであろう。もちろん、創作行為というものは何らかの意味で自己を語ることであり、その意味ではすべての作家は自己を語っていると言い得る。しかしここで言うのはそういう意味ではなく、文字通り自伝として自己を語るということである。

周知のように、井上靖には、『しろばんば』『夏草冬濤《なつぐさふゆなみ》』『北の海』などの自伝的な小説があり、また『滝へ降りる道』『白い街道』などのいくつかの短編でも自らの幼少年時代を描いている。これらの作品は多少の小説的粉飾はあるであろうが、伝記的事実や作者井上自身の言葉に照らしてみても、ほぼ忠実に自らの過去を再現したものと見ていいであろう。さらに『あすなろ物語』もまた、かなり大幅にフィクションの要素が加えられているとはいえ、やはり大筋では自伝的小説と呼んでいいであろう。そして、これらの自伝的小説から、井上靖という人間のイメージを築き上げ、さらに作家井上靖を成立せしめているさまざまのファクターを探り出すことも決して不可能ではない。しかし、これらの作品はあくまで一箇の文学作品であり、それをそのまま伝記的資料として援用することには躊《ため》らいを感じざるを得ない。

井上靖はまた、これら自伝的小説とは別に、エッセイの形でもよく自己を語っている。ここに収録された『幼き日のこと』『青春放浪』『私の自己形成史』はその代表的なものであり、ここでは自伝的小説とは違って、回顧的かつ分析的に自己が見つめられ、語られている。井上靖という作家を成立せしめているさまざまなファクターも、自らの眼と手によって余すところなく探られていて、作家井上靖を語り論ずる場合、避けて通ることは許されない最も基本的な資料と言っても過言ではない。発表の年代から言えば、『私の自己形成史』が一番早く、『青春放浪』『幼き日のこと』と続く。『私の自己形成史』は昭和三十五年五月から十一月まで「日本」に連載されたものである。昭和三十五年という年は、昭和二十五年に芥川賞《あくたがわしょう》を受賞して作家生活に入った井上の、丁度十年目に当る年である。多忙な十年の作家生活を送って、井上は漸《ようや》く自らの越し方を振返って、われとわが身を見つめ、省みる心境になったのではなかろうか。

「自己形成」という言葉はただちに、ドイツの「ビルドゥングスロマン」を思い起させる。「ビルドゥングスロマン」は、「教養小説」とも「発展小説」とも訳されるが、井上はここでは文字通り、自らの現在の教養を形成させるに至ったさまざまの要素を、仔細《しさい》に自身の過去を回顧し、点検しながら探り出している。

井上はまず父母のことから語り起して、「私は父から気の弱さや八方美人的な性格をそっくりそのまま貰《もら》わざるを得なかったし、母からはかなり強烈なエゴイズムと物に感じ易《やす》い涙もろさを、同様に貰わざるを得なかった」と言っている。この言葉は実に正確な自己観察の言葉と言うべきである。井上靖の人と文学には、もともと相反する二つの要素があり、それはそのまま処女作の『猟銃』と『闘牛』に表われているというのは、今ではひとつの定説となっている。「気の弱さや八方美人的な性格」という控え目な表現は、言葉を変えて言えば、紳士的外貌《がいぼう》を取った傍観者の姿勢ということであり、「強烈なエゴイズム」というのは、物に憑《つ》かれた如《ごと》き行動的性格と言い替えることができる。つまり、『猟銃』によって代表される傍観者的な諦観《ていかん》の姿勢と、『闘牛』によって代表される無償の情熱の行動性とは、それぞれ父母から受けついで井上靖の内に生得的に存在する対立緊張の関係であり、そのことを井上自身がはっきりと語っているということになる。

また、曽祖父《そうそふ》潔《きよし》や岳父の足立文太郎《あだちぶんたろう》の思い出を通じて学問に対する尊敬の念が語られ、四高の柔道部生活の厳しさを通じてストイシズムが語られ、さらに田舎の少年の都会的なものに対する劣等感の根深さについても語られている。アカデミズムに対する敬意や、ストイシズムや劣等感情は、井上靖の文学を支えている重要な要素であるが、その源泉がどこにあるかを私たちはこのエッセイを通して知ることができる。

周知のように井上靖は、物心つくと同時に両親の許《もと》をはなれて、郷里の伊豆湯ケ島の土蔵の中で祖母と一緒に暮すという、特殊な幼年時代を送っている。そのことだけでも特殊であるが、この祖母というのが戸籍上だけの祖母であって、実は曽祖父の妾《めかけ》であったということが、さらに輪をかけて特殊な幼時体験であったと私には思われる。この特殊な体験が後の作家井上靖を作り上げたと言っても決して言い過ぎではないであろう。

「謂《い》ってみれば、私と祖母とはかなり強固な同盟関係にあって、村人や親戚《しんせき》を敵に廻して生活していたのである。この祖母との同盟は彼女が亡《な》くなってから四十年ほどたった現在もなお、私の心の中では破れていない。もしこれが肉親間の持つ多分に無償であるべきだとされている愛情であったなら、とうにもっとほかの質のものに変っていたことであろうと思う」

戸籍上の祖母とのつながりを「同盟関係」と見る見方は、この上なく正確な自己観察であり、そのためにこそ、幼い少年にいち早く物事の本質を見極めるリアルな眼が開けて、それがそのまま後年の作家井上靖につながったのであろう。この祖母を語った条《くだ》りは、『私の自己形成史』の中でも最も印象的な箇所である。

いまひとつ印象的なのは、新聞記者時代を回想した次の文章である。

「新聞社という職場は、競争心を持った人たちと、全く競争心を放棄し、麻雀《マージャン》でいえばおりている人たちの二つの型が雑居しているところである。私は新聞社に入社した第一日から、好むと好まざるにかかわらず、おりざるを得なかったのである」

私は『姨捨《おばすて》』（新潮文庫版）の解説で、井上家に世襲の血として受けつがれている「遁世《とんせい》の志」について指摘したことがある。この「遁世の志」という言葉で表わされる現実離脱の心は、井上靖の文学において最も重要なファクターの一つとなっている。この文章を書いた時の井上には、それほどの深い自覚はなかったかもしれないが、これまた実に的確に自らの心の内を覗《のぞ》き見ていると言うべきであろう。

『青春放浪』は、昭和三十七年四月十一日から十七日にかけて五回、「読売新聞」夕刊に連載されたものである。内容は『私の自己形成史』と重なり合う部分も多いが、主として「文学放浪」という視点から回想されたものである。『青春放浪』では、静岡高校の受験を途中で放棄して街のレストランに入った時、仲間の一人が岡田嘉子《よしこ》のブロマイドを取り出して口づけしたという箇所が、とりわけ鮮烈な印象を誘う。

井上靖の文学放浪期は、詩を書き初めた四高の後期から、東京放浪時代、京大時代を経て、新聞記者時代に及ぶほぼ二十年間と見るべきであろう。人によっては、「サンデー毎日」の懸賞小説に『流転《るてん》』が当選した時を以《もっ》て井上の作家的出発と見る人もいるが、それをも含めて、この二十年間は、詩作による井上の沈潜期ないしは醸成期と見るべきだというのが私の考えである。一見空白と見えるこの醸成期がなければ、作家井上靖というものは考えられない。文壇登場以後の井上の精力的な活動は、二十年間の醸成期に蓄積したものの奔出と見るべきであろう。

『幼き日のこと』は、昭和四十七年九月十一日から四十八年一月三十一日まで、「毎日新聞」夕刊に連載されたものである。幼時の回想としては『しろばんば』と重複する部分もあるが、多くはそれ以前の、小学校入学前の幼児の頃の思い出に発している。『私の自己形成史』や『青春放浪』の自己分析的な色調に較《くら》べると、はるかに回顧的で情緒的で、一編の小説と呼んでもいいものである。

しかし、小説であるか随筆であるかは、この時期の井上靖にとっては、どちらでもいいことではなかったかと察せられる。井上の短編小説は、昭和四十年を過ぎる頃から次第に随筆的な色彩を濃くして行き、『花の下』『月の光』を経て、短編集『桃李《とうり》記《き》』に至る佳編を数多く生んでいる。井上自身これらの作品群を、「小説とも随筆ともつかぬ形」と呼んでいるが、これらの作品の特異さは、いわゆる私小説風の身辺雑記とは異なり、個人的な体験や見聞を描きながら、作者の眼は個々の事実の背後にある本源的で普遍的なものを見ているという点にある。『幼き日のこと』もまた、同じ線上において捉《とら》えるべき作品であろう。

井上に『蘆《あし》』という短編小説がある。昭和三十一年に発表されたこの作品は、既に随筆的性格を色濃く帯びている。この小説の冒頭に、六歳の時に誘拐された少年が数年後父親と再会するエピソードが紹介されている。少年は幼い時の記憶の断片をいくつか父親に提出し、それによって父と子は互に確認し合うのだが、作者は自分にもそういう幼時の記憶の断片があると思い当って、それを繰り広げて見せる。茫漠《ぼうばく》とした薄明の過去から霧を払って浮び上ってくるいくつかのタブローは、作者の計算を越える深さと広がりを持っていて、さながら人間存在の奥を垣間《かいま》見る思いがあり、傑作の名に値する作品である。『蘆』は、『幼き日のこと』の先駆的な作品と呼んでいいであろう。

『幼き日のこと』では、作者はただ虚心に、静かに、自らの幼時を遥《はる》かな遠景として眺め、その薄明の過去の中から、丁度『蘆』におけると同じように、脈絡もなく次々とタブローが霧を払って浮び上ってくる。それぞれ孤立した「一枚の絵」として捉えられた幼時の記憶は、ひとつひとつが驚くほど鮮明であると同時に、単なる概念規定では律しきれない深さと広がりを湛《たた》えている。しかもそれらのタブローは、井上の他のもろもろの作品の秘密まで照らし出すような気がする。

たとえば、本家の実の曽祖母の葬式の日に、近所の内儀《かみ》さんたちに立ち混って勝手元で働くおかのお婆《ばあ》さんの姿が、一枚の絵として捉えられている。本妻の葬式の日に、家の内部に籠《こも》っている肉親とは別に、勝手元で立ち働くおかのお婆さんの姿に、少年の作者は、彼女の辛《つら》さ、悲しさ、淋《さび》しさのすべてを見ている。おかのお婆さんは井上の作品に繰返し登場してくるが、この一枚の絵に描かれた彼女の姿は、それらすべてをひっくるめて、おかのお婆さんの生涯を凝集的に表現していると言っていい。

作者はまた、「私は今でも、おかのお婆さんの墓石の前に立つと、祖母の墓に詣《もう》でている気持ではなく、遠い昔の愛人の墓の前に立っている気持である。ずいぶん愛されたが、幾らかはこちらも苦労した、そんな感慨である」と語っているが、このユーモラスな感慨もまた、作者とおかのお婆さんの関係のすべてを語りつくしている。

夭折《ようせつ》した美しい叔母のまちは、井上の母性思慕や永遠の女性像の源となっている重要な女性であり、やはり井上の作品の中にしばしば登場する。『幼き日のこと』の中に、この叔母が本家の奥の薄暗い部屋の中で、しどけなく横たわっている姿が一枚の絵として捉えられている。少年の眼に、「けだるく、もの憂《う》く、幾らかは淫《みだ》ら」なものを感じさせるこの絵は、極めて印象深く、美しい叔母のすべてを凝集的に捉え、その秘密をも照らし出している感がある。

父母に関しては、四歳頃の記憶として、どこかの駅の木柵《もくさく》のそばで、夜、荷物を抱えた母と一緒に父を待っている情景が、一枚の絵として呈出されている。この絵は井上にとってよほど印象深いものがあるらしく、『蘆』の中にも、散文詩『記憶』の中にも描かれている。さらに、軍服姿の父と夜汽車の旅をしたという記憶の断片も、また、父が見知らぬ女といる傍《そば》でアイスクリームを食べたという記憶の欠片《かけら》も、同じように印象深い。

これらの絵のひとつひとつは、薄明の過去の中に漂っていて、既に論理的解釈を拒む深さを湛えているが、実はこれらの絵こそが、井上靖の文学の世界を構成する礎石の如きものであり、原イメージとでも呼ぶべきものなのであろう。『私の自己形成史』『青春放浪』『幼き日のこと』の三編は、それぞれニュアンスの差はあるが、井上靖という作家の秘密を解く鍵《かぎ》をちりばめている重要な作品である。

（昭和五十一年八月、文芸評論家）

「幼き日のこと」は昭和四十八年六月毎日新聞社より刊行され、のちに新潮社刊『井上靖小説全集 第27巻 西域物語・幼き日のこと』(昭和五十年五月)に収められた。「青春放浪」は宮坂出版社刊『青春放浪』(昭和三十七年七月)に、「私の自己形成史」は講談社刊『日本現代文学全集 第102巻 井上靖・田宮虎彦集』(昭和三十六年八月)に収録され、のちに両作品とも大和書房刊『わが人生観 第9巻』(昭和四十四年十二月)に収められた。

井上靖著

猟銃・闘牛

芥川賞受賞

ひとりの男の十三年間にわたる不倫の恋を、妻・愛人・愛人の娘の三通の手紙によって浮彫りにした「猟銃」、芥川賞の「闘牛」等、3編。

井上靖著

敦煌（とんこう）

毎日芸術賞受賞

無数の宝典をその砂中に秘した辺境の要衝の町敦煌――西域に惹かれた一人の若者のあとを追いながら、中国の秘史を綴る歴史大作。

井上靖著

あすなろ物語

あすは檜になろうと念願しながら、永遠に檜にはなれない〝あすなろ〟の木に託して、幼年期から壮年までの感受性の劇を謳った長編。

井上靖著

風林火山

知略縦横の軍師として信玄に仕える山本勘助が、秘かに慕う信玄の側室由布姫。風林火山の旗のもと、川中島の合戦は目前に迫る……。

井上靖著

氷壁

前穂高に挑んだ小坂乙彦は、切れるはずのないザイルが切れて墜死した――恋愛と男同士の友情がドラマチックにくり広げられる長編。

井上靖著

天平の甍

芸術選奨受賞

天平の昔、荒れ狂う大海を越えて唐に留学した五人の若い僧――鑒真来朝を中心に歴史の大きなうねりに巻きこまれる人間を描く名作。

井上靖著

しろばんば

野草の匂いと陽光のみなぎる、伊豆湯ヶ島の自然のなかで幼い魂はいかに成長していったか。著者自身の少年時代を描いた自伝小説。

井上靖著

蒼き狼

全蒙古を統一し、ヨーロッパへの大遠征をも企てたアジアの英雄チンギスカン。闘争に明け暮れた彼のあくなき征服欲の秘密を探る。

井上靖著

楼（ろうらん）蘭

朔風吹き荒れ流砂舞う中国の辺境西域――その湖のほとりに忽然と消え去った一小国の運命を探る「楼蘭」等12編を収めた歴史小説。

井上靖著

風（ふうとう）濤

読売文学賞受賞

朝鮮半島を蹂躙してはるかに日本をうかがう強大国元の帝フビライ。その強力な膝下に隠忍する高麗の苦難の歴史を重厚な筆に描く。

井上靖著

額《ぬか》田《たの》女《おお》王《きみ》

天智、天武両帝の愛をうけ、〝紫草《むらさき》のにほへる妹〟とうたわれた万葉随一の才媛、額田女王の劇的な生涯を綴り、古代人の心を探る。

井上靖著

後白河院

武門・公卿の覇権争いが激化した平安末期に、権謀術数を駆使し政治を巧みに操り続けた後白河院。側近が語るその謎多き肖像とは。

井上靖著

夏《なつ》草《ぐさ》冬《ふゆ》濤《なみ》（上・下）

両親と離れて暮す洪作が友達や上級生との友情の中で明るく成長する青春の姿を体験をもとに描く、『しろばんば』につづく自伝的長編。

井上靖著

孔子

野間文芸賞受賞

戦乱の春秋末期に生きた孔子の人間像を描く。現代にも通ずる「乱世を生きる知恵」を提示した著者最後の歴史長編。野間文芸賞受賞作。

井上靖著

北の海（上・下）

高校受験に失敗しながら勉強もせず、柔道の稽古に明け暮れた青春の日々――若き日の自由奔放な生活を鎮魂の思いをこめて描く長編。

水上勉著

雁の寺・越前竹人形

直木賞受賞

少年僧の孤独と凄惨な情念のたぎりを描いて、直木賞に輝く「雁の寺」、哀しみを全身に秘めた独特の女性像をうちたてた「越前竹人形」。

水上勉著

櫻守

桜を守り、桜を育てることに情熱を傾けつくした一庭師の真情を、滅びゆく自然への哀惜の念と共に描いた表題作と「凩」を収録する。

水上勉著

飢餓海峡（上・下）

貧困の底から、功なり名遂げた樽見京一郎は、殺人犯であった暗い過去をもっていた……。洞爺丸事件に想をえて描く雄大な社会小説。

新潮文庫最新刊

川上弘美著
ぼくの死体をよろしくたのむ
うしろ姿が美しい男への恋、小さな人を救うため猫と死闘する銀座午後二時。大切な誰かを思う熱情が心に染み渡る、十八篇の物語。

千葉雅也著
デッドライン
野間文芸新人賞受賞
修士論文のデッドラインが迫るなか、行きずりの男たちと関係を持つ「僕」。友、恩師、家族……気鋭の哲学者が描く疾走する青春小説。

西村京太郎著
十津川警部 鳴子こけし殺人事件
巨万の富を持つ資産家、女性カメラマン、自動車会社の新入社員、一発屋の歌手。連続殺人の現場に残されたこけしが意味するものは。

知念実希人著
生命の略奪者
―天久鷹央の事件カルテ―
多発する「臓器強奪」事件。なぜ心臓は狙われたのか――。死者の崇高な想いを踏みにじる凶悪犯に、天才女医・天久鷹央が対峙する。

霧島兵庫著
二人のクラウゼヴィッツ
名著『戦争論』はこうして誕生した！ 戦争について思索した軍人と、それを受け止めた聡明な妻。その軽妙な会話を交えて描く小説。

橋本長道著
覇王の譜
王座に君臨する旧友。一方こちらは最底辺。棋士・直江大の人生を懸けた巻き返しが始まる。元奨励会の作家が描く令和将棋三国志。

幼《おさな》き日《ひ》のこと・青春放浪《せいしゅんほうろう》

新潮文庫　い－7－21

昭和五十一年十月三十日　発行
平成二十四年二月二十日　三十九刷改版
令和四年九月十日　四十一刷

著者　井《いの》上《うえ》靖《やすし》
発行者　佐藤隆信
発行所　株式会社新潮社
郵便番号　一六二―八七一一
東京都新宿区矢来町七一
電話　編集部(〇三)三二六六―五四四〇
　　　読者係(〇三)三二六六―五一一一
http://www.shinchosha.co.jp

価格はカバーに表示してあります。

乱丁・落丁本は、ご面倒ですが小社読者係宛ご送付ください。送料小社負担にてお取替えいたします。

印刷・株式会社光邦　製本・株式会社植木製本所

ISBN978-4-10-106321-8 C0195